戲非戲12

步步生蓮

卷六

千竿修碧淨無塵

月關作品

高寶書版集團

戲非戲 DN129

步步生蓮

卷六：千竿修碧淨無塵

作　　者：月　關
責任編輯：李國祥
執行編輯：顏少鵬
出 版 者：英屬維京群島商高寶國際有限公司台灣分公司
Global Group Holdings, Ltd.
地　　址：台北市內湖區洲子街88號3樓
網　　址：gobooks.com.tw
電　　話：（02）27992788
E-mail：readers@gobooks.com.tw（讀者服務部）
pr@gobooks.com.tw（公關諮詢部）
電　　傳：出版部（02）27990909　行銷部（02）27993088
郵政劃撥：19394552
戶　　名：英屬維京群島商高寶國際有限公司台灣分公司
發　　行：希代多媒體書版股份有限公司發行/Printed in Taiwan
初版日期：2010 年 8 月

國家圖書館出版品預行編目資料

步步生蓮. 卷六, 千竿修碧淨無塵 / 月關著. --
初版. -- 臺北市 : 高寶國際出版 : 希代多媒體
發行, 2010.08
面； 公分. -- (戲非戲 ; DN129)

ISBN 978-986-185-502-8(平裝)

857.7　　　　　99014755

目次

百七十章　西方復西行　5
百七一章　來襲　16
百七二章　決意　26
百七三章　義父　35
百七四章　鴨子　45
百七五章　綢繆　61
百七六章　特區　74
百七七章　碧玉破瓜時　91
百七八章　不一樣的留下　103
百七九章　意外之吻　112
百八十章　風流老鬼　122
百八一章　說服七氏　141
百八二章　酒色財氣呂洞賓　156
百八三章　塞外相逢　179
百八四章　意外　196
百八五章　攜美赴宴　209
百八六章　不請自來　221
百八七章　綵頭　233
百八八章　泡妞劍法　248
百八九章　紅拂遺風　266

百七十章　西方復西行

次日一早，折惟正、折惟信兄弟倆起了床，剛剛漱洗完畢用罷早餐，就被折子渝叫到方廳裡去，把他們兩個好一通教訓。其實他們兄弟常常留連花叢，折子渝並非不知，可是以前還沒有一回像今天這樣責難過他們。

兩兄弟莫名其妙，也不知道小姑姑今天哪兒氣不順。他們哪裡曉得折子渝今番如此動怒，不是因為他們逛了窯子，而是他們還帶了楊浩同去。折子渝對楊浩如今雖未動了十分的心思，卻已有了七分的中意，這兩個小混蛋自去風流也就罷了，還拉了可能是他們未來姑……咳咳，想想就有氣。

折惟正、折惟信兩兄弟滿心委屈地被比他們還小著一些的姑姑罵了個狗血噴頭，唯唯諾諾地便表決心，賭咒發誓地表示今後一定要「痛改前非」，折子渝這才消了點氣，正要讓他們將功贖罪，去把楊浩邀入折府，以便找個機會相見，折惟昌就跑了進來，他一路跑一路嚷道：「大哥、二哥，楊欽差來了，跟叔父正在堂上爭吵，啊……小姑姑。」

折子渝霍地站了起來，問道：「他們在吵什麼？」

折惟昌嚥了口唾沫道：「楊欽差不知從哪兒聽說我爹安置那些北漢百姓的地方有些不妥當，今天一早就來見叔父，要求叔父提供蘆河嶺的地圖，並說明安置在那裡的原因。叔父說這些子民既已安置在西北，理當由節帥安置，不須他再操心。他卻說官家聖諭未下，他這欽差便責任未了，既然叔父不願配合，那他無論如何也要趕赴蘆河嶺一探究竟。」

折子渝眉頭微微一皺，輕輕踱了兩步，回首問道：「赤忠如今仍在蘆河嶺？」

「是啊。」

折子渝沉吟片刻道：「去告訴你二叔，就說是我說的，讓那楊欽差去吧。」

折惟昌一呆，吃吃地道：「可是，當初爹爹說……」

「呆子！」折子渝瞪了他一眼，說道：「當初是當初，現在是現在。要你們拖著他，瞞著他，可不是人家明明都知道了，還要硬攔著他。他是欽差，不是罪囚，如果執意要去，你怎麼阻攔？那不是顯得咱們心虛，更加弄巧成拙了？」

她坐下來道：「你們也知道，咱們西北地廣人稀，增加這五萬軍民，十年後可能就是十萬、十五萬，那對咱們折家的發展是大大有利的。你爹擔心的是朝廷把他們控制在手裡，利用這股力量對我折家不利。可是如果咱們把那那五萬百姓送到那裡就袖手不管，那他們本來不會成為我們的敵人，這下也要與我們為敵了。本來我不願插手折府大事，不過現在大哥不在，我就勉為其難地幫幫忙好了，這事我會妥善處置，你快去，叫你二叔答應了他，立即派人護送他往蘆河嶺一行。」折惟昌聽了連忙返身跑了出去。

女人就是這麼感性的，在別人看來哪怕有萬般錯處，只要有那麼一條合了她的脾胃，她就怎麼瞧著怎麼順眼。原本府州的軍國大事她是能偷懶就偷懶，如今事關楊浩，她就要盡些心思，琢磨怎麼想個兩全齊美的辦法，盡量妥善解決這件事情了。

那邊折御卿得了折惟昌通風報信，他素知小妹機智，便順勢改了口風，答應派人隨楊浩往蘆河嶺一行。待安排了人隨楊浩離去，他立即匆匆趕到內宅去見小妹，想問清楚她的心思。

到了後宅小妹的閨房，折御卿吃了一驚道：「子渝，妳這是要做什麼？」只見折子渝玄衣玄褲，纖腰一束，這樣的胡服打扮似是要乘馬遠行，折御卿自然大為意外。

折子渝見到他來，微微一笑，說道：「二哥，我方才仔細考慮過了，對大哥的計畫做了一些補充。」

「二哥你坐。」折子渝給他斟了杯茶遞到他手邊，也在下首坐了，侃侃而談道：「二哥，這五萬漢民入我府境，既是一利，又有一害。利者在於，一旦這五萬人口為我所用，便憑空增加一股力量。若是這五萬人口被朝廷控制，便如在我腹心安插了一個釘子。所以大哥才把他們安排在蘆河嶺，目的就是靠著三方勢力的壓制，使他們就算被朝廷控制，也不能產生什麼作為。」

「著哇，大哥正是這個意思，怎麼，妳覺得大哥這樣做不妥？」

折子渝搖頭道：「不是不妥，而是還不夠。」

「此話怎講？」

「把他們往那兒一安排，任其自生自滅？不錯，那樣一來，對咱們的威脅是沒了，這支力量也葬送了。這還是最好的打算，一旦他們心生嫌隙呢？若投了麟州還好，楊家的勢力和地盤都不及我折家，又是脣齒相依共抗夏州的盟友。若是他們為求生存改投夏州呢？」

折御卿遲疑道：「投靠夏州……不太可能吧？」

折子渝微微一笑，說道：「有什麼不可能？你別忘了，他們來自北漢，並非大宋子民，一旦大宋棄之不顧，折家送之入死地，他們要向誰表忠心？有什麼理由不為了生存而自尋活路？如果那五萬軍民有了危險，一怒之下乾脆投了夏州則不無可能。」

折御卿臉色微微一變，折子渝又道：「再者，從朝廷上來說，把他們安排在那兒，朝廷就算有安置流官的心，也無力利用他們做什麼事了。如果我是官家，眼見已然定居，乾脆就把他們做了棄子，安置一個倒楣官去打理，卻不必要他們來做什麼事，一旦他們受到攻擊，這守土之責便是折家來負。真要是讓他們被党項諸部滅了，焉知來日這件事不會成為官家討伐我折氏的一個理由呢？」

折御卿臉色凝重起來，緩緩點頭道：「子渝所言有理。大哥急於出征以應付趙官家，所以考慮難免不夠周詳。妳二哥我又一向不擅謀略，那麼依妳之見，咱們如今應該如何補救呢？」

折子渝道：「那塊地方，並非不毛之地，水草豐美，沃野千里，的確適宜定居久住。所謂的險阻，不是天地之險，而是人力促成。三方勢力交界之處，哼！那是站在大宋官家的角度看的，如果我們稍表善意，就能搶在朝廷之前把民心爭取過來，讓他們知道，所謂的危險，只來自於党項一方，府州折家和麟州楊家都是他們的靠山。有了希望，他們才不會動搖，危急中伸出援手，才能化可能之敵為必然之友，去一敵而增一友，這不是好事嗎？」

折御卿急問道：「具體下來，妳有什麼打算？」

折子渝道：「如今朝廷的主張還沒有下來，咱們可以搶在朝廷前面，先從那數萬軍民中選擇一有威望者暫任團練使，以管理這數萬百姓。再送些米糧、武器給他們，使他們擁有自保之力。這樣，有他們幫咱們守住一角，就相當於咱們在那裡駐紮了一支大軍，以後麟、府兩州之間的糧道，也能更安全些。朝廷派了流官來時，已然失了先手，哪那麼容易就扭轉局勢？這暗中較力，咱們折家可是近水樓臺呀。」

麟州楊繼勳與府州向來同氣連枝，共進共退，除了楊家本身實力不及折家，還有一個重要原因就是，麟州本地所產的糧食不夠供應當地軍民，需要從外地買糧，這糧道，必須經過府州地境，可以說府州是扼住了麟州的咽喉的，所以根本不用擔心麟州會與他們為敵。

然而府州往麟州運糧，每次都要動用大軍護送，勞民傷財。蓋因夏州李氏時常縱容麾下各部扮強盜過來搶糧，為此雙方每年都要大打出手，只不過李家打的是土匪的旗號，他們勢大，一旦撕破臉皮，勢必更加肆無忌憚，折楊兩家只好裝聾作啞，只當自己打的是土匪。

想起這些因素，折御卿便道：「子渝所言有理。送他們些糧米武器，這個主為兄還是作得的。不過……這事也不必妳親自去吧，派幾個親信的將領去送糧草軍械便是。」

折子渝笑道：「你的人還是要派的，我只是跟去看看熱鬧，多了解一些那裡的情形，才能做到心中有數，對症下藥。」

折御卿想想此行也不會有什麼危險，便道：「成，那妳自己小心一些，需要取用些什麼東西，妳只管與任卿書說，要老任去安排就是。夏州李氏貪得無厭，為了讓他們配合咱們鼓惑党項七部作亂，大哥給了他們一大筆好處，可是這才幾天工夫，夏州李氏的信使又到了，說李繼筠過些日子還要到府谷來，與咱們商談借道往中原銷售皮毛的事情，說不得是要在這過境的稅賦上再動腦筋了，我得與幾位幕僚好生研究一下對策，妳若能及時趕回來最好，有妳這女諸葛在，二哥才放心。」

折子渝嫣然一笑，說道：「小妹省得了，我會盡快趕回來的。」

她麻利地挽起頭髮，用一方潔白的手帕包了，整個裝扮乾淨俐落，登時就成了一個尋常人家的俊俏女子：「二哥，那我走了。」

折子渝話音剛落，就見她那小姪兒折惟忠屁顛屁顛地跑了來，嚎啕道：「我要姑姑，我不要孵蛋了，我要跟姑姑出去玩，不帶我去我就哭，哇……」

＊　＊　＊

楊浩與折御卿一番交涉，折御卿大打官腔，敷衍了事。楊浩使命已了，雖持著欽差節鉞，卻也轄制不了人家，兩廂裡正在據理力爭，一個少年公子走進來對折御卿附耳低語幾句，折御卿的態度便來了個一百八十度的大轉變，不但送了他蘆河嶺附近的地理形勢圖，還一口答應派人隨他前去，然後便客客氣氣地把他送出了大門。

楊浩心中納罕，但他此時牽掛著已在蘆河嶺上扎下根來的數萬百姓，也無暇去揣測其中緣由。他匆匆趕回驛站，下了馬車正在進院，便聽旁邊一聲興奮的呼喚：「楊浩大叔！」

「狗兒？」楊浩欣然轉頭，就見馬燚趴在一輛馬車裡，正興高采烈地向他招手。

也不知是不是這段時間調養的好，楊浩發現她兩眼有神，原本蠟黃的臉色變得白皙中帶著幾分粉嫩的紅潤，看起來倒像一個俊俏的小姑娘似的。

楊浩走過去，欣然笑道：「狗兒，這些日子你到哪兒去了？大叔很想你呢。」

馬燚趴在車棚裡依依不捨地道：「我也想大叔，我跟師父爺爺去落霞山棲雲觀住了些日子，現在要去太華山了。楊浩大叔，狗兒要有很久看不到你了。」

馬大嫂從車上下來，向楊浩福了一禮，誠摯地道：「楊大人，若非你的照顧，我們娘倆在這兵荒馬亂裡，早就成了一堆白骨。老仙長收了我的孩子為徒，我也要隨去太華山，今日趕來，只為向大人您道一聲謝。」

楊浩忙道：「馬大嫂，您千萬不要客氣。老仙長是很有本事的人物，狗兒能隨老仙長學藝，將來必定會有一身大本領，這是好事啊。」

馬大嫂見李員外、折姑娘對扶搖子都是恭敬禮遇，也知道這道士是個大有來頭的人物，聽了歡喜地道：「楊大人說的是，我這孩兒命好，連遇貴人吶。」

馬燚戀戀不捨地道：「楊浩大叔，等狗兒跟師傅爺爺學了一身大本領，就回來找大叔，跟在大叔身邊做事可好？」

楊浩笑道：「好啊，大叔求之不得呢。」

馬燚振奮起來：「那，大叔，咱們就一言為定啦。」

「呵呵，好，一言為定。」

馬燚舉起手來，楊浩彎腰探進車棚，與她柔軟的小手「啪啪啪」地三擊掌。目光一閃間，楊浩發現扶搖子也在車廂裡，正側身而臥，呼呼大睡。

馬燚與他三擊掌，臉上露出甜甜的笑意，可是隨即卻像小大人似地嘆了一口氣，說道：「可是……狗兒才九歲，還要好多年呢。」

楊浩笑道：「也沒多久啊，塞外許多人十二、三歲就能上陣殺敵呢，咱們漢人比他們差在哪裡了？有老仙長這樣的大宗師調教，狗兒將來一定會變得如狼似虎。」

狗兒淡而細的雙眉輕輕一皺，「啊」了一聲道：「要如狼似虎啊？又兇又醜的，好難看。」

楊浩哈哈大笑：「說的是，狗兒藝成下山來見大叔時，應該穿一件杏黃道袍，背一口寶劍，衣繡北斗，大袖飄飄，扮一個仙風道骨、年輕俊俏的小道童，呵呵……」

醜小鴨變天鵝，也不過如此了。馬燚聽了也是嘻嘻一笑，一想自己會有那樣一天，登時滿心激動，離別的愁緒都淡了。她只盼著那一天早些到來，讓一個漂漂亮亮的自己出現在楊浩大叔的面前。

楊浩又看了一眼酣睡不醒的扶搖子，說道：「狗兒，大叔正有一件急事要馬上趕去做，不能陪你說的太久了，待你學好了本事，大叔等你來。」

「嗯！」馬燚認真地點頭：「狗兒九歲了，大叔剛剛說的，十二、三歲就可上陣殺敵，那我……一二三四……頂多三、四年，就下山來找大叔。」

「不急不急，你多學幾年本事，本事越大，才能越幫大叔的忙。」楊浩笑笑，其實沒太往心裡去。孩子心裡總有許多理想，隨著年齡的增長，理想便要面目全非。這小傢伙今日這麼想，誰知道幾年之後會有什麼樣的主意。

他親暱地摸摸狗兒的腦袋，對馬大嫂道：「馬大嫂，楊浩公務繁忙，這就告辭了。」

馬大嫂忙道：「楊大人慢走。」

楊浩又向呼呼大睡的扶搖子深施一禮，漫聲道：「老仙長一路順風，狗兒……就拜託仙長了。」

扶搖子猶自沉睡，楊浩又向狗兒一笑，便大步進了驛站。

李員外家派來的車夫揮動長鞭，他們的馬車向前方駛去。馬大嫂在車廂裡盤膝坐定，攬過女兒道：「傻孩子，知恩圖報，娘教妳的就是這個道理，也不會去阻攔妳，可妳是個女孩兒家，怎麼能上陣殺敵？又怎麼為楊大人效力？」

狗兒反問道：「女兒家怎麼就不能上陣殺敵？娘還不是從小拿狗兒當男孩子養。」

馬大嫂在她頭上彈了一記，嗔道：「那是因為妳爹一直想要個男娃兒。後來，兵荒馬亂的，當妳是男娃兒安全些，妳還真把自己當成男子漢了？不懂事的小丫頭，等妳長大了就知道了，衙門裡，根本不准女人當差做事的。」

狗兒不服氣地一晃腦袋：「那狗兒就一直扮男人，那樣大叔就肯收下我了。」

一旁扶搖子微微張開一線眼睛，聽著母女倆的爭執，心神已飄到了雁門關外的紫薇山上：「折姑娘替我往關外送信的人已經上路了吧？那天機，我陳摶道行淺薄，是看不出他的來歷啦。這回就看你純陽子的本事了，也不知那老不正經的牛鼻子願不願意走這一遭……」

百七一章　來襲

楊浩輕騎簡從地趕赴蘆河嶺，為恐折御卿暗中動手腳，領著他們走冤枉路，剛剛趕到府谷城的葉大少也跟著回去了。

離開府州三天，天地漸漸變得更加開闊起來，放眼望去，到處是綿延無邊的曠野，遠遠的高山上，自山腳、山腰、山頂，不同地帶的樹木把那遠山染成了一道道不同的顏色，這恢宏壯麗的景觀，彷彿是一個天神巨人揮毫潑墨，渲染出來的山水畫卷。

時而又是寸草不生的一片黃土高原，那山盡為黃土，經年累月受著雨水沖刷，把那劈削似的山壁沖出一道道奇形怪狀的溝壑。看那黃土高坡的滄桑，已不知閱盡了多少歲月，仍然靜靜地佇立在那兒，也許時常有旅人經過，卻從不曾有人注意過它們。

「楊欽差，前邊……就要進入蘆河嶺地界了。」

軍都虞侯馬宗強向前方指道：「你看，從前邊那道嶺吹過來的風，使這裡的地理天然劃分為兩段。這一段寸草不生，黃土蓋地，越過那道嶺，卻是碧草連天，再行不遠，還有一條大河，那就是蘆河，直通蘆河嶺。這條大河極寬，不過整條大河都掩在蘆葦叢中，一眼望去，肉眼難尋。」

楊浩掃了一眼葉之璇，葉之璇悄然點頭，以示馬宗強所言無誤。繞過了前邊那道山嶺，眼前豁然開朗，綠草連天，如同海洋。油綠的草地就像一疋色彩鮮豔的緞子，起起伏伏地直鋪到了天邊去。

幾座小山包靜靜地趴在草原上，有的也為綠草和小樹所覆蓋，有的卻是光禿禿一片，大概是因為土質不同。但是有它們山腳下綠如海洋的野草，上襯透澈得不摻一點雜質的藍天，卻並不顯其荒涼。這隊人馬的到來，偶爾會驚起草叢中的野獸和飛鳥，顯示著這片土地蘊藏的生機。

楊浩暗自忖道：「這裡的確是一片沃土，如果沒有戰爭的因素，在這片土地上開荒、放牧，能養活多少人啊？這裡土地肥沃富饒，比他們原來所住的那片貧瘠土地強過百倍，如果沒有各方勢力的角逐，這片地方將會變成那些北漢百姓定居的樂土。不過，若非由於各方勢力的角逐，這麼適宜居住的肥沃土地也不會閒置到現在吧？」

楊浩信馬游韁，思緒放開了去，又想：「如果不能妥善照顧到各方的利益，只憑一腔正氣是於事無補的。站在不同的立場上，考慮的就是不同方面的利益，普天之下莫不如此。

「大宋伐北漢是正義的？還是契丹攻大宋是正義的？都不是，為的都是各自的國家利益罷了。放到府州來還是如此，事實上，趙官家有削藩之心，我又如何不知？除非折家情願把府州拱手相讓，去開封府做個寓公頤養天年，否則他們採取一些防範措施也情由可原。我楊浩想要折大將軍改變主意，另行安置這些移民，難啊。此去蘆河嶺，我到底能做些什麼呢？向官家奏表，由朝廷給折家施加壓力？折家如今是聽調不聽宣的，目前這種情形下，趙官家也是不會迫得折家太緊的……」

放眼望去天地寬，楊浩的雙眉卻緊緊地蹙了起來。他走仕途，謀做官，為的本是一己私仇，如今重返霸州報仇雪恨的事尚無著落，一樁樁他楊浩根本無法承擔的重任、一個個他難以解決的問題，卻不斷落在他的肩上，而他偏偏又做不到視若無睹。想起此刻仍在府州驛站大醉不起的程德玄，楊浩心頭一陣苦笑，忽然有些羨慕起那位程大人了。

又行半日光景，野草更形茂盛，藍天下，微風一過，高可齊腰的野草便翻捲著波浪，一層層地跌宕起伏。耳邊，清風送來河水流淌的聲音，可是卻見不到河的影子，右側不遠就是一人高的蘆葦叢，蘆葦密不透風，想必那條大河就隱在蘆葦之中。

葉之璇忽道：「楊欽差快看，那座山嶺，看到了沒有？那兒就是蘆河嶺，嶺後是群山環抱的一座山谷，說是山谷，其實其中平原極大，住多少人都不成問題。」

楊浩抬頭看去，興奮地道：「走，咱們加快些速度。」

一旁馬宗強笑道：「楊欽差莫要著急，望山跑死馬，看著雖近，真要趕過去，路還長著呢。」

這句話楊浩也聽說過，只是方才一時忘形，聽他一說才省到自己有些沉不住氣，不禁赧然一笑，但是那心卻已飛到了蘆河嶺上去。

天色將暮時，終於趕到了嶺前。楊浩胯下的戰馬不覺加快了速度，與馬宗強、壁宿、葉大少等人向前趕去。眼看將到嶺下，突地發現前方草原上正展開一場惡戰。山腳下千餘宋軍步卒持槍前指，排成密集的陣形，將山嶺入口牢牢堵住，另有百餘名身著宋軍或民裝的勇士手舞刀槍，騎著戰馬，正與數百騎士廝殺在一起。

這些騎馬的宋軍或漢服民壯顯然也知道自己的弱處在於人少，與對方遠射或讓對方排開衝鋒隊形對自己大大不利，所以個個驍勇，殺入了敵陣中去，與敵人捉對廝殺，這一來，對方外圍人馬根本使不上力，只得策馬盤旋，一邊呼喝助威，一邊注意著嶺下宋軍的動向，防止步卒靠攏。

那些衝入敵陣的宋人太過驍勇，個個人如狼、馬如虎，在敵陣中衝來衝去絲毫不落下風，待見突然又有數百人的宋軍隊伍出現，而且這一次出現的宋兵大多是騎兵之後，那些敵人終於驚慌起來，有人忽哨一聲，數百名騎士便向遠處退卻。

楊浩定睛細看，只見那些騎士胯下戰馬雖然神駿高大，可是一個個穿著卻顯襤褸，大多數人在這炎炎夏日，都是斜穿一襲破舊的羊皮襖，就像許多草原上因為過於貧窮，一年四季都只有一身衣服的牧民。其中身上穿著簡陋皮甲的不過寥寥數人。他們用的兵器更是五花八門，有些根本就是牧馬放羊防禦野狼的叉桿。

一見敵襲，馬宗強立即集中一支騎兵隊趕上去支援。其實那些敵人被突如其來的這支騎兵大隊給嚇著了，這支宋軍當中大多數人乘的只是代步的劣馬，並不能疾馳作戰，真正能用於征戰的不過二十多匹馬而已。

那些草原牧人一得號令，立即開始撤退，其中有幾名著簡陋皮甲的，顯然是這支隊伍的首領人物，他們使的刀槍也比較犀利，關鍵時刻，他們便負責斷後，與宋人騎士竭力廝殺掩護大隊撤退。楊浩這才看清與牧人們作戰的那些民裝漢人乃是李光岑手下那十多條大漢。

這些大漢馬術精湛，武藝高強，人人有以一敵十的本領，其中尤以木恩為甚，他使一柄勢大力沉的鐵戟，大開大闔，縱橫八方，如同狂風暴雨，壓制得與他對戰的一個穿半身甲的騎士脫身不得。

那些草原騎士大多已經逃去，斷後的幾個人本已逃開，眼見那人被木恩追殺難以脫身，其中一個穿短甲、頭上戴著一個不知是秦漢什麼朝代款式的鐵盔少年，突然返身策馬向木恩衝來，抬手一矛刺向他的後心，想要為那被木恩纏住的小將解圍。

木恩十幾個兄弟這時都圍攏過來，可是他們並不上前，似乎對木恩的武藝十分信服，只是紛紛圍攏在四周觀戰，只見木恩單槍匹馬，手使一根大戟，戰馬馳騁，在方圓數十丈的範圍內與那兩個少年走馬燈一般大戰，其精彩真有虎牢關前三英戰呂布的風範，只是這木大哥生得張飛一般，實不如人中呂布一般俊朗。

「嘿！」木恩一聲大喝，長戟一掃，戟尾掃中那少年的頭盔，那鐵盔被揚上半空，只聽那少年驚呼一聲，一頭長髮便飛揚起來。木恩反手一戟又是一勾，將他手中的長矛也扯了過來，哈哈大笑聲中雙馬一錯鐙，縱身一探，便抓住了那少年的腰帶，將他整個人扯下馬來，打橫舉在空中，顧盼生威，洋洋自得。

四下的武士們齊聲喝采，那些聯手追擊草原騎士未果的宋軍騎士們剛剛趕回來，見此情形也是大聲叫好。另一個少年見狀大急，勢若瘋虎一般撲上來奪人，木恩嘿嘿一笑，手舉著戰利品已閃出了眾人圍攏的包圍圈。木恩一出去，便有兩名大漢撲上來，使兵器擋住了那少年的攻勢，將他迫回了圈子裡去，只見他們貓戲老鼠一般圍成一個圈子，不管圈內那少年衝向何處，都使武器將他逼回去。

那圈子隨著他們的戰馬一步步靠近，變得越來越小，被木恩擒住的少年嘶聲大叫：「小野可兒，不要管我，你快走。」楊浩遠遠聽他聲音尖利，倒像一個女孩兒家似的。

眼見包圍圈子越來越小，四下裡十幾名武士極有默契，不約而同收了刀槍，從戰馬佩鉤上摘下一條套馬索，在空中搖晃著，口中習慣性地發出驅趕似的呼號，被困在當中的少年紅著眼睛向木恩衝去，可他使槍只擋開幾條繩索，其他的繩索便極準確地套在了他的身上，那些大漢哈哈大笑，四下用力同時使力一拉，那少年整個人被繩索牢牢捆住，竟然懸在了空中，胯下的戰馬直衝了出去。

眼見二人被擒，餘者盡皆逃去，山嶺下的宋軍收了刀槍，一些百姓也從山上奔下來，楊浩策馬上前時被百姓們看見，看見帶領他們歷盡千辛萬苦逃出生天的楊欽差出現，百姓們登時歡呼起來，引來了更多的百姓，這一番解圍已被他們自發地算在了楊浩的頭上。

眼見楊浩已經卸任，還能受到百姓如此擁戴，赤忠和馬宗強神色微動，不約而同地朝對方遞了一個眼色。

與那數萬歡迎的百姓們打過招呼，整軍收隊返回山谷時天都黑了，楊浩與赤忠、馬宗強進了半山腰上一個已經修好的窯洞，眾人稱為木老漢的李光岑也被邀請了來。如今就算普通百姓也看得出這木姓老者極有來歷，此番驅走那些強盜，木老漢的人是出了大力的，他們所展示的高絕的馬上功夫、精妙的箭術、高強的武功，便連赤忠、馬宗強也是另眼相看的。

這地方泥土的土性極黏，李玉昌依據山勢，盡量採用挖掘，配以少量磚石木料，已經修蓋好大量的房舍，這樣的房子冬暖夏涼，極為適合這裡的氣候，而且極為結實。他們進了一幢房子，依次坐好，便令人把那被擒的兩個少年帶了上來。

果然，被木恩生擒的那個少年其實是一個少女。她穿著一身粗葛布的衣衫，衣衫邊緣鑲嵌著褐色的皮革，這對衣服有著保護作用。儘管如此，由於那衣衫太過陳舊，她的膝蓋肘彎處還是早已磨破了。

少女身子高挑，鼻梁修挺，小麥色的健康皮膚，長得清秀端莊，可是那雙湖水般澄澈的大眼睛卻帶著一股兇狠和野性。她看著楊浩時，楊浩毫不懷疑，如果現在讓她掙脫了綁繩，她縱然赤手空拳，也能撲上來一口咬住自己的喉嚨。

狼……她就像一頭桀驁不馴的小母狼。那麼，旁邊那個少年呢？

楊浩的目光轉向了他，那個少年的穿著比那少女更加破爛，可是那破衣爛衫裡裹著的身軀，充滿了野性和張狂。他被反剪雙手，綁在可以一言決他生死的人面前，但是他直挺挺地站著，那氣勢就像站在山巔俯瞰大地。傲，狂傲。而他的目光，卻那少女更加凌厲，如果說那少女的目光透著兇狠和野性，那麼他的目光根本就是嗜血了。

赤忠冷聲問道：「你們是党項哪一部的？」

那一男一女兩個少女狠狠地瞪著他一言不發，彷彿根本聽不懂他的話。

赤忠冷笑起來。党項八氏最初在青海之東南游牧，自隋代開始便向中原靠近，到了唐代中期，就已遷徙到如今的陝西北部了，與漢人接觸極早。党項八氏中的拓跋氏曾是北魏皇族，北魏入主中原後穿漢服，說漢語，鬧到後來鮮卑族本族的語言都有很多人不會說了。如今拓跋氏為党項八氏之首，漢語在党項羌人中更是成了通用語，根本沒有聽不懂的道理。見他不說，赤忠冷笑一聲道：「看來，不動大刑，你們是不會招了。來人吶……」

「且慢！」危急關頭，唱紅臉的來了。楊浩笑吟吟地攔住了他，和顏悅色地道：「兩位，本官知道，西北各部之間，常常鬧些糾紛。可話說回來，無論是夏州的定難軍節度使李大人、還是麟州楊將軍、府谷折將軍，都是一殿之臣，都是大宋的將領。咱們，都是大宋的子民。部族之間起些糾紛，我們這些做官的，只有盡量平息、排解，不會在百姓之間製造更大的仇恨。你們是什麼人，為什麼攻擊這些百姓，可否說與本官知道？如果你們是受了什麼人差遣，被什麼人蒙蔽，本官……是會酌情處理，盡量寬大的。」

「呸！狗官！」那少女一口唾沫差點沒吐到楊浩臉上，楊浩摸摸鼻子尖上的唾沫星子，轉向赤忠，攤攤雙手道：「赤軍主，還是你來問吧。」

赤忠肩膀一端，揚聲道：「來人啊……」

「且慢。」唱紅臉的又來了，一旁側坐的李光岑那雙銳利如鷹的老眼在這一對少年臉上轉了轉，微微一笑，說道：「幾位大人，老夫有句話說，雖然如今咱們都是大宋子民，但是這草原上的風俗習慣，還是應該遵守的，入鄉隨俗嘛，你們說對不對？」

「那是，那是。」楊浩對他的來歷越來越好奇了，忙不迭地點頭道：「不知道木老有什麼話說？」

李光岑道：「草原上的規矩，兩軍交戰，勝者所俘，為其私人所有，為奴為婢，悉從其便。依老夫看，這些人衣衫襤褸，武器陳舊，應該是些草原上的流匪，從他們嘴裡能問出什麼有用的消息來呢？在他們身上實無必要再浪費功夫，處置了他們，嚴加防範流匪再來便是。

「楊欽差，您保護我們數萬軍民，直至把我等安全送抵此處，所有的百姓都感念你的恩德，可是我們又沒有什麼可以送給欽差大人的禮物，心中一直很是不安。老夫看這少女雖然蠻橫，姿容還有幾分俏麗，好生調教一番便也溫馴了。她是我這僕從木恩擄回來的，如今我就作主把她轉贈於欽差大人，讓她為你鋪床疊被，端茶遞水，侍奉枕席，還望欽差大人莫要推辭。」

這話一出，那對少年男女臉色頓時一變，楊浩目光一閃，已然清楚了他們之間的關係，這兩人當是一對情侶無疑，楊浩暗讚老木眼光毒辣，便也配合著他，轉過頭來色迷迷地看著那少女。

那少女雖悍不畏死，這樣被他盯著，也不免露出些膽怯來。楊浩由頭到腳仔細打量一番，嘿嘿笑道：「嗯，的確不賴，好生打扮打扮，再換一身衣裳，倒也是個俏麗的美婢。木老一番美意，呵呵，楊某就生受了。」

百七二章　決意

「你敢！」那少年聽了楊浩的話勃然大怒，向他嗔目大喝，說的正是字正腔圓的漢語。

楊浩微笑道：「有何不敢？你是草原上的男兒，難道不懂草原上的規矩？你們是木老孚獲的，做為他的私有財產，他有權將你們轉贈他人。在草原上，你們難道不是這麼幹的？看看你們，過的這叫什麼日子，苦哈哈的不說，連女人都要為了口食上陣廝殺。」

他轉向那少女，笑道：「姑娘，跟著本官，保妳榮華富貴、錦衣玉食，可比妳跟著這窮小子在草原上流浪強多了。」

那女孩毫不領情，厲聲道：「你敢沾我一根手指頭，我就殺了你！」

赤忠和馬宗強都明白了李光岑的意思，馬宗強立即配合笑道：「姑娘，妳不要嘴硬，等妳成了楊欽差的女人，再懷了他的孩子，若妳還捨得下手殺他，那也由得妳便是。」

那少女沒想到這幾個漢人將軍如此無恥，氣得俏臉飛紅，欲要罵人又不知該如何接口。赤忠仍然擺著一副大將軍的派頭，一本正經地咳了一聲，拉著長音又道：「來人吶，把這小妮子給楊欽差送進房子裡，洗洗刷刷，打扮漂亮些，今晚本將軍還要去鬧洞房的。」

門口的宋兵甲和宋兵乙忍著笑走過來，拖起那少女就走。那少年急了，大叫道：「諶沫兒，放開她！你們這些無恥的漢人，你們要幹什麼都衝我來。」

馬宗強上上下下看了他幾眼，搖頭道：「你恐怕不行……楊欽差未必看得上眼。」

這一下堂上堂下的人都忍俊不禁地笑了出來，那少年向他怒目而視，厲聲喝道：「小野可兒是草原上的好漢，既被你們抓了，要殺要剮都不皺一皺眉頭。但是要是誰敢欺侮我的諶沫兒，我野亂氏全族與你們從此不死不休！」

李光岑的眼睛突地一亮，立在他身後一直面無表情的木恩神色也微微動了動。赤忠眼中露出一絲笑意，他擺擺手，那兩名宋兵便放開了諶沫兒退到門口，諶沫兒立即走到那少年身邊，與他肩膀挨著肩膀並立於地。

赤忠問道：「你方才說……你叫什麼名字？」

那少年一字一頓地道：「小野可兒。」

李光岑接口道：「党項一族自隋末東遷以來，語言日趨混雜，混用了許多周圍部族的語言。漢人、突厥、契丹等等，契丹族中有『那可兒』一語，專指貴人的貼身侍衛，党項語中的『小野可兒』與之意思大致相同，亦指武士、侍衛。這人應該是某位野亂氏族大人的貼身侍衛吧。」

那少年聽了把胸膛一挺，傲然冷笑道：「我不是侍衛，而是武士，野亂氏最英武的戰士，我的名字就叫小野可兒，我是野亂氏族長之子！」

「野亂氏族長之子！」眾人的眼睛都亮了起來：「這下可逮到大魚了，不過……似乎也惹了大禍了。野亂氏在党項八氏中是最兇悍的一族，若非萬不得已，就連夏州拓跋氏輕易都不願去招惹他們，如今捉了他們族長的兒子，這一下……」

眾人紛紛向赤忠望去，此刻在座的人裡面他的軍職是最高的。赤忠臉色微沉，身軀前傾，沉聲問道：「野亂氏？你們到這裡來做什麼？」

小野可兒冷笑著反問道：「你們折府可以引兵去攻我族，我們不能來你府州嗎？」

赤忠目光一閃，追問道：「這麼說，你們是要以攻為守，反擊我府州地境了？我來問你，除了你們，還有幾部人馬，準備攻打我們哪些地方？」

小野可兒昂頭不語，赤忠一見，坐直了身子，擺手道：「來人啊，把這小妮子給楊欽差送進房子裡，洗洗刷刷，打扮漂亮些，今晚本將軍還要去鬧洞房的。」

諶沫兒雙臂一抖，掙開那兩個宋兵的手，大聲道：「你們不用疑神疑鬼的，我們野亂氏人光明磊落，若要與你們一戰，我們就不怕讓你們知道。我們現在被你們追得躲進了荒山僻嶺去，吃不得吃，穿不得穿，哪有餘力再來攻府州？這一次，是因為我們的族人到你們府州境內購買藥物返回時，發現許多漢人來蘆河嶺落腳，我們才想來掠些食物、鹽巴……」

赤忠窺她神色不似說謊，沉吟片刻便道：「把他們兩個先押下去，好生看管著，勿要走脫了人。」

待小野可兒二人被押走，赤忠面色凝重地道：「沒想到，咱們剛剛到了這兒，党項人就來招惹是非了，如今咱們捉了野亂氏的少族長，此事……恐難善了了。」

楊浩趁機道：「不錯，楊某此來，正為此事。此地水草豐美，確宜安排這數萬百姓，只是……此地處於李、折、楊三家勢力交界之處，三方一有齬齟，此地首當其衝，這數萬百姓如何能得安寧？本官來，就是想看看如何想個萬全之策，以消百姓隱患。」

「這事嘛……」赤忠一抬頭，見李光岑坐在一旁，正側耳傾聽楊浩說話，立時便住了嘴。李光岑自幼在吐蕃部族做人質，慣會看人臉色、揣人心事，一瞧赤忠欲言又止，立時明白過來，他微微一笑，起身告辭道：「兩位大人要談論公事，小民可不方便再留下了，告辭。」

李光岑告辭出來，那一直石雕般立在他自後的木恩仍是面無表情，沉默地跟著他走出去。出了這個窯洞，只見山谷中還有許多暫在草地上搭了帳篷居住的百姓，帳篷星羅棋布，猶如草原上一朵朵的蘑菇。

雖然剛剛經歷了党項族人的攻擊，此刻山谷內外卻又已是一片祥和，夕陽下，許多辛勤的百姓正在辛勤地修飭著自己的家園，哪怕只是一個臨時的帳篷，他們也想盡善盡美。

李光岑站在半山腰上，望著山谷不語。木恩走到他的背後，沉默有頃，低聲道：「主上。」

李光岑頭也不回，只是「唔」了一聲。

木恩沉不住氣了，鼓起勇氣又道：「主上，那小野可兒是野亂氏少族長，野亂氏反叛李光睿的決心最大，七部邀主上歸來，其中野亂氏也是最為熱忱的一族。如今，咱們既已到了這裡，何不與他們聯繫一番，党項七部只要奉主上為共主，再拉出咱們在草原上訓練出來的那數千精卒，未嘗不能與李光睿一戰。夏州方面……只要曉得了主上的身分，必然也有一些部族心思動搖，有心歸附主上。」

這鐵一般的漢子還是頭一回說這麼多話，說出來的話有條有理，與他粗獷冷漠的外表完全不符。

李光岑從腰間解下酒囊，使勁灌了一大口，微笑道：「木恩，你有一身本領，留在我這腐朽無用的老頭子身邊，真的是糟蹋了你。你的天地應該在這大草原上，如果你有雄心，可以帶著他們一起離去，草原上的那個部落，也可盡歸你所有，或許……你能闖出一番天地來。」

木恩臉色大變，直挺挺地跪了下去，雙手伏地，惶聲說道：「主上，木恩竭誠效忠，不敢稍生異心。主上這番話，木恩百死，不敢相從。」

李光岑轉身向西北望去，眼睛有些溼潤起來：「老了，老了，卻走到了這兒，大概是老天垂憐，讓我這顛沛流離一生的老朽，終於回了家門。這兒，離我出生的地方已經不遠啦，老夫……就終老於此吧……」

說著，他又灌了一口酒，踽踽地向前行去。木恩跪在那兒，怔怔地看著他的背影一動不動，他的身軀猶如一塊岩石，沐浴在金色的陽光裡……

*　　*　　*

天黑了，木恩和那些魁梧的大漢坐在李光岑帳外不遠處的草原上，一堆篝火熊熊地燃燒著，草木灰帶著星星點點的亮光飄舞過來，在他們的身周盤旋。

木恩沉聲道：「我要說的，已經說完了。現在，要看看大家的意思。我個人，願意侍奉主上，無論主上是否有心收復夏州，重奪基業。這是從我父親那一輩起，部族就交給我家的責任：保護少主。可是，我們也得為咱們的族人考慮，他們在草原上流浪得太久了，難道咱們就這麼一直流浪下去，直到忘了自己的根？」

眾人沉默半晌，其中一個漢子慢慢抬起頭來，緩緩說道：「大哥，主上猶豫不決，我們何不促使主上下定決心呢？咱們去放了那小野可兒，把主公的身分告訴他，党項七部聞聽消息必來相迎。到那時，主上的身分就要敗露，他想不去都不成啦。」

另一人立即沉聲反駁道：「你這樣做是大逆不道，挾迫主上！」

那人嘿然道：「不錯，但我這樣做，是因為主公雄心不再，是因為我們的部族親人還在異鄉草原上流浪。我只是想讓主上重振雄心，再做草原上的一頭雄鷹。」

十幾條大漢你一言我一語，有贊成的，有反對的，木恩聽得心煩意亂，全然沒有發覺主上已經悄然出了帳篷，正孤零零地站在不遠處一棵樹下聽著他們說話。

先前提議迫使主上應命的大漢長身而起，厲聲道：「眾兄弟不要吵了，此事可以由我去做，主上怪罪時，我當自盡謝罪，只要主公能重振雄心，木魁死有何憾！」說罷拂袖而去。

大樹後的李光岑腳下一動，卻又像被釘住了似地站住。他抬了抬手，凝滯片刻，卻還是無力地垂了下去，嘴角慢慢溢出一絲苦澀的笑：他可以阻止他們，只要他拿出主上的權威，這些鐵錚錚的漢子就會無條件地服從他，可是……捫心自問，他真的有這個權利嗎？他為這些族人、為了這些毫無怨言地追隨著他浪跡天涯的族人做過些什麼？

李光岑無力地靠到大樹上，又使勁地灌了一口烈酒。他的身子已經完了，儘管他的外表依然是那麼強壯魁梧，其實他的身體這些年來，因為艱苦的塞上生活，因為他沒有節制地酗酒，已是外強中乾。

他的摯交好友，草原上最有名的嚓喀欽大巫師費盡了心思也不能幫他調理好身子，因為即便吃著藥，他仍然要不斷地飲酒，天下沒有哪個妙手神醫能醫得好他這樣的病人。他的內臟已經被經年累月不斷飲下的烈酒弄壞了，已經沒有幾天好活了。如今一個垂死之軀能讓族人們再為恢復他的權力和榮光而去浴血廝殺？

李光岑的一雙老眼蓄滿了淚水，他不想在垂暮之年，再犧牲那麼多的人。可是，縱然不是為了他，只為了那些在草原上流浪，還在翹首企盼著他們的主上把他們帶回久別家園的族人，難道不該利用七部之亂搏上一搏？然而，他已經不能躍馬縱橫了，他的手下又沒有一個可堪重用的統帥。木恩在他的部下裡算是一個佼佼者了，可他也只可當一面之雄，他不是自己在夏州的那個堂弟的對手。

更何況，今日所見，党項七部實在貧苦至極，他們沒有糧食、沒有藥物、沒有武器，一頭沒牙的老虎能嚇得了誰？如果把自己的族人和這樣的党項七部交到有勇少謀的木恩手上，那唯一的結局也不過是讓他們去送死，只是死得華麗一些罷了，又有什麼不同。

李光岑正想著，那些大漢已悄悄散去，木恩走向李光岑所在的帳篷，片刻工夫就驚慌失措地跑了出來，大叫道：「主……」

「我在這裡。」李光岑淡淡一句話，就堵住了木恩的聲音，木恩急忙收聲，跑到他面前道：「主上，你怎麼醒了？」

李光岑沉默不語，木恩明白過來，他那如山的身子忽然一矮，低聲說道：「主上，木恩該死。我……我這就去阻止木魁。」

「罷了，」李光岑淡淡地說了一聲，緩緩走出樹下陰影，喝一口酒，仰一眼明月，悠悠地道：「你去，把楊浩……給老夫請來。」

木恩愕然抬頭：「主上，你……有請楊浩？」

百七三章　義父

小野可兒和諶沫兒被關在臨近山腳的一座窯洞裡，因為二人一身武藝，宋兵將他們綁在了室中一根立柱上，沒有燈火，窯洞裡一片漆黑，潮氣也重。

諶沫兒有些擔心地道：「小野可兒，他們會怎麼處置咱們？我看那個楊欽差色迷迷的，他……他不會真的想要搶了我去吧？」

小野可兒安慰道：「諶沫兒，妳不要害怕，我是野亂氏的少族長，除非他們把咱們野亂氏澈底剿滅，否則是不敢把咱們怎麼樣的。我們党項人，有恩報恩，有仇報仇，為了恩仇不惜一切，沒有人敢隨意跟咱們為敵。」

二人正說著，突聽外面傳出異響，好像重物墜地的聲音，然後房門外的火把一滅，吱呀一聲房門就打開了，二人立即閉了嘴，警惕地向門口望去。

門口站著一個高大魁梧的身影，披了一肩月光，看不清他的五官。他慢慢走了進來，在二人身前站定，小野可兒忍不住問道：「你是誰？」

那人沉默片刻，突然說了一句党項語。党項人有自己的母語，但是漢語早已成了他們族中最為通用的語言，實際上許多普通的党項羌人連自己的母語都不會說了，而小野可兒身為族長之子，卻是學習過這種遠不及漢語豐富，而且晦澀難學的語言的。

他怔了一怔，忙也用党項族語回答了一句。兩個人你一言我一語不斷地對答著，語速越來越快。一旁諶沫兒只能聽懂一些零碎的語句，她強捺了許久，終於忍不住問道：「小野可兒，他是誰？是咱們党項羌人嗎？」

那人用低沉的聲音笑了笑，從懷中掏出火摺子「嚓嚓」地打了幾下，火星一迸，手中提著的一枝火把騰地一下燃燒起來。

火光驟起，諶沫兒的眼睛下意識地瞇了一下，再張開時，瞧見木魁的模樣，認得他是白天與他們曾大戰過的敵人，不由錯愕道：「他是漢人？」

一旁小野可兒沉聲道：「他不是漢人，他是我們党項拓跋氏族人。」

諶沫兒吃驚地道：「拓跋氏？那不是我們的大仇人？」

小野可兒輕輕搖頭，說道：「夏州如今的主人……才是我們的仇人。而他，是夏州真正的主人，李光岑大人的僕從。我們尋找的人，已經找到了，他……就在這裡！」

*　　*　　*

李光岑盤膝坐在帳內，柱上斜插著一枝火把，松脂「劈劈啪啪」地燃燒著，火光映得他的臉一明一暗。他的雙眼微微瞇著，正陷入沉思當中，斟酌再三，此時此刻，他唯一想到的能將重任相託的唯有一人：楊浩。

楊浩此人，在即將踏入宋境的時候，依然能冷靜地判斷出死亡陷阱已在前方張開，這就是大智。身為宋人欽使，他的個人前程完全繫於官家一身，卻能悍然奪節，拋卻個人前程，率數萬軍民西向，此為大勇。子午谷單人獨騎兩軍陣前救下小童，那是大仁。逐浪川上毅然斷橋，這是大義。觀其行為，光明磊落，也只有這樣的人，才會善待自己的族人，把他們視為自己的子民。

可是……他肯接下這個爛攤子嗎？他不是尋常百姓，他是大宋的官員，他自有錦繡前程，無緣無故的，他會背上這分責任？

李光岑想著，嘴角慢慢露出一絲笑意：「也許，這一切真的是天意。老夫要找一個品行可靠、又有足夠的能力來承擔這責任的人來託付。他呢？他的難題，何嘗不是只有老夫才能為他解決？

他責任已了，聽了葉之璇的話卻又趕回來，分明是把這數萬百姓的安危看成了他的責任。而折御勳把數萬北漢百姓置於此地，是因為對大宋朝廷生了戒心。這數萬百姓留駐此地，就像砧板上的一塊肉，只能任人宰割。開封與府州之間暗戰一日不止，這數萬百姓就是雙方手上一枚隨時可以犧牲的棋子。折大將軍迫不得已，大宋朝廷鞭長莫及，唯有自己能替他解開這個結，還怕他不肯把自己的這個擔子挑起來？」

李光岑正想著，帳外木恩沉聲道：「主上，楊欽差到了。」

李光岑笑容一收，忙道：「快請。」說著就要起身。

楊浩已然走了進來。自李光岑以下，個個身材魁梧高大，所以這帳篷建得也比其他人家的帳篷高大許多，楊浩連腰都不用彎就走了進來。一見李光岑正要起身，楊浩連忙搶前兩步說道：「木老不必起身，請坐下。木老還不休息，不知道找我來，有什麼話要說？」

李光岑看著他，忽然輕輕地嘆了一口氣，楊浩眉頭一挑，詫然道：「木老，您這是怎麼了？」

李光岑輕嘆道：「楊欽差小小年紀，就做了欽差天使，是有大本事的人，又生得如此儀表堂堂，老夫看了，不由想起了我那孩兒……」

楊浩道：「哦，楊某還不曾聽木老提過令公子，不知令公子現在何處？待擇善地定居下來，木老可以傳個訊過去讓他趕來與你相會，父子團聚，長相廝守。」

李光岑微微抬起頭，看著帳篷一角，悠悠地嘆了一口氣，說道：「要他來見我，恐怕是不容易了，也許很快……我就要去見他了。」

楊浩動容道：「木老……準備離開這兒了？」

李光岑微微搖頭道：「老夫不是要離開這兒，而是宿疾日重，恐將不久於人世，那時……呵呵，老夫就能去見妻兒了。」

楊浩一愣，這才曉得他的妻兒已死。李光岑自顧又道：「如果他還活著，如今年紀也該與你相仿了……。楊欽使，你一直很好奇我的身分，今日請你來，老夫不妨告訴你知道，老夫的確不是普通的農人，也不是北漢的百姓。」

楊浩雙眉微微一挑，並不插話，只是聽著他說下去，李光岑道：「老夫本是西域一個氏族的少主，那是……四十多年前的舊事了，那時還是石敬塘為帝的時代，老夫當時還是一個少年，按照族中的習俗，被送去另一個強大的氏族做人質。後來，我的父親病故，叔父篡奪了大權，我這少主便落得了個有家難回的境地。」

楊浩輕輕「啊」了一聲，李光岑吁嘆幾聲，又道：「從此，我就帶著隨從在異族的草原上流浪，還娶了妻、生了子。那時，我的隨從也已大多娶妻生子，再加上收留了一些草原上流浪的人家，漸漸成了一個小部落。可是，我的叔父擔心我會回去奪他的權，一直在派人追殺我。有一次他的人找到了我的下落，趁夜對我的部落發動突襲，隨從們拚死搏殺，把我救了出來。可是，我的妻兒卻雙雙慘死，那時……他才五歲。」

楊浩安慰道：「木老，那已是很多年前的舊事了。幾十年來，天下變化如滄海桑田，轉眼成煙。無數豪傑，都已成為風中舊事。你就不要再傷心了。」

李光岑微微閉了閉眼睛，再睜開時，眼中氤氳的霧氣已經消失，重又變得明亮起來：「是啊，滄海桑田，轉眼成煙。這麼多年來，老夫已經忘卻了故土。昔日的雄心，也已消磨殆盡。妻子之仇，如今提起來也已沒了那股痛恨，老夫的心……早就死了。

「可是，老夫還有一樁心願未了，老夫唯一放不下的，就是追隨多年的這些部下。他們忠心耿耿，這麼多年隨著老夫流浪於草原，不曾有過絲毫背叛的念頭。老夫……有愧於他們啊，若不給他們安頓一個妥善的去處，老夫……實是死不瞑目。楊欽差，老夫找你來，是想……把他們託付給你，只有楊欽差的為人，老夫才放心得下。」

楊浩一聽竟是此事，忙欣然道：「木老，我看你身子強健，再活個三、五十年也輕而易舉，千萬不要說這種喪氣的話。至於追隨你的這些人，沒有問題，不管你們原來是不是北漢百姓，抑或是西域胡族，如今都是大宋子民，楊浩一定要想辦法妥善安置好你們。」

李光岑寥寥幾語，簡略說明了自己身分，其中許多地方大打馬虎眼，西域雜胡部族眾多，許多部族的名字甚至不曾留名史籍，楊浩只道他曾經是某個不起眼的小部族族長，如此顛沛流離多年，身邊也只剩下木恩等十幾條大漢，所以滿口答應下來。

李光岑搖頭道：「楊欽使，我的部下，不只身邊這幾個人，在吐蕃人的草原上，還有數千族人掙扎求存。如果找不到一個可以讓老夫放心託付的人，我怎敢讓他們長途跋涉而來？」

楊浩吃了一驚：「這麼多人？」

李光岑道：「不錯，你是百姓的父母官，也是一個真正愛民如子的父母官。把他們交給你，我本無什麼不放心的，可是，我的部下桀驁不馴慣了，恐難輕易受人驅使。所以，老夫想要楊欽使拜老夫為義父，你我有了父子之名，他們才會把你視為主人，楊欽使，你可答應嗎？」

李光岑說完，雙目灼灼，緊緊地看著楊浩。

五代十國時期，收義子是極廣泛的一種社會風氣，就連後唐明宗李嗣源、後唐末帝李從珂、後周世宗柴榮、蜀帝王建、荊帝高季興、南唐帝李昪、北漢帝劉繼恩、北漢帝劉繼元這些帝王，都是先帝的義子出身。

皇家尚且如此，民間風氣如何強烈可想而知，楊浩是繼承了丁浩記憶的，對這多少有些耳聞，所以對李光岑的這種提議並不奇怪，不過……主導他的畢竟是他本來的意識，無緣無故認個乾爹回來，這感覺可不舒服，楊浩不禁有些猶豫。

李光岑不動聲色地道：「他們俱有一身技藝，只要你應了，今後你就是他們的主人，你的馬鞭所向，縱是刀山火海、千軍萬馬，他們也會領命赴死。這樣忠心耿耿的部下，你再尋不到了。」

楊浩苦笑道：「木老，如果是在草原上，能擁有這樣一個部落，能擁有這樣一支不容忽視的力量，我想任何人都會垂涎三尺。不過……這可是大宋，誰能容我擁有這樣一支力量？你要我如何安置他們。」

李光岑輕笑道：「楊欽使，你只是不想無端擔上一分重任而已。以你的聰明才智，只要你肯，何愁不能妥善安置了他們？你說不能安置我那幾千族人，你可有辦法安置這數萬被你親手帶出來的百姓？」

李光岑微微一笑，道：「如果老夫所料不差，折大將軍是絕不會另擇一地安置這些百姓的，而大宋朝廷，也不可能在此時為了他們與府州翻臉。赤忠將軍不會帶著他的軍卒一直守在這裡，到那時，這數萬百姓，就只有留在這兒任人魚肉，他們是楊大人親手帶出來的，視你如再生父母，你……忍心看著他們飽受摧殘？只要你答應照顧我這數千族人，這僵局，老夫來替你解開，如何？」

楊浩目光一閃，徐徐說道：「木老，你那數千族人都是在草原上流浪的牧民，必然精於騎射、擅於馳戰，這數千人裡去掉婦孺，至少也有一兩千的精兵，如果讓他們倚仗地利守護這蘆河嶺，那麼除非夏州、府州正面開戰，傾巢出兵，否則他們足以護得這裡周全了，是嗎？」

李光岑莞爾一笑：「楊欽使，你的猜測，只是其中一點，老夫心中還有一些祕密，但是……老夫只能把它告訴自己的義子，不會告訴你這朝廷欽差。你若認老夫為義父，老夫自有更大的好處給你。」

楊浩眉頭一挑道：「木老，我想不通，你為何一定要我認你做義父？為何一定要我做他們的少主？你要知道，我是朝廷命官，未必就能留在這府谷，也許明天聖旨一下，我就得異地為官，那時……你這數千族人怎麼辦？難道跟著我一起走？」

李光岑呵呵笑道：「草原上的漢子，就像桀驁兇狠的狼，他們可以自己覓食，並不需要他人的照料。事實上，這麼多年來，我也常常拋了他們獨自在外。可是五匹狼就要有一匹頭狼，一百匹狼就要有一個狼王。狼群呼嘯山林，出沒草原，所過之處，天地為之變色，缺不了一個有大智大勇大仁大義的帶頭人。如果你想做官，那你儘管做官去，我只希望，我身死之後，你能負起照顧他們的責任。老夫一己私心，希望我的族群能夠保留下去，而不是融入這數萬百姓之中，百十年後，無痕無跡，子子孫孫俱都做了普通的農夫。」

楊浩心中躊躇難決，他並不介意喚這老人一聲義父，只是儘管李光岑有意遮掩了一些該說而沒有說的話，他還是隱隱感覺到事情並沒有他所說的拜一個義父那樣簡單。然而，解除這數萬百姓的後顧之憂，正是他現在最大的心事，而且是他無法解決的一件心事。如果木姓老人真的能解決，那麼自己要不要答應他呢？

李光岑忽然長嘆一聲，有些愴然地道：「楊浩啊，拋開你想拯救這數萬百姓、我想為自己數千族人託付一個可靠的主人這些功利之外，單單是我這孤苦伶仃的遲暮老人，想要認下一個義子以慰老懷，你……就不能喚我一聲義父嗎？」

那聲音無比的辛酸，抬頭看時，李光岑滿臉鬍鬚，頭髮花白，滿臉的皺紋刀削斧刻一般，眼中蘊含著乞求與傷感的味道。初見他時，他盤膝坐在一輛車中，雖在逃難之時，卻給人一種泰山蒼松、東海碣石的感覺，孤傲、挺拔。現在，是什麼讓他放下了身段，低下了驕傲的頭顱？

楊浩的心裡一熱，脫口說道：「木老，讓我遵你一聲義父不難，不過……我不想改楊為木，這姓氏……我希望保留下來。若木老答應，楊浩願認木老為義父！」

那時節的義子與後世的乾兒子不同，義子是要從義父之姓的，楊浩這個楊字，是為了紀念他的亡母，他不想棄宗改姓。

李光岑動容道：「此言當真？」

楊浩沉聲道：「楊浩一諾千金！」

李光岑的嘴角慢慢綻起一絲笑意，那笑意就像是看著一頭猛虎落入了他陷阱的獵人，很有幾分得意：「呵呵，好，老夫便應了你。老夫上祖本源，乃是黃帝後裔，是為姬姓。後改拓跋，魏孝文帝時又改元姓。魏亡，復姓拓跋，至唐初，得賜李姓。老夫為避人耳目，如今又姓了木姓，這姓氏改來改去的有什麼了不起？便是我的族人從此姓楊又如何？」

楊浩聽得一頭霧水，沒想到這木姓老人的來歷這般複雜，他細細思索片刻，總算理出了一點頭緒，不由吃驚地叫道：「拓跋氏、李姓？木老你……你是哪一族的少主？」

李光岑輕咳一聲道：「我兒，你如今……該稱老夫一聲義父了！」

百七四章　鴨子

當楊浩一聲「義父」，勾起了李光岑塵封多年的慈父之情，讓這老者唏噓落淚的時候，大宋開封府禁宮之內的皇儀殿上，趙匡胤仍在燭下伏案處理慮囚事宜。

西北党項羌再度扯旗造反，夏州李光睿生病，府州折御勳出兵的消息一一傳來之後，他就明白西北三大藩鎮這是有意要聯手對抗他的削藩之舉了。此時要對西北動武，時機遠未成熟，他的大軍又不能久駐於地方，無奈之下只得揮師東返。

此時他回到開封沒有幾天，因為有大量的奏表需要處理，每日的作息排得非常緊湊。每天清晨薄明時分，他就在垂拱殿視朝聽政，與百官商議各地民生經濟、軍國大事。

朝議之後返回內廷用膳，更衣後再登延和殿視朝，接見負責評政、議政的「臺諫官」，以及作為皇帝顧問的「侍從官」，還有相當於廉政公署的「走馬承受」。插空還要過目一些需要馬上處理的奏摺。

下午要開「經筵」，聽學士們講學。這「經筵」並非軍國大事，原本暫停幾日也沒什麼，但趙匡胤深知能上馬打天下，未必便能下馬安天下，治理天下，還是得靠學問。

如果只有一身武力，只能是對外窮兵黷武，對內經濟無方，鬧得民不聊生。所以一回京城，這經筵便立即重開，不肯稍停一日。

由於需要處理的奏表太多，擠占了大量時間，經筵也順延得更晚，這樣他每天下午的「慮囚」，就只能挪到晚上了。

所謂慮囚，就是對判了死刑的案子進行終審判決。自唐朝中葉以來，死刑複奏制度成了一紙空文，殺人在當權者來說已是形同兒戲，以致綱紀敗壞，草菅人命之事比比皆是。如今這項制度重新執行起來，朱筆一勾，便是一條人命，趙匡胤怎敢大意，所以他對所有的案卷筆錄、供錄，都看得十分認真。

看看天色已晚，內侍都知張德鈞躡手躡腳地走出延和殿，站在階上招手喚來一個小黃門，吩咐道：「官家正在批閱刑囚卷子，馬上就要休息，速去吩咐御膳房準備。」

「是，小的這就去。」那小黃門答應一聲，一溜煙地去了，張德鈞轉身正想進殿，就見一個小黃門頭前掌著宮燈，後面一人邁著四平八穩的步子走來，正是開封府尹趙光義。

大宋開封是一座不夜之城，四城城門不關，百姓日夜經營，這禁中的規矩也鬆懈，鎖宮門的時間極晚，有時甚至不封門上鎖，一些重臣近臣，晚上也可出入禁中。

趙光義這幾步路走得實在是太沉穩了，真是一步一頓，儼然學究。其實他也不想這麼走路，可他大哥親手發明的這大宋官帽比較特別，官帽兩邊一邊一個帽翅，官越大帽翅越長，一走急了帽翅就撲閃撲閃的，半天停不下來，若那樣去見官家未免有失禮儀。

張德鈞見他來了，連忙殷勤地迎上去道：「見過府尹大人。」

趙光義對皇帝身邊的近侍一向禮遇恭敬，哪肯等他拜倒，早已一步上前將他攙起，微笑道：「張都知無需多禮，官家在做什麼？」

「官家正在批閱死囚卷子，既是府尹大人來了，咱家這便為您通稟一聲。」

趙光義連忙攔住，笑道：「不急，不急，等官家看完案卷再說，到時再勞張都知告知官家。」

張德鈞連忙道：「咱家省得了，那……就勞府尹大人稍候片刻，咱家還得入殿侍候官家。」

「都知自去，自去。」趙光義拱拱手，便在殿柱下恭恭敬敬地站定，雖是皇帝的兄弟，卻謹守著君臣的本分，宮門旁侍立的兩個小黃門見了不禁滿臉敬佩，瞧瞧人家這作派，那可是官家胞弟啊，當今宰相趙普趙相公，哪次來了不是直接進殿連通報都不需的，可人家開封府尹那可是皇弟，卻這麼守規矩。

其實大宋的官最初很少有懂規矩的，趙匡胤剛稱帝的時候，每逢早朝，朝臣們在大殿上連座位都有，這些大臣當初和趙匡胤都是同事同僚，彼此熟得很，哪談得上什麼敬畏？尤其是其中大多都是粗魯武夫，大剌剌的毫無規矩。每次早朝，大臣們什麼坐姿都有，還有蹺著二郎腿的，一一個個交頭接耳，那大殿不像大殿，倒像亂烘烘的土匪山寨聚義大廳。

沒有規矩，不成方圓，趙匡胤看著不成樣子，便撤去了百官的座椅，可是百官站著還是一樣管不住嘴巴，照樣擠眉弄眼、交頭接耳。趙匡胤又想了一個辦法，改革官帽，把大臣們的官帽兩邊都加了長長的帽翅，這一來兩個大臣彼此之間有帽翅隔著，至少得有兩三尺遠，不要說交頭接耳不方便，便是站姿不標準，那帽翅歪歪斜斜的都特別難看。到了這一步，哪怕再粗心的大臣也明白了官家的意思，漸漸地也就守起了規矩。

趙匡胤對這些老同事很少用帝王之命強令他們做些什麼，而是常用這種溫和的暗示手段促使他們改變自己。做為親兄弟，趙光義最知大哥心事，於是就率先垂範，只要在公開場合，言談舉止就特別規矩，從不以皇弟身分自矜。

趙光義這一站就是大半個時辰，大殿上，趙匡胤批閱完了最後一份刑囚的卷宗，擱下朱筆，伸了個懶腰道：「啊，總算批完了，晚膳可曾準備得齊全？」

張德鈞連忙趨前稟奏：「官家，膳食已經備好。呃……還有，開封府尹在殿外恭候多時了。」

「哦？」趙匡胤濃黑如刀的眉鋒一揚，喜道：「光義來了？怎地不早早稟報予朕？

快快宣他進來。」

趙光義得到傳報，舉步走進殿來，還未施禮，趙匡胤已笑容可掬地道：「二哥來了，正好與我一同進膳。來來來，坐下、坐下。」說著上前，把著兄弟手臂，親親熱熱地同去席上就坐。

「德鈞啊，二哥喜食蒸羊羔肉，你……去膳房吩咐一聲，速速準備上來。」趙匡胤猶豫了一下，才吩咐道。

趙光義忙阻攔道：「算了，今夜若令御膳房匆匆宰殺羊羔，明日起為求準備周全則御廚裡必然天天殺羊以備夜用，積少成多，所費幾何呀，此例不可為臣弟而開。」

趙匡胤素來節儉，每日膳食都有一定之規，不肯多做一些浪費掉。如今見他二弟來了，才想吩咐膳房加一道菜，待聽了趙光義的回答，趙匡胤十分喜悅，讚道：「二哥真知我心也。來，同坐。」

趙光義才三十出頭，長得與乃兄有七分相似，都是方面大耳，濃眉闊口，膚色微黑，身材魁梧。可趙匡胤做了近十年的皇帝了，舉手投足、一顰一笑，那種雍容尊貴的氣度，可不是乃弟可以比擬的。

二人就坐，先有內侍奉上茶水，片刻工夫，御膳房做好的酒菜也流水一般呈送上來。這酒菜比起尋常人家自然是好的，可做為宮廷來說，倒也尋常。趙匡胤盤膝坐在榻上，先為兄弟斟一杯酒，問道：「二哥，今夜怎地入宮來了？」

趙光義忙取出程德玄那封祕信呈給趙匡胤，簡單地敘說了事情的來龍去脈，趙匡胤目光閃動，沉吟半晌並不打開信來閱讀，只道：「為兄尚不知他們西返竟有這樣大波折。折御勳既把那數萬百姓安置在三方交界之處，顯然是提防著朝廷，二哥，你覺得朝廷上應該如何決斷才好？」

趙光義見他不提楊浩，略有些意外，但還是順著他的思路說道：「茲事體大，還須大哥作主。兄弟只是做個建議，依兄弟看來，大哥可做出對其用心不曾察覺的模樣，遣一忠心於朝廷的流官治理萬民。折御勳若對朝廷有所忌憚不敢對他們下手，則必自亂陣腳。若他橫下一條心來犧牲這數萬軍民，那麼……」

他身形微微前傾，沉聲說道：「來日朝廷發兵討伐府谷，咱們便多了一條征討他的罪名。」

趙匡胤靜靜地聽著，挾了一口竹筍炒肉，咀嚼著道：「如此不妥，這樣一來，那數萬百姓都無辜受害了，他們如今俱是我大宋子民，你讓我於心何忍？得民心難，失民心易，此舉一行，得不償失。」

趙光義聽了他的話，不以為然地道：「大哥欲謀天下，便不可懷婦人之仁，你若放手，那數萬百姓必成折御勳囊中之物，來日一旦兵戎相見，他們就要成為折御勳的兵卒來源，我們的損失不知要增加幾何。」

趙匡胤皺了皺眉頭，輕嘆道：「此事，且容後再議。來，請酒。」

趙匡胤舉杯就脣，一口酒還沒喝下去，便聽一個少女聲音歡歡喜喜地道：「爹爹，你看我這身衣服可漂亮嗎？」

隨著語聲，進來一個少女，不過十四、五歲年紀，濃眉靚眼，蘋果般的圓臉，帶著甜甜的笑容，顯得既俏皮又可愛。她身上穿著一件翠綠的裙子，一件綴著孔雀羽的縵衫披在肩上，兩頭只在蓓蕾初綻的胸前繫了一個蝴蝶結，那縵衫繡著綵鳳圖案，再用真的孔雀毛綴在上面，翩然舞動間，孔雀羽毛不停地變幻著顏色，七色瑩光，眩人雙眼。

趙光義盤坐榻上，微笑道：「永慶來了啊……」

小姑娘一見是他，不禁吐了一下舌尖，翩然施了一禮：「永慶見過叔父。叔父，永慶這件衫子漂亮嗎？」

趙光義呵呵笑道：「漂亮，很漂亮，穿在永慶身上，人漂亮，衣衫也漂亮。」

永慶公主嘻嘻一笑，明亮的大眼睛瞧向自己的父親：「爹爹，你看呢？」

趙匡胤上下打量她幾眼，臉色卻沉了下來，喝道：「誰讓妳穿這樣的衣服？脫下來，以後再也不許穿這樣華貴的衣裳。」

永慶公主一怔，嘟起小嘴道：「爹爹，不過是一件衣服，有什麼了不起的？我是大宋的公主，難道連一件孔雀綵衣都穿不得嗎？」

趙匡胤正色道：「女兒，妳這話可是大錯特錯了。正因妳是公主，才更是穿不得這樣的衣服。妳穿了這件衣服出去，百姓必然都要趨向模仿，奢靡之風一起，又豈是國家幸事？妳生長於富貴之家，當惜此福，豈可造此惡業？」

永慶公主眼圈一紅，氣得眼淚直掉，這個爹爹待臣下極是寬厚，趙普生個病，他便賜銀五千兩、絹五千疋；范質生病，賜錢兩百萬、銀器千兩、金器兩百兩；而且鼓勵臣子們買豪宅、置美婢，盡享榮華富貴，偏偏自己的親生女兒只做了一件衣裳便有這許多說法。

她把眼淚一抹，恨恨地解下縷衫，往趙匡胤跟前一丟，便賭氣跑了出去。趙匡胤站起了追了兩步，站住身子頓足說道：「這個孩子，真是……唉，都怪我往昔太慣著她了。」

趙光義見了不忍，說道：「大哥，難得永慶這麼高興，大哥就不要苛責於她了。說起來，永慶雖貴為公主，其實也不見得比普通大戶人家的女兒多享了什麼福。永慶快到了嫁人的年紀了，尋常人家嫁女兒，還要採辦幾件漂亮衣服，何況是一國公主呢？或是大哥不想讓內庫置辦如此昂貴的衣裳，那……這件衣服就當是我送給姪女的好啦。」

趙匡胤搖搖頭，返身坐下道：「二哥，並非我不想為女兒置辦華貴的衣服，實因皇室乃是天下表率，永慶若穿了這樣的衣衫，民間必然起而效仿。那孔雀羽毛並非本地產物，一旦此風盛行，勢必會有商販千里迢迢到南方購買，輾轉販賣，哄抬物價，讓百姓把許多錢財扔在這無用之物上。

「唉！我擁有四海的財富，就是用金銀裝飾宮殿，也能辦到。但我哪能隨便揮霍呢？古人說：『以一人治天下，不以天下奉一人』，若我只知奉養自我，那普天下的百姓們還有什麼依靠？更何況如今天下未定，我們更不該興起奢靡之風。」

趙光義見他慍怒，也是無可奈何，唯有苦笑以對，心中只想：「大哥做了皇帝，卻還是那般的小家子氣……」

趙匡胤又望了女兒離去的方向一眼，無奈地搖搖頭，一回頭見兄弟若有所思模樣，便道：「二哥，在想什麼？」

「哦……我在想……對了，昨日滑州上奏朝廷，說是黃河春潮氾濫，河堤決口，百姓受災，需要徵調軍民修整河堤、清理河道，這是急事，不知大哥可已安排了得力的人物？」

「還不曾，」趙匡胤坐下，挾了一個帶果餡的捏成梅花狀的小饅頭，咬了一口道：「我已下詔，免滑州受災百姓今秋稅賦以安民心。同時徵調三萬軍兵、民役前去修築堤壩、疏理河道。如今人員和所需物資正在調動，至於主事的人選嘛，則平在奏疏上舉薦了陶成谷，二哥覺得如何？」

趙光義笑道：「有何不可？滿朝文武哪個不是出自趙普舉薦？這些官做事倒還盡心的嘛。陶成谷素與趙普交厚，也曾被趙普屢薦於君前要外放任職，奈何功勳不顯，一直未得大哥允許。此次賑災撫民，若能立下功勳，又得人望，趙普再向大哥舉薦，那便是順理成章的事了，趙普當然不會放過這個舉賢任能的大好機會。」

趙光義說得從容，似在讚賞趙普用人得當，趙匡胤聽了臉色卻是微微一變，目中露出深思神色……

*　*　*

夜深了，趙光義告辭出宮，趙匡胤把他送到階下，返回殿內，看到御書案上靜靜地躺著那封程德玄的祕信。他走過去打開那封祕信認真地看了起來，待看到數萬百姓向楊浩高呼萬歲時，趙匡胤雙眉微微一聳，若有所思地放下了祕信。

他背起手來，在大殿中徐徐踱步，過了半晌才又回去坐下，重新拿起那封信，將整封信認真讀完，輕輕掂了掂，目光轉向御書案上那高高的一摞奏章，裡邊有一份夾了信箋做為記號，他把那封奏章拿出來，與程德玄那一份並排放在桌上。那奏章字跡歪歪扭扭，難看至極，比起程德玄一手飛龍走鳳般的優美字體簡直不可同日而語。看著這兩封信，趙匡胤嘴角悄然露出一絲譏誚的笑意：「人品吶……」

他搖搖頭，思路重又轉回那數萬百姓的身上，讓他狠下心來把那些百姓推上死路，用作將來討伐折府的一條罪證，這的確是出師有名的一個好辦法，而且不會損及他的名聲，因為折府現在名義上可是大宋之臣，照料大宋子民，本就是折府的責任。然而犧牲數萬性命，為自己搏一個發兵的理由，他於心何忍？可是放棄這數萬軍民，任其壯大折府的實力？恐怕折府野心更熾，更不肯交出兵權了。

趙匡胤沉吟良久，目光又落在楊浩那份奏表上。楊浩此人是程世雄舉薦的，從程德玄信中所述來看，他投靠程世雄時日尚短，算不得程氏的親信，只是陰差陽錯有功於程世雄，程世雄投桃報李而已。這樣的話，這個人是否可以爭取呢？

趙匡胤拿起玉斧，輕輕地斫著桌面，在鼓點似的「篤篤」聲中飛快地轉著腦筋：楊浩是程世雄保薦出來的人，若重用於他，折府會把他看成自己人，不會過分刁難他，或可保全那數萬百姓；而他與折家其實並無淵源，關係也算不上緊密，朕對他施以宏恩，他還會不會對折家死心踏地呢？會不會忠心於朕？

趙匡胤權衡再三，暗自想到：「西北李、楊、折三家聯手婉抗朝廷，現在不便撕破臉皮，自樹強敵，這種情形下不管從哪個方面考慮，這個楊浩都是可以扶植一下的。西北各種勢力錯綜複雜，雜胡、吐蕃、回紇這些不曾歸附大宋的勢力且不算，麟州楊家、府州折家、夏州李家，彼此之間也是勾心鬥角，在這三方勢力中間再增加一股勢力，於西北再樹一藩，這灘水……應該只會更渾了吧？

「如果這楊浩能感念朕的恩德，心向大宋，那固然是好。如果不然，把他扶植成相對獨立的一股勢力，他不甘屈居人下，也必然對西北三藩產生牽制作用。地方還是那麼大的地方，人還是那麼多的人，由三股勢力分成四股，總體上也必然削弱他們的實力，遠遠強過把這數萬百姓被折府直接納入麾下。這……已是沒有辦法之中最好的辦法了。」

趙匡胤手中輕敲的玉斧一頓，目光轉向御書案旁的五個捲筒。五個豎筒並列，放在他伸手可及的地方。每個裡面都放了幾卷空白的聖旨。聖旨是以上好蠶絲製成的綾錦織品，圖案為祥雲瑞鶴，富麗堂皇。聖旨兩端則有翻飛的銀色巨龍。

第一個豎筒裡的是玉軸聖旨，那是頒發給一品官的。第二個筒裡是黑犀牛角軸，用來頒發給二品官。三品為貼金軸，四品和五品為黑牛角軸。第五個筒裡是龍鳳暗紋的白綾，兩端無軸，那是頒給五品以下官員的。

趙匡胤的手指在黑牛角軸捲筒和龍鳳暗紋白綾捲筒之間反覆移動幾次，終於定在了白綾捲筒上，抽出一卷，在案上鋪開，使玉斧壓住一端，沉思有頃，提筆寫道：「制曰：門下，西翔都監楊浩，率北漢民眾輾轉西行，脫離險境，忠君愛國，功勳卓著，著即擢陞為翊衛郎。今於蘆河嶺設蘆嶺州，以翊衛郎楊浩為蘆嶺團練使權知蘆嶺知府事，掌總理郡政，宣布條教，導民以善而糾其奸慝，歲時勸課農桑，旌別孝悌，其賦役、錢穀、獄訟之事，兵民之政皆總焉。凡法令條制，悉意奉行，以率所屬。有赦宥則以時宣讀，而班告於治境。欽此。」

聖旨以詔曰開頭的，就是皇帝口述旁人書寫，以制曰開頭的，那就是皇帝親筆。提筆先寫門下，是因為皇帝聖旨都須經過中書門下審核蓋印才能生效。至於「奉天承運皇帝，詔曰」那是明朝才開始的聖旨專用起頭語。

大宋皇帝親筆提拔一個八品官，大概這還是開國以來第一回。楊浩的官陞得不高，不過是從八品都監升到了七品的翊衛郎，然而實權卻極大。蘆嶺州團練使權知蘆嶺知府事，那就是軍政一把抓了。

宋代看官員品級要看官，其次看職，而不是看差遣，知州、參政、樞密這些都是差遣，本身沒有品級。然而實權的大小卻是看他擔的是什麼差遣。知州這個差遣可以是三品官，也可以是七品官，並無一定之規，權力一般無二，只是俸祿待遇不同。比如後來的岳飛任通泰鎮撫使兼泰州知府的時候就是七品官，因為他的本官是正七品的武功大夫。但是掌管的卻是一州軍政大權，與許多四、五品的高官相仿。

楊浩的官職只是七品，遠遠不能與麟州、府州、夏州三位節度使相提並論，這樣可以少招致他們的一些猜忌。而他卻實權極大，擁有對蘆嶺州數萬百姓的專斷之權，楊浩若有心，當會感激自己的賞識之恩。趙匡胤這番思量也算是煞費苦心了。

他寫罷詔書，仔細端詳片刻，喚道：「張德鈞，把旨意交付二府，明日用印發下去。」

大宋皇帝的詔書，必須經中書門下和樞密院兩府加蓋大印才能生效，所以需要交付有司。他沉吟了一下，又道：「令中書門下再擬一道旨，程德玄剛愎自用，險將數萬軍民引至死地，有負聖恩，理應責罰，念其忠體愛國，尚有悔改之心，著令其將功贖罪，留任蘆嶺州觀察判官。」

大宋官家在西北那個三不管地帶隨手畫了個圈，大宋的政圖上便增加了新的一州：蘆嶺州。新鮮出爐的翊衛郎，蘆嶺團練使兼權知蘆嶺知府事，掌總理一州軍政民事的楊浩，此時還不知道他已成為一方諸侯。

他此時正聽義父李光岑向他講述党項七部奉他為共主，討伐夏州李光睿的事，楊浩越聽越覺得自己是上了一個大惡當。哪有一個官像他這麼倒楣的？第一樁差事就是領著數萬百姓遷往宋境，一路九死一生，玄之又玄地闖過來了。這事還沒了呢，夏州、府州、麟州三方諸侯甚有默契地給大宋官家製造起混亂來，而這混亂之源，如今卻掌握在他的手中。

此事非同小可啊，既與西北三大軍鎮之間的勢力糾葛有關，又牽涉到大宋朝廷削藩之舉，他一個無兵、無錢、無權的三無欽差，夾在這風箱似的蘆河嶺上，如何能處理得周全？可是為了這數萬百姓的生計，他又不能不捏著鼻子忍下來，一聲「義父」叫出口，就得替李光岑去擦屁股。

李光岑把自己與夏州李氏、與作亂的党項七部的關係詳詳細細地敘述一遍，很慈祥、很親切地道：「浩兒，如今這重擔，義父都交到你的手上了，你有什麼打算，為父都全力支持你！」

楊浩翻了翻眼睛，沒好氣地道：「你既無心重取夏州，咱們對党項七部作亂之事乾脆置之不理，你看如何？你那數千族人能騎善射，待他們到了這裡，咱們倚仗地利，自保應該還是辦得到的，你的身分也就不必張揚出去了，這樣可好？」

李光岑掏出酒囊狠狠灌了一口，苦著臉道：「晚了，野亂氏的小野可兒已被我的人放掉，如何還能遮人耳目？」

楊浩臉皮一陣抽搐，把手一伸道：「拿來。」

李光岑愕然道：「啥？」

楊浩劈手奪過他的酒囊，惡狠狠地灌了一口，長嘆道：「好苦……」

李光岑聽出他弦外之音，眸中露出一絲笑意，打趣道：「你想喝甜酒那也容易，木恩有一女，名叫甜酒，你很快就可以看到她了。你既是我子，我族子女財帛，盡皆任你取用。」

人的長相，大多是子肖母、女肖父，楊浩想像木恩之女可能的長相，不由激靈靈打個冷顫，苦笑道：「我……還是喝這壺苦酒算了……」

在這三不管又三都管的地帶，在官家、三藩、雜胡、党項七氏……各種錯綜複雜、恩怨交錯的勢力派系中，如何保全這些苦命的百姓，楊浩實在是毫無頭緒。可是在各方其實並不情願的情況下，他這個微不足道的小人物，卻被推到了一個他也並不情願去坐的位置上，不管如何，他這隻被趕上架的鴨子，只能硬著頭皮走下去了……

百七五章　綢繆

濃綠的、高而密的野草直齊馬腹，遠遠望去，那些馬就像暢遊在碧綠的海洋裡，直到拐進一個山谷，十幾匹馬才顯出完整的馬身，十幾個魁梧的大漢騎在馬上，只有楊浩顯得有些單薄。

谷口早有人候在那裡，那人披了件破爛的羊皮襖，手裡端著一柄叉子，就像一個貧窮的山中獵戶，遠遠地就見他攔住了這十幾個乘馬的大漢，雙方對答一番，那人便向馬上一位魁梧老者右手撫胸，單膝下跪，隨後引著他們向山谷深處走去。

拐過一叢樹林，那人撮脣呼嘯一聲，便有十多個人從對面的密林中走出，看這些人高矮胖瘦什麼模樣都有，大多衣著破爛，手執各式各樣的長短兵器，行走在草地上，就像一群伺機而動的狼，機警中透著些兇狠。

雙方走近了，隔著兩丈多遠站住了腳步，一個鬍鬚花白，頭髮以纓絡小珠串束成一些辮子的老者，瞇起眼睛看向那端坐馬上的魁梧老漢，忽然以党項語說了幾句什麼。

馬上的老者就是李光岑，他的神色有些激動，也用相同的語音回答了幾句，二人短短幾語之後，李光岑突然翻身下馬，走上兩步，張開雙臂，熱淚盈眶地道：「蘇喀，我的兄弟。」

那個鬍鬚花白、臉頰瘦削的老者與他緊緊擁抱在一起，歡喜地叫道：「你是光岑大人，你果然是光岑大人。」熱淚沿著他骯髒的臉頰滾滾而落，他忽然省悟起來，忙掙脫李光岑的懷抱，退後兩步，單膝跪了下去，大聲道：「蘇喀參見李光岑大人。」

他身後的那些人立即隨之跪倒，李光岑忙攙住他，激動地道：「蘇喀，快快起來，李光岑如今不過是一個流浪人，不再是党項八氏的主人，你不必行此大禮。蘇喀啊，你我……該有三十八年不曾見過了吧？當初，你還是一個少年，如今你已做了野亂氏的大族長，三十八年呵……」

那鬍鬚花白的蘇喀正是党項八氏中最善戰的野亂氏一族當今族長蘇喀。他順勢起身，擦擦眼淚道：「是啊，三十八年了，蘇喀還以為這一輩子都再見不到你了。幼年一別，如今你我都已是蒼蒼白髮的老者了。」

他唏噓地說著，回首說道：「小野可兒，你來，快快見過李光岑大人。你們都起來吧。」

小野可兒聽了父親吩咐，抬頭舉步，正要上前以子姪禮再次見過李光岑，忽地看見站在他身後的楊浩，不由「啊」的一聲叫。剛剛起身的諶沫兒這時也看到了楊浩，登時柳眉一豎，「鏘啷」一聲拔出了彎刀，躍步上前直指楊浩。

李光岑身後那些大漢反應十分敏捷，立即拔刀相向，冷目相對，雙方立時劍拔弩張起來。蘇喀大驚失色，厲聲叱道：「諶沫兒，妳怎麼敢對李光岑大人無禮？還不快快收起刀子？」

諶沫兒氣得臉蛋緋紅，跺腳道：「蘇喀大人，那個穿白衣的是宋人的大官，他……他還想欺侮我。」

蘇喀臉色一變，轉身看向李光岑，李光岑從容大笑，說道：「來來來，浩兒，上前來見過你蘇喀大叔。蘇喀啊，這是我的義子楊浩，他是宋人的官，也是我族未來的主人。我的年紀大了，已是騎不得馬、開不得弓，以後諸事都要我這義子操勞，你這做叔叔的可要多多扶持幫助他啊。」

「喔？」蘇喀聽出李光岑弦外之音，不由驚異地看了楊浩一眼。

楊浩笑容可掬地上前作揖道：「楊浩見過蘇喀大叔，小野可兒，諶沫兒姑娘，兩位還好吧？昨天沒受什麼委屈吧？呵呵，那都是一場誤會，咱們可以說是不打不相識，不打不相識。」

諶沫兒冷哼一聲，譏笑他道：「咱們曾經打過嗎？你只有膽子欺負一個被綁住雙手的姑娘罷了。」

木恩嘿嘿一笑，悠然道：「我家少主身分尊貴，怎會與妳動手？若是不服，我木恩可以領教領教妳的功夫，」他瞟了小野可兒一眼，示威地道：「你們兩個可以一起來。」

「退下！」李光岑和蘇喀異口同聲，各自喝退自己的人，李光岑笑著將昨日的誤會解釋了一番，他當時在場，自然知道全部情況。

蘇喀聽了哈哈一笑，此事自然略過不提。眼見老父如此態度，小野可兒和諶沫兒也不敢再說什麼，只是看著這個可能要成為自己主子的小白臉，心裡有點憤憤不平。

眾人轉進樹叢中，到了一處空曠之地席地而坐，李光岑和蘇喀這對幼年好友敘了敘離情，感慨傷懷一番，李光岑又向蘇喀簡略介紹了一番自己義子的來歷，西北三藩明裡都是宋臣，暗裡各行其事，夏州李氏自唐末以來，為求自保更是相繼向六朝效忠過，誰強誰就是王，頗有些有奶就是娘的味道，那蘇喀見慣不怪，絲毫不起疑心，雙方這才談起了正題。

一提起夏州李光睿，蘇喀瘦削蒼老的臉頰上就騰起兩抹氣憤的潮紅：「李光岑大人，當年令尊李彝大人病故，本該由你接掌節度使之職，不想你三叔李彝殷卻收買拓跋部各位大人，擁立他為新主。你四叔綏州刺史李彝敏大人起兵討伐時，我父亦曾想起兵擁護，誰想剛剛與其他諸部議盟，還未等發兵，李彝敏大人便兵敗被殺。後來，間或也能聽到你的消息，可是想要找你卻太難了。」

他拍了拍大腿，又道：「這些年來，李彝殷、李光睿父子對我七氏盤剝得太狠了，諸部銜怨極深，待李彝殷身故，李光睿繼位，便屢屢發兵反抗。不過我們七氏始終不是李光睿的對手。這一次，我們想，必須要找一個帶頭人，這個能與李光睿對抗的，除了大人您還能有誰呢？您才是夏州真正的主人，討伐李光睿乃天命所歸，所以我們七氏會盟，並派了信使去吐蕃人的草原上尋找你。誰料卻一直沒有得到你的消息，我們缺糧少藥，又乏兵器，想要討伐夏州，只好先於府州劫掠些物資，不想折御勳突發妙想，集中了馬匹主動尋我作戰，殺得我七氏大敗。我還道大人不會回來了。」

李光岑道：「我得了你的信使傳訊後，本帶了人趕來與你相會，可是到了北漢境內，就得知你已兵敗的消息。大隊人馬若留在北漢境內，難免惹人生疑，我只得打發了部屬回去，自己留下打探進一步的消息。也是陰差陽錯，這時大宋出兵討伐北漢，又大舉遷徙北漢百姓，老夫糊里糊塗地便被他們裹挾到了這裡，昨日聽到你兒子的真實身分，這才想法子與他通報了身分，暗中救他離開。」

蘇喀高興起來，握住李光岑的手道：「大人，這是白石大神庇佑，才把你送回我們的身邊。這下好了，有了大人統領七氏，我們七氏一定能打敗李光睿，讓你重新成為夏州之主。」

李光岑搖頭道：「蘇喀，這麼多年來，一個人流浪在草原上，我的雄心已經不再，我的身軀也已衰弱。已經無法駕御戰馬率領你們在草原上征戰了。一匹狼王，當牠的皮毛已失去光澤，當牠的雙足已沒有力量，當牠的牙齒已無法咬斷敵人的骨頭，就需要一匹強壯的、新的狼王來取代牠。我來了，但我已不能做你們的王，我給你們帶來了新的王，就是我的義子楊浩。如果你們七氏仍願奉我為共主，我希望你們能把他當成你們的首領，我的義子會善待我們所有的族人。」

「他？」蘇喀再一次得到李光岑的確認，不禁用認真的目光看向楊浩。諶沫兒氣憤不平，忍不住輕蔑地說道：「李光岑大人，你說的就是他嗎？他……也配做草原上的狼王？」

「我不配！」楊浩笑了笑，說道：「如果說到敢戰善戰，党項八氏之中，沒有人能和野亂氏相比，野亂氏一族才是党項八氏中最驍勇最善戰的武士。」

聽到這番讚譽，自蘇喀以下，人人臉上露出了笑意，就連小野可兒看著他的目光也溫和了些。楊浩話風一轉，又道：「可是，党項七氏聯手，遠比夏州李光睿人多勢眾，其中又有党項八氏中最善戰的野亂氏，為什麼這麼多年來卻始終不曾占過上風？」

蘇喀等人臉上的笑容有些發僵，楊浩又道：「如果是兩支狼群，我想勝負早已分明，党項七氏必勝無疑，為什麼敗了？因為我們不是狼。我義父的話，只是一個比喻，並不是說我們完全和狼一樣。我一直以為，人與野獸最大的不同，就是人有智慧。一頭野獸的力量，一定要用牠的利爪尖牙來表現；但是人的力量，不一定要用肌肉來表現，正因為如此，我們人才從茹毛飲血直到今天成為大地的主人。」

小野可兒攥緊雙拳，雙臂的肌肉賁起如丘，冷笑道：「草原上，實力稱王。難道不對嗎？」

楊浩笑道：「話沒有錯，但是衡量一個人的實力，卻不是看他個人武勇功夫是否過人。人的首領，需要的是頭腦，而不是武力。據我所知，李彝殷腰腹洪大，如合抱之樹，身軀痴肥，便是走動幾步，都要氣喘吁吁。若要動武，至少不會是我楊浩對手吧？可是他在世的時候，即便盤剝再狠，党項七部亦是敢怒而不敢言，直至李彝殷身死，李光睿繼任，七氏方敢起兵，你們對李彝殷如此忌憚，懼的是他的武力，還是他的心計？」

小野可兒啞口無語，李光岑撫鬚微笑，蘇喀看看李光岑，豁然笑道：「大人有子如此，難怪肯放心將重任託附，只是不知……少主對討伐夏州李光睿，可有什麼見地？」

楊浩攤開雙手，微笑道：「見地嘛，小姪一個也沒有。」

小野可兒翻了個白眼，諶沫兒卻哼了一聲，高高地揚起了下巴，楊浩又道：「小姪只想問問蘇喀大人，党項七氏屢屢興兵，卻屢屢敗於夏州李光睿之手，原因何在？」

小野可兒忍不住道：「原因誰不知道？夏州李光睿苦心經營多年，城高牆深，兵強馬壯，軍糧無數，兵甲齊全。我等七氏雖敢死勇戰，既無大頭領統御全局，各部各自為戰如同一盤散沙，又無糧草軍械，士卒甚至持木棒上陣與敵長槍大刀作戰，如何能敵？」

楊浩怡然自得地道：「這就是了，既然知道原因，如果我能對症下藥，解決了這問題，那時再與夏州一戰，你可有把握？」

蘇喀身子一震，張嘴欲問卻又忍住，小野可兒已驚訝地道：「你……你有辦法？」

＊　　＊　　＊

折子渝帶著糧草和武器到了蘆河嶺，只見谷中各處房舍已初見規模，谷口和山巔建了堡壘和箭樓，一些有遠見的百姓已自發地在肥沃的草地上劃定區域，鋤掉野草，翻作良田。這裡沃野千里，百姓們倒不會因為土地發生糾紛。更多的百姓無所事事，只在谷中遊蕩。

折子渝粗略地看了看谷中情形，便逕直進了赤忠的中軍帳內，吩咐人去找赤忠和馬宗強來見。不一會兒赤忠和馬宗強聞訊趕來，進帳見她一身玄衣，嬌嬌俏俏，正坐在那兒慢條斯理地喝茶，忙上前見禮道：「末將見過五公子。」

折子渝放下茶盞，淺淺笑道：「兩位將軍不用客氣，請坐。」

她妙眸一轉，狀似隨意地問道：「那位楊欽差現在何處？」

赤忠忙道：「楊欽差帶了些人去附近勘察地理去了。」

「喔？」折子渝微微一詫，心道：「勘察地理？看他那日與叔父爭執的模樣，顯然已經看破這裡是一塊險地，有心要將百姓遷走，我還想著如何說服他。如今他卻去勘察什麼地理，難道已經改了主意？」

赤忠見她若有所思，奇怪地與馬宗強互相遞個眼神，馬宗強便道：「五公子如果要找楊欽差，末將差人去尋找一下吧。」

折子渝醒過神來，忙道：「不必了。我這次來，帶來了一些糧食和農具，還有武器。因為今年已經錯過了農時，耕牛和農具倒不急於一時。」

她的手指下意識地轉動著茶杯，目光在兩位將軍面上盈盈轉動著，說道：「方才我來，匆匆看過谷中百姓，赤軍主是武人，並不曉民事，不過我看百姓們如今尚還安定，又能自發地做些力所能及之事，赤軍主用心了。」

赤忠微笑道：「五公子謬讚，赤忠只曉得行軍打仗，這地方上的事確實是管不來。好在這裡雖有數萬百姓，如今卻沒有什麼事情可做，每日只是幫著建造城廓房舍，給他們供以吃食，倒還不怕有什麼亂子。」

折子渝頷首道：「他們歷盡艱辛，剛剛逃出生天，有個安寧日子過，有口飯吃自然就知足了。但是這種日子不會久的，這些北漢百姓是官家準備撤兵的時候匆匆遷出來的，他們原來有的是城坊中的百姓，有的是鄉鎮裡的村民，有商人、有官吏、有士子、有牧人、有農人，總要讓他們各執其業，才能安居下來，否則用不了多久，人心思變，各種亂子就會出現，你想彈壓都彈壓不住。」

她略略整理了一下思路，說道：「我這次來，帶來了一些有經驗的胥吏，由他們對這些百姓登記戶籍、編制造冊，暫做梳理。如今這數萬百姓如何安置，蘆河嶺如何建制，朝廷上還沒有旨意下來。可是起碼的鄉里制度要有，里正、戶長、鄉書手這些課督賦稅、管理民政人，耆長、壯丁這些逐捕盜賊、維持秩序的差使都要確立下來。

「待建立了戶籍，確定了鄉里，一切有了規劃秩序，就要想辦法讓他們各安其命，各執其業，如此方能安定民心。原來在北漢做村官小吏的，如今可以委派他們一個差使，他們原本就是做這個的，自能駕輕就熟；原本是讀書人的，可以讓他們繼續讀書，還要開設學堂，讓那些富紳大戶送孩子去讀書；牧人要劃定放牧區域，賒賣牲畜；農人要關劃土地、賒借農具、耕牛、糧種；商賈也要逐步讓他們重操舊業，這裡從無到有，欠缺許多東西，可以暫時取消賦稅，鼓勵商人來此經商，鼓勵這些百姓中的商賈重操舊業……」

折子渝一一說來，井井有條。這些百姓如果是被帶到各個已然秩序健全的大城大埠分散安置，就沒有這些問題可以考慮，只要在當地登記戶籍，納入當地的管理之中，他們自然就會按部就班地被納入當地有序的管理之中。

可是這蘆河嶺本來一無所有，數萬形形色色、各行各業的百姓，如果不能確立一個合理的、穩定的社會架構，很快各種矛盾衝突就要凸顯出來。可是這些問題還沒有人考慮過，赤忠一介武將，只想著把他們帶到這兒，給他們一個住的地方、有口吃的就行了，根本不曾考慮過今後如何管理以及他們的未來，數萬百姓都跟放了羊似的。

折子渝一一說來，赤忠頻頻點頭，作恍然大悟狀，心中只覺五公子每一句都說到了點子上，一切正應如此，不過你若問他為何應該如此，具體如何去做，他還是茫茫然毫無頭緒。

折子渝見他一臉茫然，不禁掩口笑道：「這些事我本不該交代於赤軍主的，呵呵，這些事你不須理會，我自會吩咐那些胥吏去操持。」

正覺狗咬刺蝟無從下口的赤忠聽了，鬆了一口氣，展顏笑道：「如此就好，如此就好。」

折子渝又道：「另一件事，卻需赤軍主操辦了。赤軍主的軍隊不可能久駐於此，這數萬百姓定居於此險地，卻不可沒有自保之力。因此，要盡快從這數萬百姓中擇選青壯，組建民軍，以盡守土之責。這組織、訓練民壯一事，就赤軍主著手了。」

赤忠忙道：「末將遵命。這個事嘛……末將還做得來。」

折子渝莞爾，又道：「你還需從百姓中擇一有威望者暫任團練使，以統率管理民壯，這人要通武藝，孚人望，方能威服眾人，不知你們可有什麼中意的人選？」

赤忠道：「五公子一說，末將倒是想起一個人來，此人若任團練使，必孚人望，且能負起責任。只是……此人身分實在有些詭異。」

折子渝妙眸一凝，問道：「有何疑處？」

赤忠道：「此人姓木，是一老者，氣度頗為不凡。他手下有十餘個隨從，俱是彪形大漢，個個精於騎射，一身武藝十分出眾，前日党項人前來劫掠，險些衝進谷去，造成不可收拾的局面，危急關頭，還是此人的那些隨從奪馬出手，助末將作戰，才打敗党項匪眾。」

折子渝眸波一轉，問道：「不曾詢問他的身分嗎？」

赤忠道：「此人只說他是北漢一販馬人，奈何這些百姓來自四面八方，彼此不知根柢，我們也難以辨識他話中真假。若說是販馬人，手下有如此精湛的騎術也不稀奇，可是他們那一身精湛武藝，一手妙到毫巔的箭術，尤其是臨戰時面不改色、驍勇無畏的模樣，卻不像是個販馬的商人。此人前日助我等卻敵，說來應該沒有惡意，可是畢竟來歷可疑，豈可輕付重任？」

折子渝好奇心起，說道：「此人在哪裡？我倒想見識見識。」

赤忠道：「楊欽差要勘察附近地理，邀與同行的，正是此人與他那十幾名親隨，如今他們都隨楊欽差出谷去了。若非有他那些身手極好的部下相隨，末將又怎放心讓楊欽差一人出去呢？」

折子渝一怔，兩道蛾眉便慢慢地挑了起來：「又是楊浩？這個傢伙捨了官兵不用，卻要他們相隨，莫非……他知道這些人的真實身分？」

百七六章　特區

楊浩和李光岑並騎站在山坡上，看著蘇喀一行人沿著連綿的山脈漸漸隱沒，李光岑這才轉向楊浩，深深地看了他一眼，說道：「浩兒，為父本想，你能妥善安置了我的族人就心滿意足了。至於党項七氏，縱然我不肯為他們出頭，看在我的面子上，他們也會放過蘆河嶺這些沒什麼油水的百姓。想不到你竟肯如此為他們出謀劃策，你……真的有心幫助他們討伐夏州嗎？」

楊浩靜靜地一笑，反問道：「義父，你是真的甘願放棄奪位之恨、殺妻滅子之仇嗎？」

李光岑抬起頭來，目光投向了遠方，遠山如浪，綠草如波。風吹來，馬鬃揚，胯下的戰馬輕輕地噴吐著鼻息。他輕輕地拍著馬頸，緩緩說道：「曾經，我日日夜夜都想著要殺進夏州報仇雪恨，要奪回本屬於我的一切，要為妻兒報仇，不知道多少回是喊著殺聲驚醒的……

「可是，隨著年歲漸老，仇恨真的漸漸淡了，人活著總要向前看，那些事畢竟已是很多年前的舊事，再刺鼻的血腥味也已淡了。這麼多年來，陪在我身邊的，是我那些忠心耿耿的部屬，老夫垂暮之年、來日無多，何忍讓他們為了我再去枉送性命呢？」

他回首看向楊浩，鄭重地道：「為父是真的願意放棄個人恩怨了，只想你能善待我的族人，讓他們在自己的故鄉家園有一塊棲息之地，這是我唯一的希望了。我知道，光是這些，也難為了你，要求更多，為父如何啟齒？」

楊浩目光微微一凝：「義父，這裡只有你和我兩個人，我想知道，你是真的把我當成了你的義子，還是因為各有所求的一種利益結合，我這麼問沒有旁的意思，就是想知道。」

李光岑呵呵地笑起來：「浩兒，我還以為你會把這個疑問一直藏在心裡面，如果是那樣，為父還真的無法向你剖白自己的心意了。不錯，起初，我們談不上父子之情。老夫只是看你自北漢出來，一路所行所言，知道你是一個有擔當、知仁義、可以生死相託的漢子，只要你承認了這層關係，你就一定會把老夫的族人看成你的族人。可是……當你那一聲『義父』叫出口……」

李光岑的笑容變得有些辛酸起來：「聽到你叫出那一聲『義父』，雖然老夫明知你是在敷衍我，可是心裡還是歡喜得很，就像我那呀呀學語的孩兒，第一次學會叫我父親，心裡說不出的……」

他擦擦眼角，再度望向無際的草原，將馬鞭一指，振聲道：「你不信嗎？你往前看，草原上天高地闊，草原上的漢子性情最是坦誠直率，艱辛的歲月讓他們愛憎分明，對敵人，他們也許像野獸一般殘忍，對親人，卻有著最熾熱的感情。

「你知不知道？草原上的牧人，在草場貧瘠的地方，為了讓牛羊有足夠的草源，是無法整個族群一起遷徙、尋找草場的，他們只能一家一家地獨自在大漠戈壁上尋找草源。一家人，甚至一個人，伴隨著他的，只有大群的牛羊馬，一柄腰刀、一根套馬桿和一條牧羊犬。

「無論白天還是黑夜，他的頭頂永遠都是看來一模一樣的藍天和白雲，腳下永遠都是似乎毫無變化的戈壁和草原，他們常常半年時光都見不到一個人，他們在沉默中照料牧畜，防禦野狼，他們只能用歌聲與天上的神交談。

「孤獨和寂寞，使草原上的漢子擁有著醇濃如酒的感情。如果有一個旅人經過他的帳篷，他會拿出自己唯一一點可口的食物熱情地款待，如果與一個素不相識的漢子言語投機，哪怕前一刻彼此還素不相識，下一刻他們就可以成為生死之交。」

他忽然大力捶了捶胸，寬闊的胸膛發出「通通」的響聲，然後亢聲喝了幾句聲調高昂的草原牧歌，頗有些「老夫聊發少年狂」的味道。然後回首看向楊浩，眼中露出慈祥和親切的味道：「浩兒，老夫這一生都在草原上生活，老夫是草原上長大的漢子。我知道，做為一個中原漢人，你不相信我無緣無故地認了你為義子，無緣無故地就把你當成了我的兒子。那只是因為你不了解草原上男人的情懷，那只是因為你不相信親情和友情其實可以這麼簡單。」

楊浩有些錯愕地看著他，他沒有想到，會從李光岑口中聽到這樣一番話。的確，無論是置身於現代社會、人際關係極其複雜年代的他，還是置身於丁家大院那種勾心鬥角、爾虞我詐的鄉紳豪門小社會，在那種環境下，他是不會這麼快相信一個人、接受一個人的，更遑論親情了。

不，也不是，至少對冬兒的愛不是。男女之間的愛，是不摻雜質的，也是最易以最快的速度讓人陷入熱戀之中的。但是親情……也可以嗎？也許是，一個初生兒，從不曾與他的父母交流過，但是從他呱呱落地的那一刻起，就承受了父母雙親全部的愛。然而，像他與李光岑這樣並沒有一絲血緣，李光岑……真的把自己當成了親生兒子一般看待？

楊浩一時有些茫然起來，李光岑恢復了平靜，淡淡一笑道：「浩兒，為父知道，你其實還是有些不太相信，也不會這麼快接受我。你相信日久見人心，老夫卻相信一見如故。老夫不勉強你，我只希望，有朝一日，你能真心實意地喚我一聲『義父』，那麼……老夫就再無遺憾了……」

說完，他打馬一鞭便馳下了山坡。山坡下，木恩等十幾個大漢正靜靜地駐馬等候……

*　　*　　*

這次與野亂氏的會面，楊浩已成功地說服了蘇喀，為蘆河嶺的百姓們暫時解決了來自党項七氏的危機。蘇喀已同意回去後約齊七氏族長，來晉見李光岑大人，同時派遣信使，「再一次」向夏州「臣服」。

草原上的戰爭遠比中原要簡單得多，這倒並非因為草原上的人心思簡單，而是因為草原上的社會結構、政治架構與中原的農耕社會完全不同，體制遠沒有中原那樣健全，頭人也無法對部屬像中原那樣進行嚴密的控制。

所以草原上的戰勝者只需要臣服，沒有可能去對戰敗者進行完全的控制和管理。你臣服了，那就在你的族群活動區域內夾起尾巴老老實實做人就是，仗打完了，你過你的日子，我過我的日子，鬆散的社會結構、逐水草而居的流浪生活，使得各部仍然擁有相當大的自主權。因此党項七氏只要拱手臣服，戰火就會消散，而党項七氏對本部族仍然擁有絕對的控制權，而不會受到夏州李氏的挾制。除非，夏州打的是滅族的主意，或者吞併諸部，而現在的夏州，絕對沒有這樣的實力。

楊浩要求党項七氏向夏州臣服，當然只是權宜之舉，儘管如此，他還是費了好大力氣才說服了倔強的蘇喀及其族中主戰的諸位大人。但是楊浩開出的條件、描述的前景，真的讓這些骨頭最硬的漢子也無法拒絕、甘心臣服。党項七氏原本就極貧窮，夏州要求他們每年貢奉的牛羊、皮毛、財帛數量已經遠遠超出了他們的承受能力，如此下去，積怨一深，勢必再度興兵叛亂，這個矛盾不解決，這個戲碼也只會週而復始地繼續下去。

楊浩要他們暫且臣服，然後積蓄力量壯大自己，待到兵強馬壯，軍械齊全，那時再七部會盟，向夏州發難。這積蓄力量的途徑，就著落在蘆河嶺上。

草原上的物資，其實販賣到中原是有暴利可圖的，問題是與中原的通商途徑，一直牢牢把持在夏州手裡，党項七部只能把他們的物產廉價出售給夏州，而夏州輾轉運去中原販賣，即便經過折氏地盤，再進入中原，中間層層抽取重稅，他們所得，仍與付給党項七氏的金錢超出十倍不止。

夏州拓跋氏，實際上是用党項七氏的血灌輸到自己的血脈中，保證了他們始終比其他七氏強大，党項七氏一面把自己的敵人培養壯大，一面苦於無法掙脫他們吸血似地盤剝，卻始終找不到一個解決的辦法。一旦公開抗拒夏州，他們不但將招來夏州的征討，而且連鹽巴、鐵鍋、布疋等一些生活必需之物都要失去了著落。

楊浩的意思是，蘆河嶺是漢人之地，無論是麟州楊家還是府州折家，都沒有可能限制蘆河嶺漢民的經商採買。而且折楊兩家由於共同的利益關係，構成了極親密的同盟關係，看似彼此關係牢不可破，其實也並非鐵板一塊。

府州折家實際上與夏州李氏同出一源，都是鮮卑皇室後裔，而麟州楊家才是真正的漢人。彼此統治階層的文化差異、族群差異是一個方面。另外，麟州原本是折家直接管轄的地盤，當時正值天下大亂，折家為集中兵力自保，被迫將兵馬自麟州撤出，當地大豪楊信組建私家軍，自封為刺史，占據了這塊地盤，待到折家騰出手來，楊家已經在麟州站穩了腳根，出於政治考慮，雖然折家選擇了結盟，但是心中還是有芥蒂的，兩家的關係直到折家大小姐與楊信長子楊繼業成親，這才緩和下來。彼此之間，必要的警惕性也是一直保持著的。

蘆河嶺位居這塊三不管地帶，為了避免刺激其他兩藩，三藩甚有默契地都不把自己的勢力延伸過來，這樣，蘆河嶺這種姥姥不親、舅舅不愛的尷尬地位，反而成了一層保護色，使他們以相對中立的優越地位左右逢源。

蘆河嶺可以透過這個與三方直接接壤的地方，暗中購買党項七氏的皮毛、牛羊、草藥等物，以比夏州更便宜的價格販往麟、府兩州和中原。再把党項七氏必需的鹽巴、茶葉、布疋，甚至一些武器，祕密販賣給他們，壯大他們的實力。

蘆河嶺成為連接三藩的一個重要商業流通管道之後，不出兩年，在暴利的誘惑下，無論路途多遠，各地商隊就會蜂擁而來。而西北党項各部、甚至更偏遠的雜胡部落，甚至回紇、吐蕃這些強大勢力也會參與進來，很快就會以蘆河嶺為核心，形成一個小而緊密的交易圈。長此以往，蘆河嶺的實力會以最快速度膨脹。

蘆河嶺壯大的過程中，會與楊家、折家兩州的許多大商巨賈產生利益關係，這些大商巨賈本身就是官商，不但利益與兩藩鎮息息相關，而且對折楊兩藩極具影響力，在這種共同利益下，蘆河嶺就可以得到折楊兩藩更多的優惠待遇。

同時，得到他們資助的党項七氏實力越強大，西北第一藩夏州李氏的控制力就越薄弱。党項七氏的經濟命脈完全掌握在蘆河嶺，又有他們共同的盟主李光岑在，党項七氏就會變相成為蘆河嶺的保護者。

而折楊兩家直接與大宋勢力相接，他們既不敢明目張膽地對蘆河嶺不利，而且既能從中獲利，又能削弱夏州，他們自然會樂見其成，並更加支持。蘆河嶺也就能在這三大藩之間越加地如魚得水，從中得利。他們甚至可以把夏州嚴格控制，輸運中原極少的骨膠、牛筋、牛皮、牛皮等製作軍械的戰略物資，直接販賣給折楊兩大軍閥。從而獲取他們更多的善意和更大支持。

當然，要在西北這種權力制衡的微妙關係中為各方所接受，最重要的一點並不是給他們帶來利益，而是要讓折楊兩家感覺到他們對自己沒有威脅。那麼蘆河嶺就要在擁有自保之力的基礎上，盡量限制武力的發展。這一點非常容易辦到，一旦利益共同，而且對自己只有利益而沒有威脅，折楊兩家必然會主動負起保護蘆河嶺的責任。至於來自夏州的威脅，屆時不但有折楊兩家撐腰，還有党項七氏拖夏州的後腿，威脅微乎其微。

楊浩這番考慮，完全是為了這數萬百姓考慮。他們兩手空空地來到這麼一塊片瓦皆無的地方，安全上無法保障，生活上百業俱無，折府支持有限，而且暗生忌憚，若不想些法子，如何保證這些百姓的安全和生存？他自始至終就沒想過要在這兒發展強大的武力為己所用。

他根本沒有想到，折家、楊家、乃至開封府的大宋官家，隨便哪個人站出來發一句話，都能讓他的這個計畫完全夭折。趙匡胤和折楊兩藩隨便哪個人動動手指，就能讓他人頭搬家，就因為他「限制武力」這一條，他這隻小耗子才能在這麼些大人物眼皮底下忙活起來。

楊浩從沒想過做一個草頭王，他的偉大理想是……做一名合格的宋朝公務員。宋朝公務員，古往今來，福利最好、待遇第一，那是公務員的人間天堂啊。他只想為李光岑的族人解決生存問題，安置好這數萬百姓，回到霸州去了結那段恩怨，然後扶了楊氏和冬兒婆媳倆的棺槨異地為官，開始自己新的生活。人活著，就得往前不是？

但是他忘了……他是有一支龐大的武力的，那就是党項七氏。他是有一支隱性力量的，那就是李光岑對夏州的合法繼承權。再兇猛的狼，一旦聚集成群，也必須需要一匹狼王。党項七氏不想變成一盤散沙，就需要一個頭人。夏州拓跋氏數百年經營，即便党項七氏因為另闢蹊徑，透過蘆河嶺壯大了實力，也不是他們輕易可以取代的。即便李光睿不能見容於党項七氏，要想爭取拓跋氏貴族們倒戈，以犧牲李光睿一族來換取党項八氏的和解，最終要被捧上位的，唯有李光岑。而他是李光岑唯一的傳承，草原上看重實力、看重衣缽，並不看重血緣。義子，同樣是他們所承認的合法繼承人。這一點，是現在的楊浩萬萬沒有想到的。

其實，他也沒有忘記党項七氏這股力量。等到蘇喀知會了其他各族族長，他們還要一同趕來晉見李光岑，歃血為盟，向他們最敬畏的白石大神起誓、效忠共主的。他已經嚴囑蘇喀，李光岑在此的消息絕不能張揚開去，只能限於党項七氏一些重要頭面人物才能知道。

在他看來，透過李光岑這個特殊身分的制約，可以在目前約束七部。而以後，党項七氏的經濟命脈操控在蘆河嶺方面，就更容易控制他們，夏州這頭大老虎一日尚在，就不必擔心他們的反噬。

楊浩不會忘記，正是大宋削藩，促使一直實為其王而名非王的夏州終於扯起「大夏國」的旗幟與大宋分庭抗禮，西有大夏，北有契丹，與中原鼎足而立。如今西夏還沒有建立，党項七氏與夏州李氏的內耗，必然消磨彼此的實力，說不定來日大宋就可以兵不血刃地削藩成功，拿下西夏？

漢人、鮮卑人、契丹人都是黃帝後裔，千百年來因為地域的隔離，形成了不同的文化族群，到了他那個年代，基本上已再度形成了融合。從合到分，又從分到合，整整一個循環，他也不知道那個時代的他，儘管身分證上寫的是漢族，實際血緣上又與已經湮滅於歷史、融合於華夏的哪一族更近一些？但是漢族，並不僅僅是一種血緣，更是一種文化，一種華夏文化、漢族文化，在他看來，骨子裡已被這種文化浸淫的人，不是漢族也是漢人，反之亦然。

而且，他到了這個時代，所接觸、親近的人，都是大宋的子民，從感情上，他更是站到了大宋這一邊，如果自己這點小小機心，能給未來的大夏國添點亂，他是樂見其成的。

楊浩一撥馬，也向山坡下馳去。

「少主！」木恩等人坐在馬上，撫胸向他施禮。

楊浩微一頷首，吩咐道：「嗯，走吧。回去卻須注意，不可當眾如此稱呼，神態舉止亦不可露出馬腳。」

木恩等人立即恭聲應是。楊浩與李光岑並轡當先馳去，眾武士立即魚貫隨後，旋風一般捲向遠方。

這些人不知道自幼是受了一種什麼理念熏陶洗腦，才養成如今這樣的意識，李光岑指定了楊浩是少族長，他們就能立即無條件地接受這種安排，並且從骨子裡對楊浩產生無比的敬畏和服從。

楊浩這個少主人是被趕鴨子上架的，他本來心裡一直有些不情不願，那種被人挾迫的感覺，就像強姦，讓人非常不舒服。可是看著這些殺人不眨眼的草原豪傑向他彎腰施禮，恭敬有加的樣子，楊浩也不覺有些飄飄然起來。

人家怎麼說來著？如果你不能抗拒強姦，那就閉上眼睛享受被強姦的快感吧。

嗯……這種感覺，真的很不錯啊……

* * *

折子渝負著雙手，輕輕俏俏地漫步在蘆河嶺上，身後是魚肚狀的山谷，兩側是連綿的山脈，山前左側是一條泛著銀白色的大河，掩映在兩側白茫茫的蘆花裡，風動蘆花飄，遠遠望去，叫人分不清哪一片是河，哪一片是花。

身旁是一棵野栗子樹，這棵栗子樹也不知道長了多少年，合抱粗的大樹，樹幹虬結如同一條條蟒蛇纏繞在那兒。山谷裡一下子來了那麼多百姓，閒來無事，樹上的栗子已經快被人打光了，只剩下最高處，還有一顆顆碩大的果實懸掛在枝上，沉甸甸地隨著風輕輕搖晃。

折子渝站在樹下，一隻手搭在樹幹上，眺目遠望，草浪連綿，卻不見駿馬奔來。一旁，壁宿看著她搭在樹幹上的那隻手，纖手膚色如上好美玉，嬌嫩又如水蔥，斑斕的陽光透過樹葉照在那手上，白皙潤澤，彷彿光滑的象牙上透出粉酥酥的紅潤血色，壁宿綽號「渾身手」，做為一個神偷，他的手保養得比女人還細膩，可他還從未見過一個女子的手掌可以美到這種程度。

那纖纖素手蔥白似的玉指曼妙如蘭花，搭在粗大虬結如同蟒蛇般的樹幹上時，令他浮想翩翩，一種非常旖旎、非常銷魂的聯想，穿了這麼久的僧衣，做了這麼久的「和尚」，他突然有種想要「還俗」的衝動，而且是馬上「還俗」。

一見折子渝向他望來，壁宿忙抽回目光，滿臉同情地道：「折姑娘，妳一個姑娘家，還要陪家人跑這麼遠的路、到這麼偏僻的地方來做事，真是不容易呀。好歹妳也是折大將軍的親戚，雖說是遠房親戚吧，若是上門請託一下，尋個安穩營生，也不用妳這樣拋頭露面啊。看妳這嬌滴滴、水靈靈的模樣，餐風宿露的怎吃得苦？」

「是啊是啊，折姑娘，我家裡做的生意很大，如今家父正想把生意繼續往西擴展，說不得這府谷境內也要設幾家分號的。不知姑娘妳的父兄都擅長些什麼呀？如果你們想安定下來，待我葉家在府谷開設分號的時候，可以請他們到我葉家分號做事，看在姑娘妳的面子上，本少爺一定給妳的父兄安排一個既清閒、工錢又高的事做。」

說話的是葉之璇，他站在側後面，正在盯著人家姑娘的腰肢。折姑娘穿著一身玄色衣褲，玄色本不顯身段，但是穿在折姑娘身上，卻能隱隱看出婀娜的曲線，腰板窄薄卻又不失肉感，堪可一握，圓潤柔軟，蠻腰中的極品啊。一聽說折姑娘家境不好，為了生計還要隨父兄往這裡運送糧米軍械，頓時起了憐花之意。

他們兩個無所事事，本來正在谷中閒逛，恰恰就看到了從軍營中走出來的折子渝，一見折姑娘，兩人就像蜜蜂嗅到了蜜，立即纏了上來，待問清她只是家境一般的普通人家姑娘，二人更加有了興致。

拆子渝常常微服出遊，主動搭訕的紈褲子見得多了，見這兩個油頭粉面的小子湊上前來，就曉得他們用意，但她正想了解一下這裡情形，便制止了侍衛靠近，有一搭沒一搭地與他們聊了起來，待聽說他們二人俱是楊浩帶來的，折姑娘便來了興趣，看在二人眼中，都以為人家姑娘對自己有意，更加地想入非非起來。

此時聽葉之璇賣弄，壁宿大為不爽，不屑地冷笑一聲道：「你葉家不過是廣原一商賈，不過在附近幾座城池開了分號，卻妄稱西北第一車行，也不覺可笑？西北？起碼這府州、麟州，就沒有你葉家字號吧？」

葉之璇紅了臉，憤然道：「以前是沒有，不代表以後就沒有，我葉家這一次慨然幫助北漢移民入府州，朝廷上必然要嘉獎的。地方上的官府，對本公子這樣的義紳壯士，自然也要禮遇多多，葉家要將分號開到府州、麟州去，不是輕而易舉嗎？」

壁宿不理他，卻對折子渝故作儒雅地微笑道：「折姑娘，說起來，西北比起中原的繁華，那是大大不如的。不知道折姑娘可曾去過開封汴梁，那裡可是真正的繁華世界啊。」

折子渝莞爾道：「不曾去過，不過我也聽說過那裡的繁華，過些日子，說不定有一樁生意，我們家就去往開封府去一趟的，到時正好見識見識。」

壁宿大喜，說道：「如此甚好。不瞞姑娘，小生壁宿，現在欽差楊浩門下做事。楊欽差遷民有功，官家必有褒獎，十有八九是要到中原做官的。妳看著吧，過些日子聖旨來了，楊欽差就要到汴梁領印赴任了，哈哈，弄得好了，就留在汴梁做官也是可能的。如果到時姑娘恰巧到了汴梁，千萬要知會小生一聲，小生可為姑娘嚮導，帶姑娘妳遊遍開封盛景。哈哈，說不定那時水漲船高，我也做了官了。」

折子渝抿嘴一笑，大大方方地道：「好啊，如果你我有緣在開封相會，那我一定請你做我嚮導，同遊開封。」

葉之璇一聽折姑娘這話那是屬意壁宿了，不由為之大急，忙揭壁宿老底道：「折姑娘，楊欽差自軍伍中立奇功，將來的前程想來也離不了一個武字。這人只會些輕巧功夫，飛簷走壁在戰場上濟得了什麼事？雞鳴狗盜之輩也想做官？下輩子吧。」

壁宿一聽，反脣相譏道：「我這雞鳴狗盜之輩難成大器，難道你這架鷹戲犬之徒反而大有前程？飛簷走壁是雕蟲小技嗎？天下間精通此技的能有幾人？」

他抬頭看看，傲然道：「折姑娘，妳看那樹巔尚有幾枚栗子，待我去摘了來給妳嘗鮮。」

說罷壁宿縱身一躍，猶如猿猴一般竄上樹去。那棵栗樹的樹皮虯結如同一條條纏繞在一起的蛇，但是五米以下不生枝椏，加上粗過合抱，想要攀爬並不容易，壁宿就憑著樹皮的那些可蹬踩抓握的淺淺縫隙，弓背如猿，一路攀援直上，只一口氣就攀上了五米之上的第一根橫枝。

這身輕巧功夫著實不賴，折子渝情不自禁讚了一聲：「好功夫。」

壁宿聽了大為得意，順勢攀著那橫枝騰空一翻，雙腳搭上更高的一根橫枝，極為俐落地收腹向上，整個動作如行雲流水，片刻不停地再度攀向第三枝……

「楊浩！」

山谷中突地傳來希聿聿一陣馬嘶聲，正仰頭上望的折子渝注目一看，見一行駿騎正馳入谷來，心頭不由一喜，她忘形地輕喚一聲，便快步向山下走去。

栗子的外皮像刺蝟似的，有著許多尖銳的長刺，壁宿站在樹巔，腳踏細細橫枝穩住了身子，因栗上有刺，空手不便去摘，便去折了一枝掛著四、五顆栗子的樹枝，然後順著樹幹又像靈猴似地竄下來。到了地面一看，那位嬌俏可愛的折姑娘已不知去向，不禁怒道：「折姑娘呢？是不是你拈花惹草的惡習不改？不規不矩的，得罪了她，把她惹惱了？」

葉大少哀嘆道：「惹個屁啊，我還沒來得拈花惹草，那花花草草就被他拔光了。」

壁宿愣然道：「誰啊？」

葉大少如往山下一努嘴，嗒然若喪地道：「除了他還有哪個？有花他就嚼了，有草他就啃了，真不知道他是不是屬牛的……」

「楊浩回來了？」壁宿把栗子往葉之璇懷裡一丟，縱身便向山下奔去，身後傳來葉大少一聲慘叫：「扎死我啦……」

百七七章　碧玉破瓜時

「楊欽差回來了。」

谷中的百姓看到了當先馳來的楊浩，紛紛熱情地向他打招呼。楊浩放慢了速度，戰馬輕快地小跑著，微笑著向百姓們頷首示意。

忽然，他看到了一張笑臉，很熟悉的一張笑臉，那笑如春風，本就一直縈綣在他的心頭。楊浩下意識地向那人一笑，戰馬輕馳而過後才醒悟過來，他猛地勒住戰馬，驚喜地扭頭回望。

李光岑止住戰馬，問道：「浩兒，怎麼了？」

楊浩頭也不回地道：「義父，你們先回去，我去見一個故人。」說完一撥馬頭，便向那玄衫少女奔去。

折子渝俏生生地站在一棵樹下，杏眼含煙，螓首半歪地看著他，姿容說不出的撩人。

楊浩到了她身邊扳鞍下馬，近前兩步，喘息著打量她。

折子渝不像唐焰焰那樣明豔照人，一照面間便能攫人目光；也不像丁玉落那樣嫵媚中揉合了颯爽，猶如雪中一株寒梅。她是越看越柔、越看越美，只要你仔細打量，哪怕一綹頭髮、一個站姿，都能給你驚喜。

她的容顏氣質、身姿動作，說不出的協調，與羅冬兒有五、六分神似，不同的是，羅冬兒楚楚可憐，柔柔怯怯，彷彿一樹並不顯眼卻芳芬沁脾的梔子花，而折子渝比她多了些雍容大度，彷彿皎皎一輪明月，須得仰視，才見其神祕清輝。

不管怎麼樣，她是與羅冬兒氣質最為相似的一個女孩，也是楊浩到了這個世界後第一次萌生過淡淡情愫的少女，此時見到了她，再想到伊人已逝的冬兒，楊浩不禁百感交集。

折子渝負著雙手靜靜地站在那樹下，滿心愉悅地看著楊浩向她奔來，看到他眼中那一抹驚喜，她臉上的笑容也更甜了。待見他眼神一黯，善解人意的折子渝立即明白他想到了什麼，她的芳心微微一酸，但是隨即湧起的，卻是更多的柔情，還有說不出的憐惜。

楊浩終於說話了：「我……怎麼會在這裡看到妳？」

折子渝抿嘴一笑：「你說過，如果我們有緣，就還會再見的呀。」

「是，我……我……」

楊浩一番馳騁，心情又起伏不定，掌心不覺沁出汗來，折子渝看到他的局促，非常得意自己能給他造成這樣的效果，她整齊細密的長睫輕輕眨了眨，調皮地扮個鬼臉，嫣然笑道：「不問我為什麼出現在這兒？」

「啊……對，妳怎麼會出現在這兒？」楊浩一問，忽然清醒過來：「對了，妳怎麼知道我在這兒？」

折子渝編貝似的牙齒輕輕一露，笑道：「本山人神機妙算唄，呵呵，好多人在看我們呢，要不要一起走走？」

「好！」楊浩欣然應允，丟開馬韁，拍了拍馬背，那馬便向李光岑一行人跑去，楊浩束手相請，二人並肩踏上了一條林蔭小道。

李光岑將這一對小兒女都看入他的眼。半生坎坷、半生奔波，如今終於穩定下來，又被楊浩那一聲「義父」喚醒了他的天倫之念，他現在很是希望有生之年還能享受一下含飴弄孫的日子。

這個女娃兒很招人喜歡，一看就是相夫教子的良配，嗯……還有那屁股，雖然不是很大，可是從那衣褲輪廓隱約可見，真是又翹又挺，渾圓如滿月，是個能生男娃兒的體相。

李光岑撫著根根如刺的硬鬍子滿意地一笑，領著一眾隨從走開了。

壁宿輕捷如猿，健步如飛，自山嶺上衝下來，遙遙見楊浩和那位折姑娘拐向了一條林間小道，招手喚了一聲，拔步再追，可腳下只邁出一步，兩腳便騰了空，只能在空中踢著。

壁宿扭頭一看，只見他的身後立著兩條大漢，身軀健壯如山，有如山神一般，其中一個正用兩根手指拎著他的衣領，把他整個人都提了起來。

壁宿一瞪眼，很客氣地問道：「兩位兄臺有何見教？」

那虯鬚大漢咧嘴一笑：「這位仁兄，好一身輕功。」

壁宿拱手道：「過獎，過獎，兩位仁兄，你們看……咱們是不是站定了身子說話？」

「還是坐下來說吧。」那大漢一笑，把他放到地上，順手一摟他的肩膀，壁宿單薄的身子被他大手一摟，不由自主地便到了路邊，肩上一沉，便順勢和那大漢並肩坐在了路邊一塊石頭上。

「兩位……到底有何見教呀？」壁宿被他們兩個挾在中間，忽然有點擔心起來：這兩個熊一般的大漢，不是有什麼特殊癖好吧？前天剛有一個摸入婦人帳篷意圖不軌的潑皮被赤忠給軍法處置了，只是不知如果我受了他們侵犯，赤軍主會不會替人家作主？

左邊那大漢一本正經地對他道：「你有沒有發現，螞蟻那麼小，卻能馱起比牠身體重幾倍的東西？」

「啊，沒注意……可這跟我有什麼關係啊，兩位仁兄？」

右邊那大漢便道：「是跟你沒啥關係，我們兄弟只是想請你一起研究一下，這螞蟻……牠怎麼就能馱起那麼重的東西來呢？你看、你看，那兒就有一隻螞蟻，來，咱們哥兒三個好好研究研究……」

兩人粗壯的手臂同時往壁宿脖子上一摟，壁宿便不由自主地彎下了腰去。當葉大少氣喘吁吁地山嶺上下來時，就發現壁宿那「嬌小」的身子被兩個大漢緊緊擠在中間，三個人正低著頭，聚精會神地看著什麼玩意兒……

*　　*　　*

折子渝揚起那一勾挺直小巧的瓊鼻，甜甜笑道：「就是這樣啦。你知道我九叔在折大將軍府做事嘛，有時我也利用他的關係到百花塢裡走走，聽人說起你的事，才曉得欽差楊浩，就是霸州丁浩。」

她抬起手，理了理鬢邊的秀髮，笑道：「只不過，我也沒有想到會來這裡，我家人口多，為了維持生計，做的生意很雜的。」

「嗯！」楊浩點點頭，感慨地道：「是啊，人海茫茫，我也沒有想到，還有機會見到妳。」

折子渝目光微微一閃，嫣然道：「所以我說，這就是緣分嘍。只是……我沒想到你改叫了楊浩，若不是……若不是偶然聽人說起你，就算我來了這蘆河嶺，也未必會來找你啊。」

「丁浩……」楊浩苦澀地一笑：「一言難盡吶，我不想再提那些不堪回首的往事。折姑娘，妳家都做些什麼生意啊？」

「什麼賺錢就做什麼。」折子渝狡黠地道：「我家人口多啊，光是我的伯父、叔父就好多人，每個人又是一大家子，共同經營著一個大牧場。可是光靠這個可不行，其他的生意得做就做，營生雜得很，一時也說不清。家父已經過世，現在我大哥當家，為了生計，他自己現在也在外面奔波呢。這一次，為蘆河嶺運送糧食、農具呀什麼的，我就跟來幫忙了。」

楊浩點點頭，欽佩地道：「真難為了妳，這麼年輕的女子，就得為了家族的生計到處奔波，餐風宿露，實在可敬。」

折子渝笑道：「呵呵，也沒你說的那麼了不起啦。其實家族裡的事，一般也用不上我，有時跟出來走走，想要遊山玩水的目的更多一些。不過……」

她若有深意地注視了楊浩一眼，輕輕地道：「這一遭來，我倒是真的因為……想見見你……」

楊浩心裡有些感動，但他抿了抿嘴脣，卻沒有說話。

前方上山的路變得狹窄起來，兩旁雜草叢生，折子渝主動走到了前面，眼珠轉了轉，說道：「楊……人家就不叫你的官職了，還是喚你的名字，可好？」

楊浩笑道：「正該如此。」

折子渝道：「我來了之後，隨意走動間，已看過了這裡的百姓。如今他們雖還穩定，可是長此下去沒有個營生可不行，我聽九叔說，折大將軍如今忙於戰事，一時還顧不及這裡。不過……他已經吩咐下來，調來一批府谷的官吏，為這些百姓登記戶籍，劃定鄉里，使得士農工商、各行百業，都能安居樂業。」

「竟有此事？」楊浩大喜：「一會兒回去，我也該見見府谷來人，聽聽折大將軍的意思。」

楊浩道：「其實百姓們已經遷來府谷，如何安置，就是地方官吏的事了，我是無權干涉的。可是這一路坎坷，和這些百姓都有了感情，如果不能親眼見他們安置妥當，我還真的有些放心不下。折大將軍能顧念這些百姓，那再好不過了。不過，這裡的情形比較特殊，如果按照尋常州府設置，安排百姓百業，恐怕不太妥當，我正想等折大將軍回來，向他進諫一番的。」

折子渝回首笑道：「我知你素來多智，你有什麼好辦法了？」

楊浩道：「這裡草場豐富，土地肥沃，又有連綿的群山和一條蘆葦蕩裡的大河。照理說呢，讓這數萬百姓有口飯吃，可以安排一部人務農、一部分人放牧，一部分人打漁和狩獵，其他的人還可以從商。可是這裡連接著麟州、府州和党項羌人的地盤，妳是府州人，應該曉得，雖然這三位節度使都是大宋的官，不過……不過彼此之間，並不是十分融洽……」

因為折子渝是折大將軍的遠親，楊浩不好說得太明白，折子渝接口笑道：「豈止是不融洽。如今西北有三藩，夏州李氏勢力最大，所以折楊兩家建立了同盟以對抗李氏，可是折楊兩藩畢竟是同盟而非一家，鄰居嘛，相處得再親密，也不可能如同一家人般沒有嫌隙。今天我家的人占了你家一壟地，明天你家的人跑到我家後院抱了兩捆柴禾，這些糾紛也是免不了的。」

她「咯咯」笑道：「折大將軍和楊大將軍不想為了這點小事破壞了同盟，以免為夏州所趁，只好約束彼此的人，盡量不要他們有所接觸。所以……蘆河嶺這麼一塊肥沃的土地，就因為處於三方勢力接壤之處，才白白地閒了下來。」

楊浩笑道：「姑娘冰雪聰明，又是府州人，真比在下看得清楚。不錯，這正是楊某的顧慮。不管讓他們放牧也好、種地也罷，勢必要向各方擴展開去，如今各方為了避免大衝突，都約束自己的人盡量遠離這塊是非之地，可是平常越境放牧、打漁的人還是有的，這裡一下子來了數萬人，不管是種地還是放牧、打漁，一旦和三方的百姓起了衝突，如何是好？

「夏州、府州、麟州各有重兵在握，彼此有所忌憚，還能控制事態的發展。蘆河嶺這數萬百姓有什麼？一旦起了衝突，西北民風剽悍，又多是聚族成寨，同姓聚居，心齊得很，那時縱然三位節度使大人不出兵，蘆河嶺百姓光是受各方村寨欺壓也不是對手。再者說，就算麟州、府州兩位節度使大人深明大義，能約束部下，可西面怎麼辦？那裡可是党項七氏的地盤，他們餓昏了頭，連夏州李光睿的反都敢造，府州、麟州的村鎮都敢搶，蘆河嶺養起牛羊，種起莊稼，與他們近在咫尺，又沒有重兵保護，他們放過這塊嘴邊的肥肉嗎？」

聽到這裡，折子渝才覺得自己原來的想法還是有些天真，她原來打的主意是利用自己的影響，要兄長對蘆河嶺百姓多多看顧，同時在蘆河嶺建立一支武裝。然而，她的兄長在家裡是她的兄長，在外面可是府州之主，沒有利益所得，讓他派遣大軍到這裡來為別人流血犧牲，縱然她大哥看在她面子上允了，各路將領又豈能心甘情願？一時提供保護還可以，著眼長遠的話，這的確不是長久之計。

再者，如果想從蘆河嶺獲得賦稅、民役的貢奉，做為相應的條件提供軍事保護，那又等於把這數萬漢民直接納入了自己的管轄之內，那時……蘆河嶺占據的土地，有一部分本屬於麟州的，麟州會不會來分一杯羹？把這些百姓直接變成自己的子民，開封府的趙官家會視而不見？」

想到這裡，折子渝對楊浩這個小管事出身，本不應有這番見識的胸懷，暗暗欽佩起來，她一邊思索著，一邊問道：「那麼，你有什麼四全齊美的好辦法嗎？」

楊浩便把自己的打算揀能講的說了出來，折子渝沒想到楊浩竟有這樣離奇的想法，可是仔細想想，又大有道理。就像他當初提出集中分散於各軍的戰馬，單獨組織一支騎兵使用，雖是發前人所未想，仔細想想卻正該如此。

她以前從未聽說過有什麼地方是數萬人的大城鎮，自己卻完全放棄農牧，專心致力於發展一業，形成一個功能獨特的特別區域，反而能保證讓它興旺發達的。可是在這個特別的地方，這麼做卻是恰恰對任何一方都有利，各方都願意接受、都從中獲利的。

經他一番設計，這些北漢移民恰恰能做到各方想做卻又不能做之事，蘆河嶺簡直就是專門為這樣一群不屬於任何一方卻又服務於任何一方的人而留下的。尤其是他特意提到的不發展軍隊，這是任何一方都願意接受的。

當然，夏州李氏不會歡迎蘆河嶺的出現，因為蘆河嶺損害的唯一一方的利益，就是夏州李氏，壯大的卻是党項七氏、麟州楊氏、府州折氏三方的實力。可是正因如此，被党項七氏和麟州、府州圍在中間的蘆河嶺，必然更被三方所歡迎和保護。

楊浩這一手，不但把蘆河嶺的尷尬地位化解了，妥善安置了這數萬百姓，而且把那些本來對蘆河嶺不利的條件全都轉成了有利的條件。這個傢伙……這個傢伙的腦袋到底是怎麼長的啊？為什麼他總能想出一些點鐵成金的好主意？

一向自矜於才智的折子渝，沒有因為被他比了下去而不服，相反地，卻比她自己想出了更妥善的主意還要開心。女人都是很小氣的，只有兩個人比她們更強，她不但沒有絲毫嫉妒，而且會為他歡喜無比，會願意竭盡自己所有去支持他。這兩個人，一個叫兒女，另一個叫……官人。

折子渝欣喜地回眸一笑，卻發現自己這麼久沒有說話，楊浩悶頭跟在她的後面，那目光微微垂下去，似乎正在盯著她的……瞧……

折子渝趕緊扭轉了頭，裝著若無其事的樣子道：「嗯，人家是個女孩兒家，也不知道你說的有沒有道理，聽著……似乎不錯呢。我想，折大將軍也會同意你這個好主意的。」

嘴裡說著話，她的心裡卻不期然地想起了楊浩在群芳閣與唐三、惟忠他們說的那番話：「我嘛……呵呵，我與唐兄所見略同，一榻風月，才能風情無邊嘛，其中意境，只可意會，不可言傳……」

折子渝的俏臉忽然有些發燙，草木的清香充溢著鼻端，瀰漫在她的心田。她紅著眼，咬著嘴唇，分開了野草藤蔓，輕輕走在前面，腰肢款擺，搖曳生姿，一種醉人的風韻便也散發開來，充溢在楊浩的眼前，瀰漫在了他的心田。

女為悅己者容。女為悅己者，又豈止是容？

甫過及笄、初步破瓜的妙齡少女，美妙的又何止是她的年齡？

那女兒家的心事呀，就像輕雲籠月，欲遮還露，欲拒還羞……

百七八章　不一樣的留下

赤忠的中軍大帳裡擺開了香案，正在迎接欽使。聖旨有許多種，並不一定每頒一道聖旨，規格都這麼隆重。有的只須拱揖聽旨，並無須下跪。

但是楊浩這一遭接指，傳旨的儀仗很是隆重，赤忠是官場上的人，一見情形就曉得事情重大，所以急急迎進傳旨欽差，請茶上座。又急急命人擺設香案，並著人去請楊浩來接旨。

楊浩與折子渝在山嶺上盤桓了一陣，些許離別後的生疏感已經消失。在他心裡，折子渝是紅顏、是知己，也是一個不分性別也覺意氣相投的好朋友，她的人就像她的笑，總是讓人不知不覺便沐浴在她的春風裡，那種投契的感覺又回來了。

兩個人有說有笑地下山時，剛走到半山腰，就碰到了前來尋找的軍士，楊浩急急隨那士兵赴軍營接旨，許多得知消息的百姓都簇擁到了轅門外，片刻工夫，趕來的人越來越多，已是黑壓壓一片。

壁宿和葉大少這對難兄難弟擠在一起興高采烈地討論著。壁宿興沖沖地道：「官家來旨，定然是對楊浩大加褒獎，這一遭若是去開封做官才好，那可是天子腳下，繁華之地，我一直想去開封府看看。」

葉大少訕笑道：「開封府遍地是官，到那兒去一個州官百姓也不把你放在眼裡。寧為雞頭，不為牛後，還是在地方上做個父母官才好。楊大人最好是去廣原做官，若是陞個觀察或者判官，我葉家也就跟著抖起來啦。」

折子渝站在前邊，在她身後，幾個大漢牢牢地釘在那兒，就像腳下生了根似的，把她與百姓們隔絕了開來。所有的人都在翹首等待著轅門裡的消息，折子渝亦然。

這種隆重的嘉獎，她早已猜到了。她生於藩鎮門閥世家，於權術一道的體會遠在楊浩之上。她早知道，不管是程德玄強行把百姓遷往東線，一路損兵折將，百姓傷亡大半，還是楊浩為百姓計，奪節改命，率領他們西返，至少表面上的結果是相同的，趙官家只會予以褒獎，不會直斥其非。

堂堂帝王，胸懷四海，考慮的是全局勝敗，不會與臣下計較一城一地之得失。即便所用非人，也得等這件事平靜下來再說，更何況楊浩所為可圈可點，趙官家可不是一個昏君。

所以她並不擔心這道聖旨會有對楊浩不利的方面，她倒是擔心，這道聖旨為了表示對北漢遷民的重視，對有移民之功的楊浩賞賜過甚，如果……如果他被調去中原為官，那該怎麼辦？

折子渝從未正視過自己那若有若無的情意，直至重新見到楊浩，那若有若無、卻始終不曾熄滅的一縷情火才開始燃燒起來，難道……剛剛相見，又要再次分離？以自己的身分，有沒有機會再與他相見？府州折府二小姐的婚姻大事，又豈能草率了之？那時自己該如何自處？

一時間，折子渝心亂如麻，原本一向淡定從容的淺笑也消失了，那雙明亮的眸子一直瞬也不瞬地盯著轅門內的動靜，患得患失的感覺，頭一次充塞了她的胸臆：「楊浩啊，你這磨人精，還要折磨本姑娘到幾時……」

* * *

一枝狼牙箭歪歪斜斜地飛過，擦著一頭黃羊的耳朵插在地上，正低頭吃草的黃羊受驚，突然撒開四蹄飛奔起來。

遠遠一聲嬌叱，突然馳出一匹棗紅色駿馬，一團烈火般追了上去。草原上綠草茵茵，遠處的山巒被籠罩在白雲之中。只見遼闊的大草原上，一頭黃羊化作一道虛影，若隱若現地在草叢中飛掠，後面風馳電掣般一騎絕塵，馬上的騎士一件大紅的披飛飄揚在空中，就像一朵紅雲，緊緊躡住了目標。一羊一騎，一前一後，吸引著遠處站定的眾騎士目光。

眾騎士前邊，一個白衣少女訕訕地放下了弓，白玉似的臉蛋上騰起了兩抹羞紅，好像點上了兩點胭脂，正在慢慢地暈開。她那明眸皓齒，嬌麗照人，她斜挎弓、背箭壺，那一身頗有塞外風韻的颯爽勁裝為她柔弱的外表增添了幾分英氣。

她穿著一身白色的獵裝，翻領銀綾短襖，藍色犀牛皮的護腰，白色騎褲，騎一匹白馬，頭髮使一塊白色的絹帕繫住，在右額角上繫出了一個小小的蝴蝶狀的結，宛如剔透的美玉雕成，通體透澈涓淨。

後邊有一人騎馬趕上幾步，到了她的旁邊，那是一個五官俊美、英眉入鬢的年輕人，鼻直口方，雙目有神。他微笑道：「冬兒姑娘，不要氣餒，雖說這一箭沒有射中，不過能這麼快掌握騎馬和射箭的本事，妳已是休哥見過最聰明的女子了。妳這一箭的準頭稍差了，妳要注意，拉弓的時候……」

耶律休哥說著，順勢探身，便環向冬兒的身子，一手幫她舉弓，一手幫她控弦。冬兒身子一縮，蹙起秀眉道：「休哥大人！」

語聲不大，耶律休哥卻已如觸電般縮回了手去，神色略顯尷尬。他打個哈哈，順手摘下自己的弓，搭了枝箭上去，用玉扳指扣住弓弦，「呀」的一聲開了個滿弓，向她示範道：「喏，妳看，正確的姿勢應該是這樣。還有，眼睛要從這個方位瞄準。」

冬兒認真地看著他的姿勢，模擬著試了一下，耶律休哥大喜：「不錯、不錯，正是這樣，不過妳的臂力有待加強，不然方才那一箭即便中了，也只能傷及牠的皮毛，還是會被牠跑掉。」

「多謝休哥大人指點。」冬兒致謝的一笑，如雪後陽光，燦爛明媚，看得耶律休哥心弦一顫，痴痴地張著弓，竟然忘記了放下。

遠處那匹火紅色的駿馬飛馳回來，到了近前馬上的紅裝騎士一勒馬韁，那馬長嘶一聲，便人立而起。

「通」地一下，一隻頭部中箭的黃羊被摜到地上，紅馬前蹄落地，現出馬上一身紅衣、如同火焰的蕭炎炎來。她同羅冬兒一樣，俱是令人眼前一亮的小美人，不同之處在於，她看起來就像一團火，就像一輪紅日，不管是誰都不可能無視她的存在，但又沒有幾個敢於直視她的容顏，而羅冬兒就像一輪皎潔的明月，飄逸、柔美，讓人忍不住仔細端詳。

「娘娘的箭術、騎術，休哥欽佩萬分。」耶律休哥拱手笑道。

「哼！大惕隱什麼時候學得這般會恭維人了？」蕭炎炎撇撇嘴，轉眼看見一旁的羅冬兒，眼中露出一絲了然的笑意：「冬兒，要做我的侍衛女官，不精騎射可不成。大惕隱是我草原上的雄鷹，有一身精湛的騎射之藝，有空，妳可以向他多多討教。」

「是，謹遵娘娘吩咐。」羅冬兒抱弓行禮。蕭炎炎順手解下自己纖腰上的象牙佩刀，抖手一扔，羅冬兒慌忙舉手接住。小刀不大，是貴人們用來解羊食肉的餐具，但是鋒利卻不下於兵刃，裝飾尤其華貴，刀柄上那顆紅寶石在陽光下熠熠生輝。

「這柄刀子送妳了。休哥，一會兒妳教教她如何解羊、烹煮，今兒中午，我要嘗嘗冬兒的手藝。」

「遵命！」耶律休哥大喜，娘娘在為他製造機會，他如何不知？以他身分，若想強要了冬兒，恐怕蕭綽也不會介意。可他實在是愛極了冬兒，越是得不到，越是把她當女神一般敬愛，只要她皺皺眉頭，他便連一手指頭都不敢碰她。

自從上次在逐浪川上見到楊浩所為，耶律休哥更加自省，不肯在冬兒表面有什麼下三濫的舉動。只要看緊了她，讓她從此留在上京，天長日久，還怕她不忘了那個大宋的官？耶律休哥只想憑自己的本事討得這讓人又敬又愛的女子歡心，他可是信心十足。

草原上的牧人只憑一柄巴掌大的小刀，就可以在一炷香的時間裡把一頭羊料理得乾乾淨淨、分解得整整齊齊，甚至連一滴血都不會濺到手上和草地上。

羅冬兒拾掇過的最大動物就是雞，還是頭一次宰殺這麼大的動物，慌慌張張地忙活一番，總算在耶律休哥的幫助下把那頭羊收拾乾淨了，見她一手鮮血，頰上還濺了幾滴，耶律休哥不禁開懷笑道：「哈哈，冬兒姑娘，妳去河邊洗洗手、淨淨面吧。」

「那這羊……」羅冬兒看看不遠處架起的大鍋，有些為難地道。

耶律休哥鬼鬼祟祟地四下一看，小聲道：「沒事，我來烹羊就好。回頭妳撒把鹽，就算是妳煮的好啦，呵呵呵……」

「多謝休哥大人……」羅冬兒翩然轉身，便向玉帶般纏繞在草原上的那條小河跑去。

「嘩嘩嘩……」幾捧清涼的水洗淨了雙手，又洗了把臉，她忽然望著水中的倒影痴痴地發起呆來……

水面倒映著藍天白雲的影子，還有她的容顏。她感覺到自己比以前似乎有些不一樣了，現在的她，眼神更明亮。現在的她，神氣更實在。說以前的她像個一碰就碎的瓷娃娃，現在的她與以前的自己完全判若兩人了。

她望著水中的自己，輕輕地嘆了一口氣，也不知走了多少里路，才到了這裡。這裡是契丹人的上京，距中原也不知道有多遠。皇后娘娘待我很好，這裡比以前的家裡不知好了多少倍，可是……他不在這裡呀……

她忽然想起了那個冬日，她蹲在橋頭浣衣，他從橋上走過，那遠遠遞來的一吻……她的兩眼亮了一亮，然後矇矓起來，矇矓地望著水中那痴憨的容顏，可愛的櫻脣輕輕嘟起，學著楊浩的樣子，向水中的自己遞了一個俏皮的飛吻……

水中的美人搖曳著羞紅的容顏，彷彿一朵初綻的桃花，向她調皮地笑了。

「浩哥哥，總有一天，我要離開這兒去找你，不管歲月多長，不管路途多遠，那一天不來，冬兒此心不老……」

＊　　＊　　＊

楊浩邁著「太空步」走出轅門，心神有些恍惚。

轅門外的百姓本來議論紛紛，熱鬧得就像菜市場一般，一見楊浩身著正式的緋色官衣，頭戴烏紗帽，一身整齊地捧著聖旨出來，登時便肅靜起來。所有的目光都齊刷刷地投注到了他的身上。

在他身後，站著披掛整齊的軍主赤忠、軍都虞侯馬宗強、京師傳旨太監和八個身形高大的禁軍侍衛，此外還有一人，也是一身新鮮的官衣官帽，論身材、論相貌，甚至比楊浩還強上一兩分，可是往那兒一站，卻像一根霜打過的茄子，縮頭縮腦的沒有氣勢，再加上他的官帽與楊浩不同，兩枝帽翅像貓耳朵似的，配上他那沒精打采的模樣，看來令人發噱，有認得他的人，曉得此人就是另一位欽差程德玄。

折子渝的目光落在楊浩的腰間，那裡佩了一只銀魚袋，她的心不由跳動起來：「著緋色官衣，佩銀魚袋，莫非……他已晉陞為六品官了？」

楊浩看著靜悄悄的眾百姓，深吸一口氣，高高舉起聖旨，大聲說道：「聖上洪恩，楊浩晉陞為翊衛郎！」

下邊的百姓黑壓壓一片，並不知道這翊衛郎是個什麼官，只是屏息聽著。楊浩又道：「聖上於蘆河嶺設蘆嶺州，著翊衛郎楊浩為蘆嶺團練使權知蘆嶺知府事，率一州所屬，總理一州郡政！」

折子渝一雙蛾眉微微一挑，一抹愉悅甜笑欣然浮上她的眉梢。但是……無數百姓仍然呆呆地站在那兒，猶如鴨子聽雷，莫名其妙地看著楊浩。人群中不乏讀書人，當然並非都聽不懂，但是聽懂的人實是少數，在這麼龐大的人群中，他們的騷動實在掀不起什麼波瀾。

楊浩回頭看看眾文武官員，一撩官袍，縱身跳上轅門旁一只石碾，攏起嘴巴大聲喊道：「大家聽好嘍。官家……在這蘆河嶺專設一州之地，我楊浩……就是蘆嶺州第一任知府，兼團練使！就是這兒的父母官啦！」

這回，百姓們終於聽懂了，人群沸騰起來，歡呼聲此起彼伏，如同山呼海嘯一般，楊浩站在石碾上抱拳一禮，底下的百姓們忽然紛紛跪倒，高呼道：「府尊大人，府尊大人！」

楊浩站在石上，心潮起伏：「這就留下了？留下就留下吧，為了這些敬我愛我的百姓也是值得的，何況做特首的感覺似乎也挺不錯。」

他慢慢放下手，雙眼溼潤起來：「老娘，冬兒，楊浩馬上就回去了，衣錦還鄉，去祭拜妳們，帶妳們一起到蘆河嶺來，咱們永遠在一起，再也不分開！」

百七九章　意外之吻

一間窯洞裡，楊浩與程德玄對面而坐。桌上只有一枝蠟燭，忽明忽暗的燈光映著他們陰晴不定的臉。兩個人寒暄片刻後，實在無話可說，只得各懷心事，相對無言。

曾經，程德玄高高在上，而今，在他眼中不堪一提的楊浩卻後來居上，爬到了他的頭上去。而且恰恰是與他爭風過程中，使他屢屢失利，這讓程德玄情何以堪？可是，形勢比人強，如今楊浩就是他的頂頭上司，徒呼奈何。

楊浩對程德玄的留任同樣有點撓頭，程德玄留任，恐怕用來監視他的作用更大一些。畢竟，他是程世雄舉薦的人，無論在誰看來，他如今是折系的人，既放了大權給他，豈能不加節制，你當趙官家是來做善事的嗎？

大宋官家的旨意上已經說明，由於蘆嶺州是從無到有，一切處於初創階段，所以除程德玄外，特旨授權，允許他就近選拔舉薦一些人，由朝廷特旨任命。表面看來，唯一一個他撤不得、換不得的，僅一個欽命的觀察判官程德玄而已。這已是前所未有的洪恩，可自行任命官吏，那不是開府建衙的封疆大吏特權嗎？

可是這蘆嶺州說是一州，實際上如今什麼都沒有，要錢沒錢、要人沒人，連知府衙門都還不知道建在哪兒呢，在外人眼中，這地方夾在三大藩鎮之間，地位更是岌岌可危，根本也不會有哪個官會心甘情願到這裡上任的。估計……哪個官被貶斥流放，寧願被趕到南荒去，也不願到這隨時可能起刀兵之患的險地做官。

輕輕拈著腰間特賜的六品官以上官吏才可以佩戴的銀魚袋，仔細想了半晌，楊浩終於開了口：「程大人，你我承旨，在此設州牧民，今後便是同僚了。如今蘆嶺州還只是一個名字，什麼都是空的，已經到任的，除了你我再無旁人，不知道程大人對本官有什麼建議？」

程德玄抬起眼睛輕輕地掃了他一眼，又復垂下眼皮，呆板地道：「按例，一州之地，當設知府一員、通判兩員、簽書節度判官廳公事、節度推官、觀察推官、觀察判官、錄事參軍、左司理參軍、右司理參軍、司戶參軍、司法參軍各一員。這些，是有品秩的官員，本需朝廷委派的。不過官家已經下旨，特權知府大人委派，這是官家洪恩，大人可以看看有什麼可用的人，儘管舉薦上去。至於各司職派的小吏、班頭、巡檢、捕快，更是地方上可自行任命之人，大人可自行決斷，下官唯知府大人馬首是瞻。」

楊浩輕輕一嘆，滿面苦笑：「我有什麼人可用呢？如今就只你程德玄一人，還像個受氣小媳婦似地對我滿腹幽怨。我的奏摺上明明已經分了功給你，天曉得官家為什麼一定要貶你，我已仁至義盡，這筆爛帳你非要算到我頭上，我也沒有辦法，只是沒想到這程德玄竟是這樣一個不明事理的人……」

楊浩慨嘆一聲，便起身道：「如今千頭萬緒，本官也想不出個所以然來。目前來說，蘆嶺州一切尚未就緒，並不需要這許多官吏，倒是下邊那些小吏需要盡快安排，引導百姓、維持秩序，全賴這些小吏。所以，我想先請折府的人幫助我們建造戶籍、劃定鄉里，把最基本的東西先建立起來，以便上傳下達，如臂使指。不知程大人以為如何？」

程德玄起身長揖道：「大人高見，下官無不從命。」

楊浩搖搖頭，又道：「蘆嶺州初設，如呱呱落地的初生嬰兒，離不了折楊兩藩的支持和幫助。本官想近日去府谷一趟，一些事情，還需得到折大將軍幫助。如今訓練民團一事，已有赤軍主著手，這建造戶籍、劃定鄉里，就麻煩程大人看顧了。程大人意下如何？」

程德玄也不多話，木著臉又是一揖：「謹遵大人吩咐。」

這真是話不投機半句多，楊浩也不覺有些動氣，把袖一拂，便出了房門，程德玄也不相送，緩緩直起腰來，望著他的背影，眼神陰沉，一言不發。

倏地，一道人影閃進院來，程德玄神色一凜，一側身便自壁上摘下了佩劍，冷聲道：「誰？」

一個三旬男子踏步進來，微笑拱手道：「在下東京禁軍步軍校尉荊天賜，現有南衙書信一封，交予程大人。」

「哦？」程德玄看清來人，確是白天傳旨太監所帶來的八名侍衛之一，又聽他說是南衙來信，忙放下劍，欣然上前接過信來。

荊天賜笑道：「大人若有回信，可明日尋機交付於我。此處卑職不便久待，這便告辭。」

「好走，不送。」程德玄把他送出門去，立即返回房中，掩緊房門到了燈下，急急取信便看。待將祕信看罷，程德玄臉上陰霾一掃而空，他詭譎地笑了笑，將祕信湊到了燈火上……

*　　*　　*

「折姑娘……」

樹影婆娑，樹下的人兒只是稍稍一動，楊浩就已直覺地喚了出來。

那人從樹影下走出來，果然正是折子渝，一身玄衣隱在樹影下時幾乎看不見，這時走到月光下，讓人注意到的，也只有她明淨如玉的容顏。那雪玉似的一張臉蛋映著月光越發嬌美，楊浩微笑道：「果然是妳。」

折子渝淺淺一笑，翩躚上前，學著男人長揖一禮：「草民見過知府大人。」

「咳，免禮，平身。」

一言說罷，兩個人都笑了。

他還是他，她還是她，漫天星光月色下，不過是一對情投意合的少男少女罷了。誰是官？誰是民？計較起來，忒也煞風景。

「這麼晚了，怎麼還不歇息？」

「明天，我要回府谷去了，所以……想來見見你。」言語輕輕，不乏情意。折子渝落落大方地走到他的身邊，仰起臉來，一雙明亮的大眼睛凝視著他：「你留下了，我很開心。」

含蓄卻又大膽的表白，讓楊浩的心怦然一動，他有種想去牽她手的衝動，一隻手輕輕伸出去，卻又凝住，然後順勢向外一揮，輕聲說道：「一起走走吧。」

折子渝仰著臉，那俏美的臉龐籠在月輝中，透著淡淡的霞光，注意到楊浩動作的變化，她卻沒有露出失望的神色。溫馴地隨著楊浩轉了身，兩個人便向遠離百姓帳篷的幽靜角落走去。

「過幾日，把這裡稍做安頓之後，我也要去一趟府谷。」

「當真？」折子渝欣喜地轉頭：「喔，我知道了，你要去折大將軍府。」

歪著頭想了想，折子渝抿嘴一笑：「到時……我在折府等你吧。」

「妳？」

「是啊，你知道，我九叔……在折府做個小管事嘛，折府……我也進得去的。」折子渝吞吞吐吐地說罷，又向他嫣然一笑：「你準備向折大將軍進言，和折楊兩家結盟，按著你的規劃建立蘆嶺州了？嗯……這法子是你想出來的，如今官家又許了你一府之尊，正好可以大展宏圖。」

楊浩與她並肩走著，只覺少女身上傳來淡淡幽香，在這良夜的清風裡久久不散，一直縈繞在他的鼻端，不禁有些心猿意馬。他的眼角瞧著姑娘的動作，只覺一舉手一投足，都有說不出的嬌俏可愛。

聽了姑娘的話，他只笑了一聲，說道：「在妳面前，楊浩無那許多客套，說實話，能有今日，著實出乎我的意料。如此年紀、入仕如此之短，能成為一府之尊，確實足以自得了，我也很開心。儘管這裡百業俱無，一切都需從頭開始，艱苦確是艱苦了一些，但若非如此，如何能有我的機會？我只盼，能說服折大將軍才好。如果他只是一介武夫，我空有一腹計謀，卻是對牛彈琴，那就慘了，此時想起，難免忐忑。」

折子渝想笑，忙又忍住，她用手指按了按嘴脣，輕笑道：「應該不會吧，折大將軍掌理府州，軍政經濟一把抓，想必不是一個只曉得喊打喊殺的莽夫，你儘管把心放進了肚子去……」

折子渝一句話還沒說完，忽地被楊浩一把抓住手臂，把她扯到了樹影下去。折子渝頓覺有些慌張，吃吃地道：「你……你做什麼？」一句話問出來，自己已先紅了臉，那顆心也禁不住跳得飛快，平生第一次生起手足無措的感覺來。

「噤聲！妳看那人在做什麼?鬼鬼祟祟的，不像個好人。」

「啊？」折子渝這才曉得自己會錯了意，一顆芳心這才放下，順著楊浩的目光看去，只見前方一片空地上，有個人彎著腰，鬼鬼祟祟地在地上找著什麼，時不時地還要揚一下手。

谷中本來盡是高可齊腰的野草，如今經百姓踐踏，大多已經趴伏，這一片地比較偏僻，草勢還算茂盛，那人所站的地方卻是空蕩蕩的，不知本是空地，還是被人清除了雜草，這幾天百姓們無序地開闢田地，把個山谷弄得跟狗啃的似的。

「走，過去看看。」折子渝一身功夫，藝高人膽大，一時好奇心起，渾然忘了自己在楊浩面前扮的是嬌嬌俏俏的乖乖女，立即興致勃勃地道。

楊浩見一個小姑娘這般膽量，倒不好示怯，便應了一聲，二人矮身藉著樹木草叢向那裡靠近過去。到了近處，野草已經開始倒伏，折子渝孩子氣上來，向楊浩打個手勢，便伏到了地上，楊浩見狀，也只得跟著趴下，二人匍匐前近，向那人漸漸靠近。

「官人，天這麼暗，看得清什麼，咱們還是明天白日再做吧。咱們不回去，孩子也不肯睡。再說，如今官府有賙濟，咱便不開這塊地也沒什麼。」

忽然聽見有人說話，楊浩二人循聲望去，才注意到那片空曠地一側的草叢邊上還坐著一個女人。

男人直起腰來，回頭低斥道：「妳曉得什麼？我范思棋一個舉人，那也是有頭有面的人物，大白天的妳教我如何做得出來？去去去，妳且回去哄他睡去，我忙完了便回去。」

折子渝湊近楊浩耳朵，低聲道：「不像是奸細或歹人，他這是要做什麼？」

楊浩被她細細的呵息吹得耳朵癢癢，他又不好亂動，只得低聲道：「我也不曉得，再看看。」

那婦人被官人訓斥一番，便賭氣走了，只見那范思棋哼了一聲道：「婦人家的曉得什麼？如今這月分，旁的都種不得了。虧我帶了這種子，過些日子便能收成上來。到時賣與旁人，囊中也能有幾文收益，今冬若是官府糧米衣物賙濟短缺，這幾文錢便是救命。只是白天……讓我說出這樣的話來，如何放得下身段，唉！」

他搖搖頭，口中念念有詞地道：「遵彼汝墳，伐其條枚。未見君子，惄如調飢。遵彼汝墳，伐其條肄。即見君子，不我遐棄。魴魚赬尾，王室如燬。雖則如燬，父母孔邇……」

這人念兩句一揚手，向前走出幾步，腳下便動彈幾下，楊浩就像白天聽聖旨的百姓一樣，瞪著兩隻眼睛，完全聽不懂他在說些什麼，他忍不住湊到折子渝耳邊，低聲問道：「他在念些什麼？」

折子渝臉頰微熱，被他耳邊吹風更覺麻酥酥的有些不自在，嬌軀微微挪動了一下才輕啐道：「誰曉得，反正這舉人呆子說的不是什麼好話。」

「不是好話？」楊浩前後一聯繫，再看那范思棋的動作，回想他說過的話，忽地明白過來：「啊，我知道他在幹什麼了。」

折子渝倒是真不明白這范舉人在做什麼，忙好奇地問：「他在做什麼？」

楊浩春天時候曾在莊上見人種菜，聽老娘說過，便解釋道：「這人在種芫荽，種這種菜有個習俗，就是撒種的時候要說髒話，這菜才能長得好。」

折子渝雖見多識廣，卻不曉農事，不禁奇道：「世上哪有這樣的事？菜也聽得懂人話嗎？」

楊浩輕笑道：「聽是聽不懂的，誰知道怎麼就傳下來這樣的規矩。莊戶人的規矩多著呢，又比如種蘿蔔，女人是不可以下地播種的，否則蘿蔔就會開枝太多。誰也不曉得是真是假，不過收成關乎農戶人一年生計，誰敢胡亂嘗試啊，所以沒有不敢不遵規矩來的。」

他們肩並肩地趴在草叢裡見那范舉人撒著種，反來覆去的就是說這麼幾句，一旦曉得了這人鬼祟行為的原因，二人頓感沒趣，便想招呼對方悄悄抽身離去，不想二人不約而同扭過臉來還未說話，一對嘴唇便湊到了一塊。

兩人頓時張大眼睛，僵硬了身子，再也動彈不得……

百八十章　風流老鬼

一點櫻紅香脣，小巧柔軟。

兩個人閃電般分開，楊浩只覺方才那一剎只是彈指間的事，又似千萬年般恆遠，一時暈陶陶的忘了身在人間。

楊浩感覺如此，折子渝更加不堪。可憐她一個二八佳齡的少女，再如何見多識廣，再如何雍容穩重，這時候趴在那兒，也只覺頭重腳輕，如蹈雲彩，身子軟軟的渾不著力，一顆心跳跳的偏不著地，半晌竟是說不出一個字來。嚅嚅著嘴脣，只有一雙眸子，如輕霧遮月一般矇矓。

眼見楊浩痴痴地看著她，她也不知這時該嗔該怨，只得垂下頭去，一顆心「通通」地跳得厲害。楊浩本來也有些發呆，待見她杏眼含煙，臉染桃花，垂首俯臥，訥訥難言，不由衝動再起，忽地探手一搭她的香肩，折子渝詫然抬起頭來，還未看清楊浩的模樣，便再次被他吻住。

這一遭可是真正的吻了，折子渝一枚小雀舌被楊浩吮住，腦子裡頓時一片空白，嬌軀輕顫著任他輕薄，竟是絲毫反應不得。直到窒息的感覺上來，她才清醒過來，一時羞不可抑，輕輕推他一把，分開了身子，這才低聲說道：「楊……浩……哥哥，不……不行的，這成什麼樣子……」

那一聲「浩哥哥」，那一聲似羞還怨的「這成什麼樣子」，依稀曾經聽過了的。霍地，腦海中一道閃電喚醒了他的神智，「浩哥哥……」那清脆的、甜甜的聲音在耳畔迴響，楊浩忽然一陣心酸，他痴痴地看著折子渝月下那張嬌美的容顏，透過了她，彷彿看到了另一張俊俏可愛的面孔，那個女孩愛他、敬他、想他、念他，自將身心託付予他，從不曾有一刻離棄了他……

眼看著折子渝稍顯凌亂的秀髮，他彷彿看到了那個女孩被人丟了一身垃圾，卻竭力地整理著衣裳，讓自己顯得不是那麼狼狽，她帶著最甜美、最幸福的微笑，把那枚三文錢的釵子緩緩插入青絲……

不知不覺間，楊浩已淚流滿面，折子渝看在眼裡，忽然感到一陣剜心的痛楚，她不知道自己為什麼這麼心痛，但是楊浩的痛苦，在這一刻她已感同身受。她的鼻子一酸，忽地湊過去，雙手環住楊浩的脖子，然後義無反顧地吻了下去。

青澀的吻，完全沒有技巧可言。她笨拙地嘗試著，想學著楊浩的樣子撩撥他的舌頭，但是剛剛親了他一下，她便沒了勇氣，忽地一抽身子，她便像隻小小狸貓，飛快地閃進了草叢。

楊浩攤開雙手，仰望著一天星辰，慢慢閉上了眼睛。

范思棋隱約聽到一點動靜，警惕地低聲問道：「誰？」

他側耳聽聽，除了風吹野草的婆娑聲，什麼都聽不見，這才放心地直起腰來，繼續念道：「遵彼汝墳，伐其條枚。未見君子，惄如調飢……」

＊　＊　＊

「知府大人，府州送糧送軍械的車隊已經走了。」

「知道了。」楊浩頭也不抬，繼續埋頭清理著文案。壁宿說完了，見他沒什麼反應，便向葉大少遞了個眼色，兩人悄悄退開幾步。

「我說，看這模樣，知府大人未必對那姑娘有意啊，一點留戀之意都沒有……」

「那就好。」葉大少眉飛色舞：「知府不與我爭，餘者莫能與我爭。嘿嘿，這折姑娘我是越看越順眼，我決定了，回頭就去府谷尋訪她的下落，上門求親。」

「就你？我切……」

「你切個屁？本大少怎麼了？本少爺有銀子。我用銀子砸，不信砸不開她家的大門，我用金條撬，不怕撬不開我老丈人的嘴……」

「喲喲喲，越說越來勁。我告訴你，別跟我爭，我跟楊浩可是患難之交。他做了官，我一定也弄個官做。你敢跟我搶娘子？善了個哉的。」

「壁宿，過來！」楊浩擱下毛筆，直起腰來，向他喊道。

壁宿向葉大少做了個得意的表情，趕緊跑了過去。

「壁宿，你去把楊晉城他們找來，我有話說。」

「好勒。」壁宿痛快地答應一聲，飛快地跑出去了。

這是當初審問小野可兒和諶沫兒的那間房子，如今臨時充作了知府衙門。

「木老，你來了。」外邊匆匆走進幾人，楊浩臉上露出笑容，快步迎上前去。雙方彷彿只是普通朋友般，李光岑拱拱手道：「知府大人相召，草民豈敢不來？不知府尊召草民來，有何吩咐？」

楊浩正容道：「官家授我特權，可舉賢任能，提拔官員。我剛剛寫好奏表，上奏朝廷，請旨封官。木老德高望重，武藝高強，如今正是用人之際，本府想請木老出山，擔任蘆嶺州團練副使之職，木恩為指揮使，木老手下諸家將僕從，俱有一身過人的武藝，便都委任為都頭，各領一都人馬，訓練一支驍勇善戰的民團出來。還望木老應允。」

李光岑目光一閃，眸中露出一絲笑意：「府尊如此高看，老朽敢不從命？」

「甚好，如此就請諸位去軍中向赤軍主報到，程判官正在登記戶籍，劃分鄉里。其中民壯遴選出來後，會到赤軍主營中報到。具體事宜，你等可先聽從赤軍主吩咐。」

「老朽……啊不，下官遵命。」李光岑與楊浩相視一笑，帶著木恩等人轉身走了出去。

「葉公子。」

葉之璇正在一旁看著熱鬧，楊浩又把他喚到面前，和顏悅色地道：「葉公子，你也看到了，這蘆嶺州百業俱無，一切都要從頭開始。我覺得，這是你葉家車行向西延伸的一個好機會啊。我想，請貴號在府谷、蘆嶺州各設一家分號，與廣原分號連接起來，以後，我蘆嶺州需要有大批物資運往中原，也需要從中原購買大批物資回來，這件生意，採買方面有一些物資也可以委託葉家車行去做，其中商機不言而喻，我相信以令尊和你的眼光，應該看得出其中利益。這也算是本府對你們慨然義助難民的一個回報吧，不知你意下如何？」

葉之璇大喜，忙道：「好哇，我馬上寫信給家父，把分號開到這裡來。到時本少……啊不，到時小民就坐鎮府谷，承接廣原與蘆嶺州的生意。」

「如此甚好。」楊浩微微一笑，又道：「公子雜學豐富，善於養鳥，你看，從這裡往府谷，路途也嫌遙遠。我還想委託葉大少幫著訓練信鴿，這樣在一些固定地點設立接收訊息的鳥舍，委派專人接收傳遞消息，千里關山，一朝便至。這樣的本領，我只有找葉公子你了。」

葉之璇這養鳥、訓鳥之術，一向被乃父罵成不務正業、雕蟲小技，在楊浩口中卻這樣大受重視，不禁喜出望外，連聲道：「成成成，不過……自古以來，以鴿子傳訊最怕遇見飛鷹，這西北地區又多鷹，用鴿子實不牢靠，啊！不如用鷹如何？比鴿子更快，更加安全，只是鷹飛不如鴿子及遠，但是既是分段設立接收地點，那就無所謂了。」

楊浩大喜：「成啊，這些事本官一竅不通，你盡可自作主張，放手去做。」他微微一笑道：「官家許本府授官之權。這些官嘛，如今可都空置著呢，如果你做事得力，本官便送你個官做又何妨？」

「當……當真？」葉之璇先是一呆，隨即大喜若狂，聲音都發起顫來：「奶奶的，誰說本大少百無一用啊，玩鳥都能玩成官，古往今來本大少也是第一人啦。」

待得了楊浩肯定的答覆，葉之璇二話不說，抬腿便衝了出去，一溜煙趕到嶺下，找到葉家車行的夥計，二話不說便直奔府谷去了。老葉家八輩子沒出過當官的，以前有錢也不成，見了人總得低聲下氣的，現在你再看看。

葉之璇趴在車子裡咬牙切齒地「獰笑」：「老爹，你總說兒子沒出息，這回本少爺就讓你瞧瞧，你兒子比他老子可要有出息多啦。」

打發了葉之璇離去，一群在戶籍登記時被確認原是商賈的人又趕進來，楊浩請他們落座，很客氣地說明了自己的用意，又道：「你們原本有的是做大生意的，有的是做小生意的。不管做什麼生意的，在這裡你們都可以大展拳腳，蘆嶺州剛剛成立，所需之物，皆需外來。將來也有大量物資需要運出，具體需要些什麼，我想不需本官指點，你們應該比本官更了解。」

有的商賈疑慮重重地道：「府尊大人，我們離開北漢時，的確把金銀細軟都帶了出來，用作本錢經商，正是我們的本分。只是……小民有一事不明，心中實在忐忑啊。大人，咱們這蘆嶺州剛剛設州置府，不管務農、做工、種地、狩獵、打漁、放牧，要想產生自用之外的剩餘物品，最快也得兩三年時光吧。我們有什麼可以拿去賣的？購進了物資，又有什麼人有錢去買的？」

楊浩笑道：「這個，你們不必擔心，咱們自己不產物品，難道不能低價買入，高價賣出嗎？這一行當，諸位當比本府了解得多。」

他徐徐掃視一圈，見商賈們大多有些疑慮，便道：「諸位，前幾日党項人來我谷中劫掠，被我官兵打敗，這事諸位都知道吧？」

見眾商賈點頭，楊浩笑道：「以後，但凡插著咱蘆嶺州旗幟的商車，你們就不必擔心党項人來搶劫。往西，是党項七氏的地盤，本官已請了與他們熟稔的人從中斡旋，今後，党項七氏所產牛羊、馬匹、草藥，各種筋、膠、牛角、獸骨等物資，可以由我蘆嶺州的商賈來收購，然後銷往中原。再從中原購買米糧、成藥、鐵鍋、布疋、茶葉等物賣給他們。這樣一來他們成了咱們的主顧，正經八百做生意賺的錢比縱騎搶劫要多得多，他們還會對咱們不利嗎？你們還怕沒得錢賺嗎？」

眾商賈聽了又驚又喜，商人本來多疑，但是楊浩如今是什麼身分？那是朝廷命官、蘆嶺州知府。一個朝廷大員會信口開河？這在他們是一件根本不可想像的事，所以在旁人來說需要用許多手段來說服、來使他們相信的事，在楊浩來說卻只是一句話的事。

楊浩一番話，讓這些正在發愁來日生活會很難過的商賈們看到了無限光明，他們興沖沖地議論著，許久之後才紛紛起身向楊浩告辭。早一步下手，就早一點搶到先機，他們已準備趕回去招聘夥計大幹一場了。

壁宿早把楊晉城等人找了來，這些衙差們還知道守規矩，楊浩在房中與這些商賈聊天，他們便在外面靜靜等候，直到這些商賈們喜氣洋洋離開，楊晉城才帶了幾個捕快頭兒進來見禮。

楊浩連忙攔住，笑道：「晉城兄……」

楊晉城臉色一變，連忙擺手道：「不敢當，不敢當。府尊老爺有什麼話儘管吩咐，楊晉城實不敢當府尊老爺如此稱呼。」

楊浩笑道：「你我本是故交，有什麼當不得的？」

楊晉城苦笑道：「此一時，彼一時也。大人如今是一府之尊，這上下尊卑還是要講的。」

楊浩搖搖頭，只得說道：「楊都頭，你們都是廣原府的巡捕衙役，被本府借來運送這數萬百姓。如今北漢移民已在這裡扎下根來，照理說，本府應該馬上放你們回去。你們在廣原有家有業，離開這麼久，家裡一定想念得很。不過本府如今正是用人之際啊，本府想請你們再留一段時間……」

楊晉城等人聽了都面露難色，楊浩看在眼裡，不動聲色，繼續說道：「本地官府剛剛成立，三班衙役一個也無，地方上的人沒有個熟悉衙門事務的人打理可不成。所以，本府想請楊都頭暫任觀察推官一職，這幾位都頭、捕頭，分任左司理參軍、右司理參軍、司戶參軍、司法參軍，協助本府管理百姓。」

楊晉城等人聽了身子齊齊一振，楊浩故作不見，又道：「為期嘛……就以半年為限好了。半年之後，諸位如有仍想回廣原的，本府送上豐富程儀，如果願意留下，就由暫任轉為正式，不知諸位意下如何？」

楊浩還沒說完，他們已經把頭點得跟小雞啄米一般了，這還有不答應的？在廣原，他們這輩子已經陞到頭了，左右就是一個吏，如今是什麼？是官！再熬一百年，也根本不可能落到他們頭上的官帽現在正向他們招手，白痴才不答應。若是不答應，回家一說，他們娘子都能用擀麵杖把他們打將出去。蘆嶺州初設怎麼了？他們拿的是朝廷的俸祿，旱澇保收，還怕沒有飯吃？大不了把老婆孩子都接過來，若放過了這機會，還不後悔一輩子？

一旁壁宿見了可就有點著急：「眼看著楊晉城他們都一步登天了，我可怎麼辦啊？」等到楊晉城他們千恩萬謝地出去，壁宿終於忍不住了，涎著臉笑道：「楊……府臺大人，他們都有官做，那我呢？」

楊浩笑道：「你嘛，我還真沒想好你適合做些什麼。」

壁宿一聽頓時垮下臉來，楊浩忍俊不禁道：「這樣城府如何做官？總要喜怒不形於色才好。你先去一趟穆柯寨，把這裡情形說明一下，我原想要待穆羽長大一些再讓他到我身邊做事，如今身邊實在無人可用，你且問問穆老寨主意思，如果願意，就讓小羽現在過來，如果穆家能來更多的人，那我更是歡迎。至於你嘛，呵呵……等你回來再說，一定有個合適的位置給你做。」

壁宿這才歡喜起來，忙不迭地應聲去了。

楊浩把這些人都打發出去，一屁股坐回椅上，捏著眉心喘了一口氣，想著党項七氏晉謁總盟主李光岑之期已然近了，他盤算著屆時自己如何與這些草原上的梟雄見面。一邊想著，一邊提起茶壺，就著壺嘴想潤潤喉嚨，誰知那茶壺整個都豎了起來，卻連一滴水也沒有淌出來。

楊浩納罕不已，記得這壺茶沏上來之後，他壓根就沒顧上喝呀，難道是讓壁宿那小子都喝光了？可這重量不對呀……掀開蓋子一看，茶水滿滿的，提壺再倒，還是一滴水也不出來。楊浩奇怪地舉起壺來看向壺嘴：「莫非被茶葉堵住了？那也不應該一滴都淌不出來呀……」

不想他這舉壺一看，茶水忽地傾瀉而出，淋了他一臉。幸好那茶水擱久了，已經變成溫熱，楊浩趕緊撂下茶壺，把臉擦乾淨了，盯著那只茶壺發呆。

「太邪門了……」楊浩左右看看，心裡有點發毛。

他忽地想起昨晚與折子渝悄悄溜回樹下時那奇怪的一幕。因為剛剛的傾情一吻，兩人之間的關係突飛猛進，但是感情增溫的速度太快，一向落落大方的折子渝卻有些不適應了，她羞人答答地低著頭，擰著自己的手指頭，站在那兒一時不知該說什麼才好。

楊浩牽起姑娘柔軟嫩滑的小手，心裡又酸又甜，明知道人家姑娘想聽什麼，偏偏也是說不出口。遲疑半晌，他才低聲道：「明日一早，妳就要回府谷了，早些……早些回去歇息了吧。」

「嗯……」折子渝輕輕仰起臉來，幽幽地瞟他一眼，低聲道：「我……我在府谷等你。」

「好，此間事了，我就去府谷。」

楊浩說著，張開了雙臂，折子渝忸怩了一下，還是忘情地撲進了他的懷抱，柔聲道：「浩哥哥，不管以前有多少苦，以後……我會陪著你。不要太傷心，你的親人，也不會希望你一直沉緬於過去。」

「我知道，給我點時間，我會慢慢適應……」楊浩輕拍姑娘手感極佳的背臀，嗅著她髮絲間的香氣，正想放開她的時候，好像被什麼撞了一下似的，身子一震，撞到了她的身上，與此同時，某個部位不受控制地膨脹起來，硬邦邦地抵在了姑娘柔軟的小腹上。

折子渝先是一愣，忽地醒悟過來，她羞叫一聲，像隻中了箭的兔子，轉身便跑，待跑出七、八步遠，才停住身子，頭也不敢回，低低說道：「明日，你不必來送我。」

「怎麼？」楊浩呆呆地問，只道自己方才舉止唐突，姑娘臉嫩，已經動怒。折子渝怎好說一見了他，就捨不得再走。她羞窘地跺了跺腳，嗔道：「人家說不用就不用，偏要問那麼多。」說完了又怕真的嚇著了他，飛快地瞟他一眼，又低低跟上一句：「我……在府谷……等你……」

望著姑娘背影，方才如洪水般突然湧起的情慾一下子又消失得乾乾淨淨，那條方才猴急起來，嚇著了人家姑娘的闖禍精又突然垂頭喪氣地歇了下去。楊浩還從來不曾經歷過這樣情況，一時莫名其妙。

隱約裡，彷彿聽到一聲嘆息，再細聽，卻只有風吹樹木的沙沙聲。當時他只道自己一時色迷心竅，才弄出這麼孟浪的事來，所以也沒有多想。可是現在看到這古怪的茶壺，楊浩心裡開始有點發毛：「這山上……不是有什麼不乾淨的東西吧？」

他小心翼翼地拿起茶壺，揭開蓋子看看，又舉在手裡瞧瞧，輕輕彈了彈，聽了聽聲音，就跟鑑定古董似的，卻沒發現什麼異常。

正詫異間，他忽然感覺身後站著人，猛一回頭，就見四個白鬍子老頭直挺挺地站在後面，正笑咪咪地看著他，楊浩驚得一跳而起，手裡的茶壺跌到地上，「啪」的一聲跌得粉碎。

「哎呀呀，府臺大人受驚了，府臺大人受驚了。老朽知罪，老朽知罪，不知……摔壞的這件是哪一朝的古董？」四個老頭大驚，齊齊打躬作揖，楊浩心裡發毛，指著他們變色道：「你們……你們是什麼人？」

四個老者連忙自我介紹道：「府臺大人，老朽林朋羽，這位是秦江，那兩位是盧雨軒、席初雲，我等……俱是被鄉民們推選出來的鄉長、里正，剛剛上任，因無直屬上官，所以有一件事，特來請示府臺大人。門口沒有衙役站班，老朽們冒失了，稀里糊塗就闖了進來，因見大人正端詳一件古物，所以本不想驚動，沒想到反害得府臺大人失手打碎了寶器。」

楊浩聽說這四個白鬍子老頭都是剛剛民選出來的里正鄉官，並非什麼陰曹的小鬼，這才放下心來，苦笑道：「摔碎的只是普通的茶壺，談不上什麼珍貴。啊，四位老人家快快請坐，不知道你們來見本官，到底有什麼事啊？」

楊浩說著，忙請四人坐下，自己也拉過一把椅子，與四位老者揖讓一番，見他們不肯先行就坐，只好自己先坐下去。不想那椅子明明放在身邊，誰知竟然料錯，這一下直接坐到了地上。

「噗通！」一聲，楊浩結結實實摔到地上，痛得齜牙咧嘴。四個老者眼見知府大人如此狼狽，連忙忍笑上前將他扶起，楊浩心中怪異的感覺更強烈了，他覺得就像有一個隱形人正在身邊捉弄他，讓他當眾出醜似的。可是當著四個老者，他又不好把這種亂力亂神的稀奇事說出來，只好強笑道：「沒什麼，沒什麼，四位老丈請坐，請坐。」

楊浩說著抓緊了椅背，小心翼翼地蹭到了椅子上。

四個老頭就坐，林朋羽便道：「府臺大人，如今蘆嶺州新設，許多孩子需要讀書，卻沒有一個地方就讀、沒有一個師長授業。學業一旦荒廢，貽誤的可是一生。老朽以為，旁的遲一些都沒有關係，唯獨這學業是一刻荒廢不得。如今蘆嶺州當首先成立學府，讓孩童們有個讀書的所在，這是頭等大事啊。」

「唔，有理，有理，老丈所言大有道理……」楊浩一面東張西望，看看有無什麼「暗器」又來偷襲，一面隨口敷衍道。

「嗯，對了。」

楊浩忽地想起一件事來，他敲敲腦袋，思索道：「四位老丈都是讀書人出身，我這裡有一首詩，叫什麼來著，唔……對了，說的是什麼……即見君子，不我遐棄。魴魚赬尾，王室如燬……幾位老丈可曾聽過？」

一聽知府大人要跟他們舞文弄墨，四個老者都來了精神。說起來，在選拔鄉官里正這些基層小吏時，程德玄還真沒搞鬼，選出來的不是有威望的大戶人家，就是飽讀詩書的宿儒，這四個老者正是北漢國裡小有名氣的讀書人，平素常以風流名士自詡，真才實學也確是有的。

初見楊浩時，人家是官，幾個老傢伙不免也要裝裝樣子，如今一見楊知府拿出這麼一首風流情詩出來考較他們，便知碰上了同道中人，四老者不禁坐直了身子，把衣襬一甩，齊刷刷把右腿往左腿上一架，拈鬚微笑起來。

楊浩一看，心中納罕：「什麼情況？我這一問，四個老傢伙頭搖尾巴晃的，這是幹嘛呢？」

就見林朋羽拈鬚微笑道：「府臺大人所吟，可是『遵彼汝墳，伐其條枚。未見君子，惄如調飢。遵彼汝墳，伐其條肄。即見君子，不我遐棄。魴魚赬尾，王室如燬。雖則如燬，父母孔邇』？」

楊浩眼睛一亮，擊掌道：「不錯不錯，正是這首詩，老丈何以教我？」

林朋羽呵呵笑道：「想不到知府大人也是我道中人，啊……本來就是嘛，知府大人年輕有為，滿腹學識，自是風流中人。可惜此處沒有酒肆茶樓，歌舞助興，不然……我等老朽，與大人把酒言歡，品詩吟句，何其快哉？」

楊浩見他說了半天，還是沒解說那詞意思，不禁微蹙眉頭，另一老者席初雲見狀忙解說道：「府臺大人，這首雅詞，錄自《詩經》，是講述少男少女野合偷歡之妙境，意思是說，奴家在河堤上一邊走一邊折著樹枝，可你還是不來，奴家真是如飢似渴啊；奴家在河堤上一邊走一邊折嫩條，看到你來了，真想馬上和你如膠似漆啊……」

楊浩聽他從頭到尾解說了一遍，不由為之一窒，眼見席初雲說得眉飛色舞，心中暗道：「這個老不正經的……」

他卻不知唐宋五代名士，與後世程朱理學盛行之後的名士不同，這時節的才子向來以風流為文雅之事。十八新娘八十郎，一樹梨花壓海棠，那才叫雅致，這些事有什麼不好說的？如今的讀書人靈活得很，可不比後世的白鬍子學者，多少總要在人前裝裝正經樣子。在他們看來，男人嘛，談論女人、談論風流，那是再正經不過的事了。

林朋羽被老友搶了先，只好進一步賣弄，搖頭擺尾道：「呵呵，此詩大雅，含蓄，含蓄得緊吶。大人你想，那情郎未來時，小娘子急不可耐，『伐其條枚』，急得直折樹枝，可是情郎來了之後，為何要『伐其條肄』，折起嫩柳枝來了呢？這個嘛……應該是可以鋪在地上的，哈哈哈……。」

盧雨軒緊接著道：「精彩之處還在後面，那『赬』指的是紅色，那『燬』指的是火焰，嘖嘖嘖……魴魚赬尾，王室如燬。魴魚嫩紅如魚尾，王室熾熱如火爐，這魴魚和王室是暗喻，指的是什麼呢？很形象哇，哈哈，不言而喻、不言而喻啊……」

四個老者齊齊撫掌大笑：「妙不可言，妙不可言矣……」

楊浩無言地看著這四個眉飛色舞的老傢伙：「真的是老不正經矣……」

眼見四人都快笑抽筋了，楊浩才咳嗽一聲，一本正經地道：「唔……四位老丈真是……真是學識淵博，本府領教了，佩服、實在佩服啊。」

四老者齊齊拱手微笑：「豈敢豈敢，大人誇獎。」

楊浩拿這四個拿肉麻當有趣的白鬍子老頭沒辦法，只好哭笑不得地道：「好了，本府已經知道了。這便叫人在已經開闢好的房舍中擇幾間大的，四位老丈可以舉薦一些賢人，以四位老丈學識，如果願意抽暇去教授學生，本府也十分歡迎。對了，有一個叫范思棋的舉人，可以請來擔任學院博士，勞煩幾位里正回去找到他，告知一聲。」說著他想端茶送客，這才想起茶壺都打碎了。

四個老頭倒也識趣，一見他動作連忙答應下來，一邊恭維楊浩重文重學，一邊起身告辭。楊浩把四人送出門去，微笑道：「四位老丈，如今你們已是地方上的鄉官里正。本府的署衙剛剛建立，正是用人之際，你們家中有什麼子姪，又或在鄉里發現各方面的人才，都不妨及時來向本官薦舉，只要確有真才實學，本府不拘一格，盡皆錄用。記住了，是各方面的人才，不一定要拘泥於讀書一途。」

四個老者見府大人這般賞識，還允了他們自薦子姪，不禁喜出望外，連連拱揖道謝。待四個老者告辭下山去了，楊浩聳聳肩膀，學著他們的樣子轉過身去，搖頭擺尾地吟道：「此詩大雅，含蓄，含蓄得緊吶。精彩之處還在後面，嘖嘖嘖……魴魚赬尾，王室如燬。妙不可言，妙不可言矣……」

他學著四個老頭說話，剛剛走到門口，那門吱呀一聲，忽然無風自動，「匡當」一聲就關上了，楊浩張口結舌，瞪大兩隻眼睛看著，正要伸手觸門，那門吱呀一聲又自己打開了，房間裡空蕩蕩的，卻根本沒有半個人影。

楊浩的汗毛刷地一下就豎了起來，他倒退兩步，大聲喝道：「是誰，出來！」

只聽半空中一個嫋嫋細細的聲音道：「遵彼汝墳，伐其條枚。未見君子，惄如調飢。遵彼汝墳，伐其條肄。即見君子，不我遐棄。魴魚赬尾，王室如燬……呵呵呵，昨夜郎情妾意，多好的機會，只要你軟語相求，那小娘子必半推半就，成就好事。可惜，可惜啊，大好機會，良辰美景，都被你這呆子白白放過……」

「你是誰？」楊浩色厲內荏地喝問。

「嘿嘿，我嘛……我是一隻風流老鬼……你這風流小鬼，真想見見我嗎？」

楊浩四下看看，這窯洞是貼著山壁挖掘的，四下哪裡能藏得住人？他頭髮梢都豎起來了，一轉身便飛跑出去。

林朋羽四個老頭一邊下山，一邊品評著這位知府大人如何平易近人、如何臭味相投。秦江笑道：「這位知府大人絲毫沒有架子，又是我道中人，待這蘆嶺州建好，你我可約知府大人出來，一同飲酒下棋，品詩吟對。在漢國這些年，你我始終沒有出頭之日，如今年紀大了，也不用想入仕做官的事了，巴結好知府大人，把咱們的子姪安排個妥當的去處也就是了。」

秦江正說著，就聽後面遙遙有人喊：「四位老丈，四位老丈……」

四人回頭一看，就見知府大人提著袍裾飛奔而來，兩枝帽翅搖晃著直砸肩膀，林朋羽一見感動莫名，唏噓道：「古人求賢若渴，倒屐相迎。府臺大人敬老，拔腿狂追。噫……不知府臺大人又有什麼吩咐？」

楊浩奔到他們面前，氣喘吁吁地道：「四位老丈，鄉民百姓之間，可有會降妖的道士？」

四個老頭一呆，不禁面面相覷，楊浩見狀，又補充道：「會念經的和尚也成……」

百八一章　說服七氏

草盛鷹飛，美麗的大草原就像一張綠油油的毯子，綿延地鋪向遠方。秋天的氣息已經臨近了，天更青，風更清，策馬輕馳，馬蹄聲聲，每個騎士的精神都抖擻起來。

嚴格地說，有一個人例外，一襲文士長袍，髮束公子巾，看來倒也眉目清秀，只是有點精神不振的樣子，他的身子鬆弛地隨著戰馬起伏，看他臉上的表情倒像是要睡著了，時不時還要打個呵欠。

李光岑看了暗暗搖頭，實在忍不住說道：「浩兒，這一番咱們是去會見党項七氏族長，締結同盟的。雖說你是我的義子，党項七氏理應奉你為共主，不過……草原上的漢子敬重的是真英雄，佩服的絕對的實力。你若是這副模樣，他們面上縱不說什麼，心裡也不免要看輕了你。僅憑一個名分，恐怕你難以約束那些桀驁不馴的草原豪傑啊。」

「啊──啊，是，義父，我曉得了，不會在他們面前丟人便是。」楊浩一個哈欠打完，苦笑著應了一聲。他也不想擺出這副委靡不振的模樣啊，可是……換了誰連著幾天睡不好覺，怕也沒了精神吧。

這幾天，他似乎被那隻風流老鬼給纏上了。堂堂知府，朝廷大員，他又不好公開張揚此事，私下裡他也曾跟范老四、劉世軒等幾個親隨含糊地提過，可是這些人聽得莫名其妙，因為他們沒有一個發現過異狀，只要楊浩與別人在一起時，也絕不會出現什麼古怪的現象。

楊浩本來是最不信鬼神的一個，可是這麼古怪的事，除了鬼神，他也想不出其他合理的解釋，暗中被一隻老鬼捉弄，試問他又怎能安睡？說不曾安睡吧，卻又不然。每次撐著眼皮熬到半夜沉沉睡去之後，他就一覺到天亮。夢中常常會做一個古怪的夢。

夢中，他感覺自己似乎置身於一個溫泉之中，一股股溫暖的水流環繞著他湧來湧去，那種感覺很舒服，可是待他醒來，卻沒有做水療的舒適感，反而渾身痠痛。做一次這種夢，可以理解為做夢，連著幾晚如此，他現在已經開始相信遇到了傳說中的「鬼壓床」了。

回頭看了看，身後跟著十幾輛大車和幾十個商賈。再往後，草海莽莽，不見盡頭。抬頭瞧，豔陽當空，獨自懸在澄澈如水的天空中。

楊浩暗自忖道：「鬼在大白天是不敢出來的，如今離開了蘆嶺州，這兩天我總該能睡個安穩覺了吧？那老鬼還能跟著我出來？」這樣一想，楊浩的心裡稍稍安穩了些。

後面的大車放著的是一些鹽巴、茶葉、米麵、藥物、布疋，和價錢便宜但作工非常精美的首飾，那是楊浩授意這些商賈們去採買回來的，他有意盡快促成蘆嶺州和党項七氏之間的合作，當然不會放過這麼好的「招商洽談會」，有些事情，帶上這些長袖善舞的商賈們，他們自會做的比自己更好。

楊浩思索著轉過頭來，見李光岑面有憂色，不禁有些慚愧，便定下心神考慮起這場結盟大會來。說實話，對這次會盟他並不擔心，之所以會盟未定，便把這些商賈們帶來，也是因為他知道党項七氏目前的處境，是無法拒絕他的條件的。

他所提議的對党項七氏大大有利，党項七氏如果用劫掠的手段，其實所獲得的財物遠不及正常出售貨物所得為多，而且西北地區的百姓俱是以堡寨方式聚居，一個堡塞就是一個軍事要塞，很有一點全民皆兵的味道。同時折楊兩家的兵馬也分散駐紮於各處，正規軍和民壯配合默契，以党項七氏連最起碼的戰鬥武器都極度匱乏的狀態，除了打個措手不及，很難占上什麼便宜。他們要付出極慘重的代價，才能劫掠到一點讓族群在嚴冬時節延續下去的物資，他們如何拒絕自己這個極具誘惑力的條件？

至於征服党項七氏，使他們為自己所用，楊浩根本沒有這個心思。按照他的分析，李光岑自幼離開夏州，雖說李光岑是拓跋氏家族的合法繼承人，但是就算現在的他，在党項七氏中威望也有限得很，党項七氏若非極需一位名正言順歸攏人心的共主來統領七部與夏州抗衡，未必便肯遠赴吐蕃把他請回來。

自己這個便宜少主更不用說了，功勳未立威望不足，又沒有一個強大的本部氏族震懾諸氏，如何號令諸部？再者，他要號令諸部做些什麼？控制了這麼些兵馬，要管他們吃、要管他們穿，卻又沒有什麼用，一旦為趙官家獲悉，說不定還要惹來殺身之禍，他才不肯做這樣的蠢事。

在楊浩想來，只是要解決蘆嶺州百姓的危機，為李光岑的族人安排一條出路，利用自己的特殊身分，以共同的利益使得對蘆嶺州懷有敵意的折楊兩藩和党項七氏都成為蘆嶺州的朋友和保護者，自己這個父母官兒就做得自在了，這就是他最大的目的。

懷了這分心思，他才不在乎党項七氏是否敬畏他，是否能在党項七氏中建立絕對的威望，因此就算這幾日睡得好、吃得香，他也提不起精神來把這次會盟看得太重。

李光岑卻不是這樣想。他自知來日無多，原本只想著族人們能有一條出路，也算了結了一樁心願，沒有辜負這些族人數十年來無怨無悔地追隨。可是認了楊浩這個義子之後，他是真的動了慈父情懷，總想著讓義子的力量更形壯大才好。這就是得隴望蜀了，楊浩哪知他一番苦心？

前方出現了一條河，像一條玉帶逶迤而來，河邊開滿了五顏六色的花朵。遠處是一座雄峻的高山，自山上緩勢而下的草原上，有一群群的牛羊，彷彿黃的雲、白的雲，在綠油油的草地上輕輕飄動。

負責警戒的人已經發現了他們這支隊伍，有人策馬馳向遠處一頂頂白蘑菇似的帳篷，留下策應的人則舉起了號角，蒼涼的「嗚嗚」聲在空曠的草原上低沉地響起。

「浩兒，前邊就是細風氏部落了。」

乍見党項族人的營帳，李光岑禁不住一陣激動，他放緩了速度，對楊浩道：「細風氏現在是七氏之中最大的部落，也最為富有，族長五了舒擁有族人一萬五千帳，該有七、八萬人，他自己統領一部，兩個兒子各領一部，雖說野亂氏在七氏之中最為善戰，但是目前來說，細風氏的實力最強。」

「嗯，孩兒曉得了。」雖說楊浩並不想統御七氏，到了這一步，還是不由自主地打起了精神，腰桿也挺了起來。

「轟！」前方白雲一般悠閒走動的羊群忽然受驚似地左右跑開，亮開一條綠色的道路，兩千多名騎士自那片連綿直上高山的營帳群中飛奔下來，如同傾瀉的洪流。李光岑一勒戰馬，筆直地坐在馬上，微瞇雙目，凝視著那群飛奔而來的騎士。

「嗚——嗚嗚——嗚——」

數十枝號角同時吹響，那些騎士奔到他們馬前，忽然一勒馬韁避向左右，兩千餘騎就像訓練有素的儀仗隊，片刻工夫就分列左右，站得整整齊齊。在兩千騎草原健兒組成的人牆盡頭，又有數十騎飛奔而來。

李光岑靜靜地道：「細風、費聽、往利、頗超、野亂、房當、來禽七氏頭人到了，浩兒，下馬，隨在老夫身後。」說罷，李光岑翻身下馬，昂然走向前去，楊浩忙跳下馬來，隨在他的身後。木恩等人卻仍侍立原地，靜靜地坐在馬上不動。

隔著十來丈遠，那些人齊刷刷地勒住了戰馬，紛紛扳鞍下馬，在一個身材魁梧的圓臉老者帶領下，這群裝束整齊的頭人族長大步迎上前來，雙方隔著幾步遠便停下了身子，彼此打量一番，那圓臉老者臉上露出了笑容，張開雙臂奔上來，與李光岑擁抱在一起。

楊浩站在李光岑後面，靜靜地打量這群党項七氏的頭領，聽著他們用自己聽不懂的語言互相寒暄，李光岑與七氏族長一一擁抱過後，與那圓臉老者手拉著手走回來，到了楊浩身邊，笑容滿面地道：「五了舒，這就是我的兒子，現為大宋國蘆嶺州知府兼團練使的楊浩。」

楊浩學著草原人的禮節，微笑著上前一步，單手撫胸，躬身施禮道：「楊浩見過各位大人。」

楊浩此時尚未被奉為七氏共主，按理說他只是李光岑的子姪，那些頭人不需還禮的，不過楊浩另一個身分卻是蘆嶺州知府，這些族長頭人雖說在草原上自行其事，並不服中原王法教化，但是每個人都受封過中原的官。

他們的官很雜，有的是受後晉封的、有的是受後唐封的、有的是受後周封的，還有的是受如今的大宋和北漢封的，在他們眼中可分不清這些中原王朝我興你亡的變化，他們只知道自己身上也兼著中原的官，所以一見楊浩行禮，忙也露出笑容，紛紛上前行禮。楊浩行的是剛學來的草原上的見面禮，他們行的倒大多是中原官場上同僚之間的作揖禮，亂七八糟一通寒暄，大家這才安靜下來。

五了舒大笑道：「來來來，李大人，楊大人，我的帳中已備下了肥嫩的羊羔、醇香的美酒，五了舒和諸位頭人們一直在盼著你們趕到呢，走，咱們到帳中喝著美酒再作詳談。」

眾人紛紛上馬，有人大喝一聲，那兩千餘名武士忽然拔刀出鞘，就聽「鏘」的一聲，兩千柄彎刀齊刷刷舉到空中，映著日光耀目生輝。眾頭人拱衛著李光岑、楊浩父子，就在這鐵騎彎馬陣中緩緩馳向高坡上的營帳。

兩千柄彎刀同聲出鞘的鏗鏘之聲，把一股肅殺的味道直傳進人的心裡，楊浩也不覺有些屏息，李光岑注意到他的異樣，微微一笑，趁人不備小聲說道：「不用被他們這副模樣嚇住。細風氏在七氏之中最為富有，七、八萬人的大部落，估計鋼刀也不過就在三千柄左右，草原上缺乏鋼鐵，而無論大宋還是夏州，在這方面控制得都是極嚴的。」

楊浩聽了若有所悟，他微微點了點頭，細細打量，發覺這兩千騎確實算是這個部族最強的武裝力量了，很多人的馬鞍雖然擦得鋥亮，其實已然陳舊，彎刀刀鞘的吞口也是，偶爾還能看見幾個連鞍轡也不齊全的騎士。

到了營帳群，就見許多党項羌人的婦女和孩子，都好奇地圍攏在那兒看著他們，五了舒也不理會，一路向前，到了一幢最大的帳篷前面，才勒馬大笑道：「到了，李光岑大人，楊浩大人，請。」

只見大帳前頭，左右各有幾只大鍋，正在烹煮著什麼，右側一個沙坑上面還架著一頭羊，烤成了金黃色，油脂滴落火中，火苗起伏不定。

李光岑跳下馬來，左右看看，捋鬚大笑：「哈哈，五了舒啊，我早聽說七氏之中，以你的部落最為強大、也最為富有，如今看來真是不假呀。」

五了舒聽了露出一副有苦難言的模樣，他欲言又止，乾笑兩聲道：「光岑大人誇獎了，細風氏族人……如今……唉，一言難盡，來來來，進帳，進帳。」

一旁有人冷笑道：「你有什麼不好說的？為了保全族人，你把寶貝女兒娜布伊爾都嫁給了李光睿做小妾。娜布伊爾可是我們草原上的一顆明珠啊！原本……原本她該許給我兒子的。嘿！結果，還不是一樣，你們所擁有的那塊最豐美的草原，還是被迫讓了出來，換給了李光睿的族人。你若想繼續依附夏州，再把小女兒瑪爾伊娜嫁過去，或許能再換幾年太平！」

五了舒聽了一臉尷尬，楊浩閃目看去，見說話的這人骨架奇大，蒼頭白鬚，但臉頰無肉，濃眉豹目，依稀記得方才見禮時介紹到此人，似乎是往利氏的族長。

野亂氏族長蘇喀一見這兩位族長一個憤懣不平，一個神色尷尬，忙打圓場道：「革羅羅，你也不要埋怨五了舒啦，如果一個女人真能換來一族的安寧，我們就算把自己的女兒都送給李光睿又如何？女人嘛，還能有什麼用處？

「但是他李光睿實在是欺人太甚，那顆貪婪的心永遠也沒有滿足的時候。如今有光岑大人主持大局，我們早晚會向那個賊子討回公道，這些不痛快的事，在這充滿希望的日子裡還是不要再提了。」

往利氏族長革羅羅悻悻地住了口，眾人簇擁著李光岑和楊浩進帳，由李光岑和五了舒坐了主位。

今日所議，就是七氏聯盟，推舉共主，討伐李光睿。當然，透過蘇喀傳言，各族的族長頭人們已經知道了楊浩的大致計畫，對於楊浩隱忍一時，積蓄力量，以等待最佳反擊時機的態度，他們已經有所了解。今日會盟，是要進一步確定這些事情，倒不是當場歃血為盟，立即發兵討伐夏州，所以氣氛還算平和。

李光岑依然說明自己已經年邁，身體生了疾病，不能鞍馬操勞，然後推出了自己的義子。這些事各位族長頭人也早已了解，他們想知道的是，楊浩所說的計畫能否保證實施？能否真的改變党項七氏艱難的處境？同時，做為早已內定的共主，他們還想考較一下，看看楊浩是否真的有資格做他們的大頭人？

經過這些時日的思量，楊浩的思路更加縝密，說出來也更具信服力。他把自己的計畫又重新說了一遍，聽得眾族長頻頻點頭，信心也大了起來，從容說道：「如今，我已派人開拓商路，商賈們已經被我組織起來，而且請了西北第一車行葉家負責運輸方面的事情。

「我建議各位族長現在就開始著手準備，並與我帶來的商賈們洽談生意。蘆嶺州如今的情形你們也知道，所以我建議你們可以先賒賣一批貨物給商家，等他們運到中原賺了錢回來，再把屬於你們的那一份拿回來。馬上就要進入秋天，你們的牛羊、皮貨運抵中原時剛剛進入冬季，正好賣個好價錢嘛。這樣，你們可以賺得更多，而且經此一事，交結一個可以相信的朋友，以後的生意會更好做。

「至於商賈那邊，你們不用擔心，一旦有賒賣貨物的，可以到官府登記，我們蘆嶺州官府會看顧那些外出販貨的商賈親眷，如果發生有人席捲貨物就此逃之夭夭的事情，蘆嶺州官府會負責賠償。」

這些族長管理著一族的生計，他們不止是一名驍勇的戰士，更是一族的智者，對於經營、生產、販賣這些事都非常了解，楊浩一說，他們就已想得通透明白，甚至延伸聯想的比楊浩更遠，楊浩的這個計畫如果能夠施行，他們當然明白其中產生的巨大效益。

「楊浩大人智計過人，李光岑大人有子如此，足慰平生了，哈哈哈……」

五了舒撫鬚大笑，隨即話鋒一轉，又道：「只是……我們七氏一向受制於夏州。如今將牛羊、皮毛全都轉交蘆嶺州發賣，很難澈底瞞過夏州，那時夏州發兵來攻，我們不是要提前與夏州正面對敵，打亂了楊浩大人隱忍蓄力，謀而後動的計畫嗎？不知楊浩大人對此有何定計？」

楊浩微微一笑，按膝道：「這件事，朝廷沒辦法、折御勳沒辦法、楊繼勳沒辦法，楊浩初做知府，手中兵甲有限，若敢妄言能對付西北第一強藩，恐怕諸位也不相信吧？

「此事，還需各位大人齊心協力。夏州方面，你們該做的貢奉，不妨一如既往，能瞞多久是多久。產出所餘則不妨盡數交予我蘆嶺州發賣。現在蘆嶺州初建，那些北漢遷來的商賈們也需有個開拓商路的過程，在此之前，就算只是你細風氏一族所產牛羊皮毛，他們也吃不下，這生意的擴大本身也有個過程嘛。等到生意越做越大，夏州方面發現有異時，你們有積糧、有兵甲，實力與現在相比已不可同日而語，夏州方面也得掂量掂量，是不是？

「其二，党項七氏以前被夏州壓迫狠了就想反抗。想要反抗，缺米少糧，又無兵器，便只有去劫掠府州、麟州。結果是腹背受敵，夏州李光睿還不曾出兵，你們的戰士便在和折楊兩藩的戰鬥中消耗殆盡了，以致屢屢失敗。卻從未想過與折楊兩家聯手……」

楊浩說到這兒，往利氏族長革羅羅便按捺不住想要說話，楊浩把手一按，笑道：「當然，各位族長從大局著想，未必不曾想過聯合折楊，共抗夏州。只是，這麼多年來，你們和夏州李氏與折楊兩家打了無數次仗，府州、麟州無數孤兒寡母，他們的父親、丈夫，可能就是死在你們的手中。你們的族人，也有許多喪命在他們手裡，這分仇恨，也迫使你們不能違背眾多族人的愛憎，而與折楊聯手，否則不等夏州兵來，你們先要起了內訌。」

革羅羅正是要說這番話，見他先說出來，便點了點頭，端起碗酒來一飲而盡，抹抹嘴巴不吭聲了。楊浩欣賞地瞧了這位性情直爽、心直口快的往利氏頭人一眼，又道：「而折楊兩藩呢，除了要顧及許多將領和百姓的情緒，還要顧忌到夏州李氏的強大。西北三藩，以夏州最盛，而折楊兩家各自擁有自己的地盤，這些地盤就在夏州俯視之下，如果貿然與你們結盟，必須顧忌到與夏州的正面衝突，僅以府州來說，大小數百寨，每處駐兵最多的也不過三千人，根本無法應付夏州傾巢而出的報復性打擊。

「而蘆嶺州則不然，北漢遷來的這些百姓，與你們各族並無恩怨。與你們交易，互惠互利，你們的族人百姓只有擁護，不會反對。各位族長不必擔心族中的大小頭人會生異心。

「同時，蘆嶺州地理情況特殊，護住一地，便是護住了全州，沒有分兵之虞。夏州知曉之後，折楊兩藩盡可推托，避免與他們的直接衝突。而李光睿若要對蘆嶺州發難，折楊兩藩卻可就近遣兵調將，以蘆嶺州民團的身分直接參戰，讓他李光睿啞巴吃黃蓮，卻沒有對兩藩動武的理由。再者，呵呵……」

楊浩狡黠地一笑，又道：「夏州如果要討伐蘆嶺州，必須經過諸位大人的領地，就算你們現在力有不逮、袖手旁觀，他李光睿也放心不下吧？他既不敢把精銳大軍都抽調出來，讓自己的後方根基變成一座空城，也不敢不留後手防備各位大人，而集中兵力攻擊蘆嶺州，所以我蘆嶺州可謂是穩如泰山。」

他微微坐直了身子，雙手一攤，笑道：「與我蘆嶺州毗鄰的可是諸位大人，那時他李光睿大人怎麼辦吶？他要打，你們就降。降歸降，牛羊馬匹還是照樣往蘆嶺州送，他看又看不住，難不成還要來個大換防，把最豐美的草原和夏州城讓與諸位大人，他自己搬來跟我楊浩做鄰居？呵呵，就算他肯，那些還要靠草場和牛羊過日子的拓跋氏大人們也不肯吧……」

眾族長頭人想像李光睿左右為難的模樣，都會意地笑了起來……

諶沫兒側耳聽著帳內動靜，恨恨地把手裡揪著的一把野草丟開，說道：「這個小白臉，就是長了一張巧嘴，也不知道在裡面說了些什麼，哄得各位大人這麼開心。」

她轉眼看見那隻正被牧人農婦輕輕轉動烘烤著的肥嫩羊羔，眼珠一轉道：「我去弄點瀉藥給他吃，要他拉個一佛出世，二佛涅槃！」

「回來！」小野可兒一把拉住她，輕斥道：「這裡是五了舒大人的營寨，妳要怎麼下藥？弄不好給別的大人吃了，少不了要挨一頓責罰。再者說，用這樣手段不是好漢，他縱吃了苦頭，我也臉上無光。」

「那就這樣算了？說起來，他倒並未真的為難過咱們，可是……他有什麼本事，要讓咱們七氏奉他為主？我就不信，他比得上你。」諶沫兒憤憤不平地道。

小野可兒想了想，微笑道：「有了，我去找幾個兄弟，今晚踏舞大會的時候好好整治他一番，叫他灰頭土臉地滾回去。」

大帳中，五了舒興沖沖地站起來，恭敬地為李光岑斟上酒，又為楊浩斟上酒，然後提著酒壺逐個為各氏頭人斟酒，藉著斟酒的機會，與各位族長頭人不斷地交換著眼神，時時低語幾句。

李光岑看在眼裡，臉上露出一絲神祕的微笑，他一手攬著鬍鬚，欣然地將一大碗酒喝了下去。

五了舒與蘇喀、革羅羅等人交換了意見，待酒斟完，紛紛離席走到大帳正中，雙手捧碗，面向楊浩站定。楊浩看向李光岑，李光岑微笑著將自己的空碗扣到了面前的矮几上，然後向楊浩一揚鬍鬚，示意他端起酒碗。

楊浩疑惑地端起酒來，五了舒上前兩步，舉著滿滿一杯酒，單膝跪地，高聲說道：「駿馬馳騁，離不開辨識道路的眼睛。雄鷹騰空，離不開強勁有力的翅膀。大智大慧的楊浩大人啊，是白石大神把您送給了我們，您就是我們的眼睛，您就是我們的翅傍。我們願意匍匐在您的腳下，奉您為我們的主人。」

眾頭領紛紛跟著跪下，異口同聲地道：「遼闊的大草原永遠是楊浩大人的牧場，党項七氏的頭人永遠是供您驅策的牧馬人，我們願意遵從白石大神的指引，奉您為夏州草原永遠的主人！」

百八二章　酒色財氣呂洞賓

熊熊的烈焰在夜空中升騰，就像一枝巨大的火把，紅紅的火光映著圍著巨大火堆的每一個人的臉，都帶了一抹健康的紅色。火星飛揚在空中，就像漫天飛舞的螢火蟲，給這草原的夜晚，蒙上了一層神祕的色彩。

簡單的樂器奏出了歡快的鼓點，十多個羌族少女正在篝火旁載歌載舞，身段窈窕，舞姿曼妙。

上風處的草地上鋪著氈毯，各位族長頭人們盤膝而坐，主席上坐著楊浩和細風族族長五了舒，因為他已被奉為草原七氏的共主，所以連李光岑也得避到側席上去，草原上尊重的是絕對的權力和地位，講究的是尊卑，而不是長幼。

每位族長頭人身前都擺著一張小几，几旁放著一罐罐馬奶酒，几上的盤子中卻盛著大塊的烤羊肉，那是一整隻一整隻的烤全羊，由五了舒大人親手剖解後，分給諸位大人享用的。

楊浩面前的盤中放著一塊最肥腴鮮嫩的羊肉，他也學著頭人們的樣子，用小刀輕輕削著羊肉，蘸了鹽末塞進嘴裡。不時有頭人抱著酒罈搖搖晃晃走到他的面前，有的客客氣氣說上一堆敬詞，有的走到他面前站定了身子，便放聲高歌起來，一首敬酒歌唱完，便恭敬地舉起了大海碗，這種誠摯的勸酒，雖不及中原酒宴上的複雜，反而更難教人拒絕，盛意拳拳之下，由不得他不喝。

幾大碗酒下肚，楊浩的腦袋已經有點暈眩了。在他面前，那些衣著鮮豔的党項羌族少女正在舞蹈歌唱，羌族少女的風情迥異於中原少女，相對於中原女子，她們更富野性和活力。

此刻，她們都穿著短短的馬甲式上衣，舉手舞蹈時衣裳提起，便露出健美、圓潤的一截小蠻腰，腰下繫著橫條紋的小筒裙，楊浩的眼前是一雙雙渾圓結實的大腿，那些大腿的膚色是小麥色的，健康、性感、火辣。

這些少女的身體都很勻稱健美，中間的一個少女長相最為俊俏，下巴尖尖的，翹直的鼻子，有些上翹的嘴脣，笑時露出一排雪白的牙齒，形狀很別緻的包頭青花布帕和她脖子上戴著的銀飾，隨著她舞蹈的動作快樂地跳躍著，把她的笑和她的美純樸自然地表現了出來，充滿了健康的活力。

羌人本是古戎人的一支，而戎人可是從春秋時起就盛產狐狸精的。不知多少傾國傾城的禍水，就出自她們的祖先，這些可愛的少女，儼然就是一隻隻小狐狸精，許多大漢的目光，始終都被她們吸引著。

充滿異族風味的舞蹈非常吸引人。時而，她們前後揮動雙手，柔軟的腰身款款而動，彷彿一匹匹駿馬馳騁在草原上，羯鼓聲也變成了輕快的馬蹄聲，她們光潤柔美的小腿上一雙雙皮靴子便也富有節奏地踏動起來。

時而，她們曲腕擺臂，恍若一隻隻出水的天鵝，婀娜多姿，配著那俏美的五官、嫵媚的眼神，明明是一個個充滿青春和自然活力的少女，卻給人一種勾魂攝魄的感覺。

整排舞蹈的少女，都以中間那個少女為中心，攸進攸退，這些草原上的百靈鳥，是這場踏歌晚會最大的亮點，而欣賞她們的各族族長頭人，卻都是年過半百的老頭子，除了……坐在主席的楊浩。

一個自幼見慣了文弱書生的少女，她嚮往傾慕的很可能是健壯粗獷、富有陽剛之氣的男子，同樣的，一個見慣了粗獷大漢的異族少女，文質彬彬、斯斯文文的讀書人才對她有莫大的殺傷力。苗漢雜居地區的苗族女孩子，常常對漢人男子一見傾心，輕率地便懷著一腔情火託付終身，結果時常發生始亂終棄的事，就是因為這個原因。草原上的漢子都是粗獷健壯的，如今出了楊浩這麼一個異類，又是坐在主席位子上，那些少女舞蹈時，嫵媚的眼神，便都在他身上逡巡起來，看得不少草原上的勇士都吃起味來。

五了舒坐在楊浩旁邊，抹抹嘴巴上的油漬，笑咪咪地看了楊浩一眼，向那中間的少女遞了個眼色，那少女看到了他的示意，卻負氣地扭過了頭去，旁若無人地扭著輕盈的小腰肢，把款款搖擺的屁股朝向了他，五了舒不禁露出慍怒的神色。

這個少女就是他的小女兒瑪爾伊娜，五了舒做為除了拓跋氏之外党項七氏中最富有、最強大的一族族長，城府和心機也是最深的。會同其餘六氏反抗夏州，在他看來是必須的，不讓夏州有所忌憚，他的日子也不好過。

但是他清楚地認識到，拓跋氏做為党項各部第一大部落，已經有數百年歷史，數百年蓄積的力量，絕不是他們三年五年、十年八年內就可以超越的。拓跋氏，即便是七氏聯手也是不可能打敗的，他們能打倒的，只有李光睿。只有奉李光岑或其義子為主，才能在党項七氏的外力足夠強大時，迫使拓跋氏各位貴族頭人退讓一步，罷黜李光睿，迎回李光岑或他的義子，夏州草原的主人仍將是拓跋氏的利益代表，那就是李光岑一脈。

要確保細風氏一族的利益，和僅次於拓跋氏的地位，他就必須盡快巴結上這個未來的草原之王。李光岑和野亂氏的蘇喀是幼年好友，已經先他一步和李光岑拉上關係了，他能打的主意，就是與李光岑的義子拉上關係。事成，自己將來就是定難軍節度使楊浩大人的岳父；事敗，不過是賠上一個女兒而已，有什麼打緊？

方才，見楊浩欣賞半天，目光漸漸停留在他的女兒身上，五了舒心中十分歡喜，便示意女兒拉楊浩共舞，不想這個女兒嬌縱慣了，野性難馴，竟然違逆他的意思。

五了舒對女兒暗中示意，早落在一旁幾個有心人眼中，那幾個少年登時氣炸了肺。

本來，党項七氏恭奉一個中原少年為共主，這些草原上的少年英雄就頗有些不服氣，如今見五了舒大人又有意將細風族的百靈鳥瑪爾伊娜許配給這個看起來文質彬彬的楊浩，這些瑪爾伊娜的傾慕者登時將敵意的目光投向了毫不知情的楊浩。

小野可兒含笑看了一眼楊浩，與他們低低耳語幾句，幾個党項武士點了點頭，便有一個緊緊牛皮腰帶，大步向楊浩席前走來。

那些少女的舞蹈確實令人陶醉，楊浩正看得撫掌讚嘆，身前忽然站了一個人，擋住了他的視線，楊浩不由一怔，只道是又有人來敬酒，他抬頭看時，才發現這人只是一個似乎不到二十歲的少年。這只是從他略顯稚嫩的面相上來看，若只看他身材，卻如三旬壯漢，虎背熊腰。

「楊浩大人！」那少年雖然向他撫胸彎腰，致以見到頭人時的恭敬禮，但是滿臉倨傲，毫無恭敬之色：「我是細風族的摩西加納，聽說楊浩大人文武雙全，是以七氏頭人一致恭認楊浩大人為我族共主。我們草原人最敬佩的就是真正的好漢，摩西加納想陪楊浩大人較量一番刀劍拳腳，還望楊浩大人賞臉，讓我党項各氏的勇士們心服口服。」

五了舒一怔，把酒碗重重一頓，沉下臉來喝道：「摩西加納，你好大的膽子，竟敢向楊浩大人挑戰。你是什麼身分？下去！」

摩西加納挺直了胸膛，昂然道：「五了舒大人，摩西加納是細風氏的戰士，是大人您親自賜予寶刀的勇士。我想邀請楊浩大人較量武技，是因為許多族人懷疑楊浩大人是否擁有統領我們党項七氏豪傑的能力，是否擁有躍馬殺敵的本領？如果……五了舒大人不允許我向楊浩大人挑戰，摩西加納自當遵從。」

他輕蔑地看了楊浩一眼，等著他的反應。以他的估計，沒有一個人能承受這樣的挑戰，能容忍這樣的輕蔑，只要楊浩應戰，他就給他個好看。不想楊浩這次到草原上來是抱著大家發財的態度來的，壓根就沒把這個大頭人的位置看在眼裡，不應戰會不會威風掃地，會不會失去党項七族勇士的效忠之心，他根本不在乎，所以見五了舒為他解圍，只是從容地笑了笑，目光又復看向那些少女。

可惜，那些少女雖看他氣質模樣與草原上粗野的大漢們不同，看向他時多有青睞之色，如今見他面對挑戰居然忍氣吞聲，也不禁齊齊露出輕蔑失望之色，楊浩見了不禁好笑：「這些小丫頭，男人要是為了屁大點事就喊打喊殺的，在她們看來就是粗野無狀，不肯惹事生非呢，又覺得懦弱膽怯，倒是不好侍候呢。」

小野可兒一見楊浩竟不應戰，眼珠一轉，又對一人耳語幾句，那人立即大步走來，哈哈笑道：「在下野亂氏族人牟西。五了舒大人說的有理，刀槍無眼，拳腳無情，今天是七氏結盟，推舉共主的大好日子，怎麼好做如此煞風景的事情。不如……就由在下與楊浩大人較量一下力氣如何？這樣比，不會誤傷了人，我想楊浩大人不會不給這個面子吧？」

這人比摩西加納更加魁梧，他上身只穿了一件麻布背心，裸露著兩條肌肉賁起的粗壯手臂，楊浩估摸著，他那手臂都能有自己的大腿粗。五了舒一拍桌子還未說話，牟西已經轉過身去，大聲嚷道：「諸位姑娘請讓一讓，野亂氏力士牟西，要與楊浩大人較量較量氣力。」

那些翩躚起舞的少女趁機收勢，紛紛避到兩邊，牟西四下看看，大步走到環著火堆圍坐的牧人圈子邊上。在右前方，有一塊一人高的巨石，合抱粗細，半埋土中，牟西生怕五了舒大人制止，快步走過去趕開左右的牧人，上下一打量那塊巨石，忽然一彎腰抱住了那塊大石，雙腿站定，雙臂一較力，沉聲大喝：「起！」

一連拔了兩拔，又左右一搖，那塊巨石轟的一聲，泥土如浪般翻滾起來，四下的牧人們頓時大聲喝采。這樣的神力，在党項武士中也屬少見，他們自然興高采烈。

蘇喀也有些不滿族人對楊浩的刁難，雖說草原上的漢子最為重視武勇，可是混到他這個位置的頭人，哪怕他是最好戰的野亂氏人，也早就明白真正的強者，靠的是精明的頭腦，而不是發達的四肢，楊浩就算連隻雞都殺不死有什麼關係？做為大頭人，他的使命是能凝聚七氏合力，能強大七氏的實力，而不是百人斬、千人敵的個人功夫，可是有什麼辦法呢？草原上的風氣如此，並不是每一個族人都有這樣的見識，做為族長，他可以命令族人尊奉楊浩為大頭人，卻沒有辦法讓他們從心底裡敬畏這個大頭人。

他帶來的親隨們眼見自己的族人如此大出風頭，更是洋洋得意，紛紛喝采。此時牟西卻已說不出話來。這塊石頭實在是太沉了，他渾身的肌肉都繃緊起來，連腮上的肌肉都在突突直跳，他鼓著眼睛，抱著那塊巨石一步步向前挪動，勉強走出七步，將懷抱中的巨石「咚」的一聲往地上一放，呼呼地喘著粗氣，回頭得意地道：「楊浩大人，牟西一身莽力，楊浩大人身分尊貴，未必能抱著它走出七步，呵呵，大人只要能把它抱起一下，就算是牟西輸了好了。」

牟西說得如此光明磊落，頓時贏來牧人們更大聲的喝采，人們紛紛把目光投向楊浩，尤其那些舞蹈的少女，眼中更是露出興奮好奇的目光，不管楊浩是不是能贏，輸贏她們才不關心，她們喜歡的是男性之間的這種爭鬥。

楊浩摸摸鼻子，看著那塊巨石，心中估摸：「這石頭已經被他從土裡拔出來了，我要是來個助跑……不知道能不能把它推倒。抱起來？那不扯淡嘛，就是讓我拿出吃奶的勁也不成啊，不管是吃誰的奶……」

眼見楊浩沉默不語，人群中已經傳出嗤笑和不屑的口哨聲，許多牧人擠上來，試圖去抱那塊巨石，可是力氣最大的也只把它稍稍抱離地面，木恩沉著臉，盯著那塊巨石估量了一下，以他的力氣，勉強也能抱起這塊巨石，但是要抱著它走上七步甚至更多，卻是萬萬不能。不過如今少主受辱，無論如何他得出頭了。大不了先抱過巨石，然後和那混帳較量一下拳腳，到時好好教訓他一番找回面子。

計議已定，木恩便沉哼一聲道：「你也知道我家大人身分尊貴嗎？這樣粗野無禮的舉動，我家大人豈會與你較量？讓我來領教領教。」

「且慢！」楊浩也知真正打鬥起來，那個牟西未必是木恩對手，若是騎射，說不定更非他一合之敵。可若論力氣，正是這牟西強項，這些人今晚是打定主意要讓自己現醜了，這較量力氣一關即便讓木恩捱過去，他們也必定再想別的花樣，難道全讓部下去抵擋？乾脆認輸了便是，誰管你敬不敬我，只要蘆嶺州穩若泰山，我自做我的太平官去。心裡這樣想著，楊浩便施施然地站了起來。

四下裡牧人百姓頓時一片譁然，其實他們看身材，也曉得這位楊大頭人絕不可能比牟西更具神力，想不到楊浩竟然真敢應戰，就連那些少女中間的瑪爾伊娜都瞪大了一雙美目，詫異地看著楊浩。

「浩兒，你……」李光岑自然知道自己這個義子的斤兩，他有大仁大義之心，大義大勇之行，論起匹夫之勇，卻實在上不了檯面，他站出來幹什麼？

「義父請寬坐……」楊浩擺手制止了他，一步步走向那塊巨石，身後是党項七氏的族長、頭人們驚疑的目光，一見楊浩長袍飄飄、斯斯文文地走來，許多牧人都緊緊圍在那塊巨石旁，想看看他到底如何舉起那巨石。

楊浩走到那塊巨石旁，上下看了看，暗中用勁藉著拍打的動作試了試那巨石的分量，巨石紋絲沒動，楊浩便扭過頭來，坦然笑道：「牟西勇士果然神力，竟然舉得起這樣分量的大石，我想不止在党項諸部，放眼天下，這樣神力的勇士也不多見。呵呵，楊某……」

「哇……」楊浩還未說出「自愧不如」四個字，四下裡已響起一片驚呼聲，楊浩詫然回頭，這一回頭把他也嚇了一跳，這巨石明明和自己的身材差不多高，怎麼現在矮了一頭？

楊浩一低頭，藉著篝火的光亮，才發現這塊巨石已經陷進地裡一塊，受到大石的擠壓，大石四周的草皮都拱了起來。

楊浩莫名其妙地又拍了拍，那塊巨石應聲又下陷了一個頭的距離，這一下四周的驚呼聲已此起彼伏，近處看得到的人大呼小叫，後面不知情的人拚命往前擠，場面一時亂成一團。

楊浩愕然不已：「這石頭……莫非下面碰巧是什麼流沙，自個兒就陷下去了？不可能啊，這麼多人站在這兒，要真是流沙，大家早一起完蛋了。這石頭……」

楊浩遲疑著又拍了一下，這一次，所有的人都看得清清楚楚，隨著楊浩輕飄飄一掌拍下，那塊石頭又向地下陷進去深深一塊，楊浩一陣狂喜，忽然若有所悟。他回過頭去，接著方才的話頭從容笑道：「楊某就不舉石頭了，既然牟西勇士將它自土中拔出來，楊某便把它按回去，你看如何？」

牟西瞪大一雙牛眼，早就說不出話來。要把這石頭壓入土中，比他從土中把石頭拔出來，何止難上十倍，而且……而且這人根本就是輕飄飄地一拍，這是什麼可怕的功夫？一時間牟西看著楊浩，那眼神就跟見了鬼似的。

楊浩心裡這時候也在「噗通噗通」地亂跳，這種古怪的事情，除了見鬼他再想不出第二種可能。這幾天他恰好被鬼纏上了，沒想到這隻鬼神通還不小，竟然一路跟到大草原上來了。「他為什麼幫我？莫非……因為我是漢人，他是漢鬼，大家同仇敵愾不成？」

「楊浩大人神力，不、不，是神功，牟西拍馬難及，我認輸了。」牟西倒也爽快，一見他這功夫，自己實是難及萬一，便乾脆認輸了事。

「哈哈，牟西勇士客氣了。你這樣的神力，已是萬中無一了，楊某也欽佩得很。」楊浩一面客氣地說著，一面笑吟吟地往回走，後面許多牧人一擁而上，有的往上拔、有的往下壓，有的左右搖晃，試了半天，確實沒有半點玄虛，不禁對楊浩的驚人神力讚嘆不已。

「楊大人真是……深藏不露啊，我等欽佩不已。」楊浩還未走回座位，蘇喀等人便紛紛起身，滿懷敬畏地向他撫胸施禮。

眼見楊浩如此勇力，小野可兒等人也看得目瞪口呆，有人便膽怯道：「楊浩大人神力無敵，確是白石大神為我們挑選的主人，我們……我們還是退下吧。」

他這樣一說，倒惹惱了一人，這人也是細風氏族人，瑪爾伊娜石榴裙下的追隨者，眼見自己傾慕的美人要被她的父親送給楊浩，他妒火中燒，哪還理會楊浩的身分，他把坎肩一脫，露出一身結實的疙瘩肉，冷哼道：「力氣大，不一定就是神勇無敵。牟西比我力氣大，不還是常常敗在我的手下？我跟他摔一跤看看，我就不信，他的跤比我摔得好。」

摔跤角力，是草原上的男兒從小就玩的遊戲，摔跤對技巧的要求很高，並不是力氣大就一定占便宜，所以這人還不死心，大步走出來，高聲道：「楊浩大人，我是細風氏族人日達木基，方才見識了楊浩大人的神力，日達木基欽佩得很，我想向大人討教一下摔跤的功夫，不知大人可肯賞臉？」

「神跤手日達木基向大頭人挑戰了，大頭人，跟他比。大頭人，跟他比。」

那些族長頭人們還沒說話，許多牧人便興高采烈地慫恿起來，楊浩有些猶豫，他下意識地四下望去，希望能看到個鬼影什麼的，可惜四下全是牧人，半空中只有繁星點點，哪裡有隻老鬼露頭？

正猶豫間，那些鼓噪吵鬧的叫嚷聲中，忽然有個清朗的聲音清晰地傳進他的耳朵：「哼！慌張什麼，跟他鬥！這種只有幾斤蠻力、只曉幾手粗淺功夫的莽夫算個屁？」

楊浩一聽這個聲音，不禁心中大定，他哈哈一笑，走上前道：「成，那咱們就比上一比，不過……這是最後一次，在本大人看來，欣賞美人舞蹈，可比打打殺殺的有趣得多，哈哈……」

「成！」細風氏神跤手日達木基看了一眼娉娉婷婷站在一旁的眾少女，瑪爾伊娜正笑盈盈地瞟著這裡，不由勇氣倍增，重重地一點頭應承下來。

楊浩看著他，眼中滿是憐憫之色：「可憐見的，你要倒楣啦。只是不知……那隻老鬼是打算上我的身，還是上你的身……」

摔跤結束，楊浩斷定，那隻老鬼上了日達木基的身，日達木基的摔跤術原本水平如何，他並不知道。方才甫一動手，日達木基表現出來的氣勢和身法、動作，也著實嚇人，可是一沾著他的身子，味道馬上就變了，可憐那一身肌肉的大漢就像得了小兒麻痺，手軟腳軟，毫無還手之力，眾目睽睽之下，他輸了。輸了還不是最慘的，最慘的是，草原的牧人大多都懂得摔跤，人人都看得出，楊浩根本毫無摔跤技巧，他是用最直接、最簡單的拳腳結束了戰鬥。

日達木基從草地上爬起來，彷彿見了鬼似地看著楊浩離去的背影，小野可兒、牟西、摩西加納等人擁上來扶住他，紛紛問道：「你搞什麼鬼？怎麼可能這麼敗給了他？他根本不懂摔跤的，你隨意一絆他就得趴下，你……」

日達木基激靈靈打個冷顫，臉上露出抑制不住的懼意，喃喃道：「有古怪，一定有古怪，我只要一挨他的身子，麻筋就像被撞了一下似的，半邊身子都沒了力氣。難道真是白石大神在庇佑他嗎？」

楊浩回到席上，諸位族長頭人看著他的目光與原來已大有不同，五了舒大人哈哈大笑，「啪啪啪」三擊掌道：「來來來，諸位大人，咱們一起來踏歌起舞吧。細風氏的姑娘們，還不邀請各位大人下場，一起歌舞起來嗎？」

那些少女們聽了，歡笑著跑上來拉起一位位頭人下了場，那個生得最美、笑得最嫵媚的姑娘，像一頭小牝鹿似的，輕快地奔到楊浩這一桌，頸間銀飾發出的悅耳響聲戛然而止，她那一雙嫵媚的眸子瞟了眼五了舒大人，然後微笑著伸出了她的雙臂，目標卻是楊浩。

一雙皓腕，各帶一只銀鐲，雙手纖細的手指就像兩朵蘭花，向楊浩做出了邀請的姿勢：「楊浩大人，我叫瑪爾伊娜，請您陪我跳支舞，好嗎？」

「姑娘，這個……我不會……」楊浩還沒說完，那個美麗的少女便打斷了他，嫣然笑道：「很簡單的，我教你，來……」

那雙雲朵一般柔軟的小手握住了他的手，把他拉了起來。眾頭人和姑娘們手牽著手兒繞著那篝火，許多牧人也自發地下場跳起舞來，在他們外面又組成了二環、三環、四環……

他們圍著那篝火，若逆時、若順時，跳起了簡單而歡快的踏圈舞……

*　*　*

「今天那塊石頭，還有和那隻什麼雞摔跤的事，都是你在幫我是吧？雖說我不怕輸，也不在乎丟人，不過贏的感覺真的挺好，呵呵……謝謝你啦老鬼……如果你以後晚上不要老纏著我那就更好啦，陰陽有別啊，我發覺自己現在明顯是陰氣過盛、陽氣不足，整天沒精打采、有氣無力的……」

很大的一頂帳篷，卻只睡著楊浩一個人。楊浩坐在榻上，盯著帳中空空無人的一角，自言自語地說著話。如果有人恰巧看到他現在這副模樣，一定會以為他腦子壞掉了。

「我要睡覺了，不知你的墳頭在什麼地方，你今晚託夢給我吧，好不好？你幫了我的忙，我怎麼都要報答你一番的。給你燒點紙、上炷香，請個和尚超渡一番，也免得你做個孤魂野鬼……」

「唉……你要是請個和尚超渡我，我會被人笑的，死了都難閉眼吶。」

忽然，那個清朗的聲音又說話了，幸好這些天來楊浩已經習慣了他的聲音，雖說毛骨悚然，卻還沒有驚跳起來：「你……你不喜歡和尚啊……」

那聲音捉摸不定，無法確定是從哪個方向傳來，他只好東張西望地乾笑道：「你不喜歡和尚啊？那你說好了，不管是道士還是阿訇，你說得到，我就請得來，只要你不再纏著我就好。」

「哼哼，你以為我想纏著你？要不是一時好奇，你一路跪著來求我，老道我也懶得下山。」

楊浩反應甚快，一聽這話不禁奇道：「老道？你不是鬼嗎？」

「哈哈，如今雖不是鬼，早晚也要做鬼。」隨著話音，帳簾一掀，一個人走進帳中來。

楊浩一驚，順手便抓過放在枕邊的佩刀。他的刀，除了在死亡河道那段時間實在缺少糧食，為了節省體力停練過一段時間，此後每天五百刀，仍是勤練不輟，如今已增至每天六百刀。自五百刀以後，每多劈一刀，都需要極大的毅力，從五百到六百，看著不多，他所付出的辛苦和汗水卻比以前還要超出百倍，艱苦的訓練換來的是長足的進步，此時楊浩雖不能和練武多年的人相比，一刀在手還是勇氣倍增。

可是看到走進帳來的人，楊浩卻一下子呆住了，入帳這人道冠長袍，背負一劍，看起來只有四旬上下，一頭烏髮，頦下三綹長鬚，面如冠玉，蘊藉儒雅，兩點星眸極為有神。這樣脫俗的相貌，實在出乎他的意料之外，他不禁脫口問道：

「神仙？」

那道人手捋長鬚，仙風道骨地一笑。

「妖怪？」

那道人不以為忤，呵呵笑道：「敬我如神仙的，自然是有。說我是妖怪的，卻也不少。你說我是神還是妖？」

「那應該就是妖怪了。」楊浩說著話，已放下了刀。看到了這個人，也看到了這個人身後帳上的人影，他已知道這個捉弄了他幾天的人並不是什麼鬼，而是一個活生生的人。

儘管一個人擁有這樣大的神通，遠遠出乎他的想像，但是對方既然是人，那種莫名的恐懼便也消失了。他不怕死，他這幾日的畏懼本就是對於陌生離奇的事物一種本能的反應。

「道長是何方高人？連番捉弄於我，又暗中相助於我，所為何來？」

楊浩迅速穿上長袍，披散的頭髮卻來不及束起，便向這道人揖禮問道。

那道人大剌剌地在帳中坐了，自袖中摸出一只朱紅色的小酒葫蘆來，瞇著眼睛喝了一口，嘿嘿笑道：「貧道姓呂名巖，字洞賓，道號純陽子，不知你可聽說過嗎……」

楊浩的手一停，兩隻眼睛頓時瞪大起來，呂洞賓！在民間傳說中被敬為神仙的道教傳奇人物，他又遇到一個了，這個名氣比「睡仙」陳摶更大，呂巖呂洞賓……那可是傳說中的八仙之一啊！

這呂洞賓也不知高齡幾何，卻是養生有道，滿頭烏髮，面如冠玉，英俊的相貌也極具魅惑。他不說不笑時，一派仙風道骨，儼然世外高人，但是言笑時，眼中卻總帶著一絲狡黠的味道。

「呂……呂道長的名號，在下……在下依稀聽說過的。」楊浩也不知道這位後來被尊為神仙的呂祖，此時名氣有多大，只得含糊說道。

呂洞賓將他的反應看在眼裡，又是微微一笑。他自得了陳摶的書信，便立即離開了紫薇山修行之地，千里迢迢地趕來了府州。修道之人修的是自然之道，盼的是白日飛昇、肉體成仙。可是古往今來，只聽說有人成仙，卻有哪個見過？天道浩瀚，以他們的才智，窮盡一生探索，也未必能得窺門徑。而天機卻是逆天改命，破碎虛空而來，對他們這些修道人自然有著極大的吸引力。

像他這種修習天道的出家人，對世間離奇之世最為關注，他在道家古籍之中曾見記載，東晉時候，民間有一五歲幼女，突然說起她從未聽過的外地方言，說她是某戶人家媳婦，身故轉世，如今前夫與兩個孩子還生活在某地。家人只當她中邪，無人相信。直到數年後，她家因故搬遷到異地，正是這女童所說前世的居處。她所說那戶人家模樣、院中情形、前夫與兩個孩子名姓，俱都一字不差，這才轟動一時，被有心人記載了下來。想不到千百年難得一見的天機，如今竟再次出現，呂洞賓立即興致勃勃地下了山。

在他想來，如果能弄明白這天機的來龍去脈，說不定就能窺破時空的奧妙，從此超脫於時間和空間之外，不生不死、往來古今，成為真正的神。

然而他到了蘆嶺州後，暗中用類似催眠術一類的功夫盤問過楊浩的來歷，雖聽他說得詳細，但是呂洞賓真正在意的東西卻一點也沒有得到。為什麼能穿越時空？楊浩也是只知其然而不知其所以然。呂洞賓總不能買一批定窯的瓷器，一個個往自己腦袋上敲，以期待穿越之奇蹟吧。

陳摶修的是出世之道，心境恬淡，既知不可為，便乾脆回了太華山調教小徒弟去了。這呂洞賓卻不肯罷休，暗中又用伐髓易筋之術探索楊浩全身經絡筋脈，想看看是否與常人有何不同。

呂洞賓重外修，更重內修，他本就是內丹術（氣功）得臻大成的一代大宗師，在他想來，能倒轉陰陽，穿越時空，這人必與常人有所不同。他以真氣探索楊浩身體的那幾日，就是楊浩每日做夢夢到浸身溫泉中做水療的那幾天。

結果呂洞賓累個半死，卻一無所獲。楊浩雖然每天起來都渾身痠疼，疲軟無力，其實卻是撿了個大便宜。他已二十出頭，骨骼筋脈本已成形，再難修習高明武功，縱是苦練硬功，也很難大成。呂洞賓忙活了幾天，以玄門上乘功法搜索他身體異處，耗費了大量真元，卻為他伐髓易筋，改變了根骨。

呂洞賓與陳摶不同，陳摶修的是出世之道，恬淡自然，呂洞賓卻修的是入世之道，酒色財氣，一樣不缺。自謂率性而為，方是真人。平白許了人家這麼大的好處，自己卻空手而歸，就算旁人不知道，也沒人笑話他，以他的性情也是無論如何都受不了的。

眼見從這楊浩身上是無法看破天道，得窺生死之門的奧妙了，呂洞賓還不死心，他暗中跟在楊浩左右，眼見他整日忙忙碌碌，雖是天機轉世，卻與一般凡夫俗子無二，卻也看不出什麼異常來。

那晚楊浩與折子渝路遇同行，由意外一吻到傾情一吻，他隱在暗處都看得清楚，一時促狹心起，還在暗中捉弄了他。不過楊浩為蘆嶺州百姓的所作所為，他都一一看在眼裡，卻是暗暗佩服的。

他修的是入世之道，楊浩所為大對他的胃口，這天機是窺不破了，楊浩得的便宜也已是白送給他了，自己不撈點便宜回去，實在是不甘心。因此上他便生起了另一個念頭：收他為徒。

呂洞賓暗中思忖：我是散修之人，比不得陳摶門徒眾多，自立一派。如今我年歲已高，不能得窺生死之門，說不定哪一天就要駕鶴西遊，這一身藝業不尋個合適的人來傳授，不能將它發揚光大，百年後誰還記得我呂洞賓的名頭？我與這楊浩，也算是一場緣分，看他為人品性倒也不錯，根骨也已經我伐髓易筋，不如收了他為徒。況且，他是千年難得一遇的天機，我收了天機為徒，光是這一點，就勝他扶搖子一籌了。

呂洞賓做此打算，其實還有一番惡趣味，只是他自己心中不肯承認罷了。他比陳摶學道要早，但是於《易》理、《易》卜之道卻不及陳摶高深，只在武藝上勝他一籌，以呂洞賓的為人脾性，心中常常不服，但確實技不如人，也無可奈何。

陳摶信中已提及收了一個女娃兒為徒，還提及了她將來與楊浩的一場緣分。呂洞賓便想，我這做師傅的壓不到你的頭上去，我的開山大弟子卻要壓到你的關門大弟子身上去，這不也算是替我這師傅報了一箭之仇了嗎？這樣一想，呂洞賓登時手舞之、足蹈之，興高采烈，樂可不支。

可是轉念一想，自己這次下山，簡直就是給這天機送了莫大好處，也不知道是否這就是天意使然，呂洞賓心中有氣，這才捉弄了楊浩幾天，嚇得他疑神疑鬼，連覺也睡不好，出了心頭一口惡氣，今日這才現身出來。

楊浩聽他說明來意，哪有不允之理。藝多不壓身啊，旁的不說，這呂老頭都不知道多少歲了，看著還這麼年輕，學了他的功夫，至少強身健體，延年益壽啊。

當下楊浩連聲答應，鄭而重之地跪行了拜師之禮。修道之人崇尚自然，也沒有那許多規矩，受了他三拜，呂洞賓便認下了這個徒弟。

他望著自己這個便宜徒弟，捋鬚笑道：「好好好，如今你既拜我做了師傅，師傅就隨在你身邊一段時間，把這身功夫傳授於你。吾胸中所學，博大精深，要一股腦兒傳授於你容易，領會貫通、發揚光大，還要靠你自己修習。待你學會了為師的本領，為師還要到關外去。你若有什麼不解之處，可上太華山向陳摶那老牛鼻子請教，他的大弟子無夢，多少也能幫你。不過，你可記住，哪一句無法領會貫通，方可向人請教哪一句，萬萬不可把為師所學，透露予他太華山一派知道。」

大宗師常有敝帚自珍的毛病，楊浩便唯唯諾諾地答應了。呂洞賓又欣欣然道：「來日你功夫大成，一定要將本門發揚光大，最好蓋過了那陳摶一派，為師便沒有白收你這個徒弟了，哈哈……」

楊浩見這個看似態度和藹、平易近人的師傅如此具有好勝之心，不禁有些好笑，便道：「師傅是出家人，修了一輩子道，怎麼還看不破，對自己老友也有這麼大的好勝之心？」

呂洞賓瞪他一眼道：「我是你師傅，為師的為人品性你須謹記。為師放浪形骸，不拘小節，好酒能詩愛女色，率性而為，修的就是這入世之道：酒色財氣。與他扶搖子老牛鼻子修的出世之道大不相同，嗯……大不相同。」

他拈拈鬍鬚，眸中忽地閃過一絲戲謔之色，說道：「扶搖子修的是出世之道，我純陽子修的卻是入世之道。非是我的神通本領不及他，實是我純陽子好酒貪杯、嗜好女色，用在修煉上的心思遠不及他，這才落了下風。你是我的徒弟，我的徒弟和他的徒弟繼承了兩師衣缽，自然也是她出你入，嗯嗯，哈哈……妙極！你隨為師好好修習，將來一定要替為師爭回這口氣啊。」

楊浩一聽：「這是什麼意思？總不會也要搞個嘉興煙雨樓，十八年比武大會吧？」

待他忐忑問起，呂洞賓聳肩大笑，隨即臉色一正，道貌岸然地道：「楊浩吾徒，非是為師不肯說與你聽，實是天機不可洩露啊。你且用心隨為師修習道術武功，好好地入你的……世。來，你看著為師的美髯起誓，一定一定……你要欺負得他扶搖子的徒弟死去活來，替你師傅揚眉吐氣啊……」

百八三章　塞外相逢

蘆嶺州已經初具規模了。谷口是用黃土壘起、又高又厚的堡寨，黃土黏性極強，又滲了糯米汁蒸過，牆體一乾硬可磨刀。因為是就地取材，所以牆體建得又高又厚，城牆上密布箭垛和檑木滾石。如果砍伐深山裡的千年老樹，木板的長度一根就可以封到高高的城門頂上去，但是為了經得起撞擊，城門木料用的是複合型的木料，用一根根硬柘木浸以桐油，外裹鐵皮，鉚釘成門。

赤忠的大軍已經返回了自己的駐地，守門和巡城的兵丁換成了經過行伍訓練的民壯，行伍訓練的主要是軍紀和配合作戰的能力，而木恩及那十幾個都頭教授給他們的個人戰技，正在顯著提高著他們的單體戰鬥能力。待蘆嶺州賺了錢，買到足夠的馬匹之後，他們就可以變成可攻可守的驍勇戰士。

第一批隨楊浩趕到党項七氏部落做買賣的商賈，帶回了大批的牛羊、皮毛、筋膠、牛角、獸骨，他們在蘆嶺州招納了大批普通百姓做夥計，已經押運著牛羊、皮毛，趕赴中原去了。

同時，一些有遠見的商賈，開始從商入工，利用挖掘好的一幢幢窯洞，招納大批男工和女工，將從党項人那兒賒買來的物品進行再加工。皮毛由針娘們做成半胡半漢新穎別緻的衣袍、被褥，骨膠、獸筋、牛角，再加上就地取材的硬柘木等物則用來製作弓箭，這些東西一旦製好，既可以留以自用，也可以轉手再賣給草原上的党項人，其利比原料價高十倍不止。

得到壁宿帶去的口信以後，穆柯寨全力響應，不但小穆羽興沖沖地趕來了，就連他的姐姐、姐夫也帶了些單身的寨丁趕到蘆嶺州來。穆老寨主雖是一個沒有明確官秩的山民，但是在這西北地區，一寨之主不亞於一方大員，在地方上他們擁有絕對的威望和權力，而且要時常與官府打交道，可不是耳目閉塞、目光短淺的普通小民。

蘆河嶺單獨設州，自成一方勢力，穆老寨主就感覺到了它發展的餘地。如果蘆嶺州將來能成為西北又一藩，早些與他們建立聯繫，對穆柯寨就有莫大的好處。即便不是如此，如果能透過蘆嶺州這個橋頭堡與西域羌人建立直接聯繫，穆柯寨同樣可以獲得商機，搶先一步，穆柯寨就可以比周圍諸寨發展得更好。

柯鎮惡和穆清漩夫婦趕到蘆嶺州後，也加入了民團，並且在其中擔任了都頭。他們不擅長草原作戰，卻擅長山地作戰和埋伏，夫婦倆擔負起了巡山的任務，對布置在各處山嶺上的簡單箭樓重新進行了建築和布署，並且在向山外一側的密林草叢中布置了大量陷坑、機關，並透過狩獵傳授給民團士卒山地作戰的本領，整個蘆嶺州在這樣的經營下真如銅牆鐵壁一般。

窯洞裡傳出琅琅的讀書聲，手工匠人們進進出出，山野中伐木工人砍伐下一棵棵大樹，在山谷平原上建起了一幢幢的房屋、牛欄、豬圈。山谷裡和山谷外開闢出一塊塊菜地和糧田。山谷外那條隱在蘆葦蕩中的大河即便在雨水缺乏的季節，寬度也有一里多地，這還只是可以行船的範圍，隱入蘆葦叢的水面還不知有多寬。

一些懂打漁的百姓用山中巨木製作了些獨木船，彷彿一條條靈活的魚兒似地穿梭在蘆葦蕩裡，用魚叉、魚網捕捉鮮魚。蘆河水深不及兩米，各種野生魚類十分豐富，楊浩曾收到漁民們敬獻給府尊大人的大鯉魚一條，那條魚足足能有二十斤上下，把上輩子只見過最大不超過六、七斤重的大鯉魚的楊浩驚得目瞪口呆。

葉家車行已經在府谷和蘆嶺州設立了商號，這樣的商機，在商場上打了一輩子滾的葉老東家如何看不到？尤其是聽說兒子有希望做官，把個葉老東家歡喜得跑到葉家祠堂裡抱著老爹的牌位嚎啕大哭了一場，莫說是有錢賺，就算是賠錢的生意，這樁買賣他也是做定了。

有葉家車行專事運輸，蘆嶺州百姓專事再加工，再加上商賈們往返採買，蘆嶺州每日往返的車輛都滿載貨物，生意十分興隆，而且插了蘆嶺州的旗子，往昔極野蠻的党項人即便看見了也絕不拔刀動槍，看得許多附近州府的商賈們眼熱不已，紛紛跑來蘆嶺州做生意。楊浩自然是打開城門熱情歡迎，絲毫沒有為難的意思。

外地的商賈腳夫們多了，他們大多是些單身漢，又沒個落腳處，於是酒肆、茶樓、飯館、客棧也都像雨後春筍一般冒了出來。自然，賭場和妓院也隨之興起，一開始還只是商賈腳夫們閒來無事在樹下林中關撲搏錢，很快就發展到了有人經營起專門的賭場。而妓院最初也只是一些婦人開起了半掩門的私娼寮，這樣的銷金窟，慧眼獨到者也馬上搶了先機。

楊浩對這些場所的出現，並不逆天地試圖去改變，只是竭力把它們納入規範，各種酒館、飯店、賭場、妓寮，均須在衙門登記，按章經營納稅，知府衙門的府庫迅速地鼓了起來。

開封府的那位趙官家事先絕對想不到一無所有、片瓦皆無的蘆嶺州會這麼快財源滾滾，按他的估計，蘆嶺州如果真能站穩腳跟，苦心經營十年才能勉強做到自給自足，這還是最好的打算，實際上每年朝廷上從那些已經存在上百年的邊境重鎮收上來的稅賦，還不夠補貼支出呢，所以當初大筆一揮，免了蘆嶺州十年賦稅。

他又考慮到蘆嶺州的設置必然受到麟州和府州的排擠，楊浩這個可憐知府既無錢又無人，只送了他一頂便宜的知府官帽，還附贈一個扯後腿的程判官，覺得自己確實有點不厚道，心中有愧，所以還撥付了大批的物資和錢款給他。這一來楊浩手頭更寬裕了，於是一座巍峨雄偉的官衙便在谷中建造起來。

「這筆錢，是一定要花的。把它建好，建得越大、越氣派越好！要讓到我蘆嶺州來的各地商賈和党項羌人一看到這座府衙，就曉得我蘆嶺州的實力和威嚴！」這是楊浩親口對李玉昌說的。

李玉昌上次在蘆嶺州賺了一大筆錢，如今眼見蘆嶺州生意紅火，也不禁為之眼熱，他正有心在蘆嶺州設一家皮貨商號，既承攬了知府衙門的建造任務，自然竭盡所能。

官衙建造，猶如小皇宮，其規模比例雖大有不如，但是布局上基本類似。衙前廣場，府衙大門，進門之後是儀門和角門，再往前去是庭院，兩側是警衛和僚屬的小戶間。然後是大堂，用來舉行各種儀式和審理重大案件，也就是電影中常見的「明鏡高懸、碧海紅日」堂了。

再往後去是二堂，照例也先是庭院，庭院既要美觀，也要有官衙的那種大氣和鄭重。二堂才是知府大人處理日常事務的主要所在，二堂左右是會客室和簽押房。二堂也有一塊匾，比大堂小一些，上書「天理國法人情」六個大字。

二堂左右的院落是他的親信幕僚辦公所在。楊浩已聘請了那晚所見的書獃子范思棋做他的主簿師爺，這人剛正不阿，甚至有些愚腐，但是這樣的人用著放心。可是幕僚如果全是范思棋這樣的人，那這個知府做起來就要頭疼了。

幕僚、師爺，各有所長，屬於為知府大人出謀劃策的人物，謀劃於密室，幕僚是少不了的人物；行權於上下，幕僚更要從中調度策應；令行於鄉里，更要靠幕僚們的神來之筆。由於幕僚的特殊地位，楊浩才可以利用他們做許多自己不便做、不好做的事情；同時由於這些幕僚有權而非官，乃是推托責任、轉嫁危機之類的不二人選，有了他們，權力運用才能得心應手，所謂運用之妙，存乎一心。如果這幕僚都是范思棋一樣的呆子，那如何使得？

所以楊浩便把林朋羽那四個老傢伙都請了來，此外又招募了一些讀書人，有這四頭成了精的老狐狸坐鎮，這幕僚班子很快搭建起來。蘆嶺州如今百業待舉，日常事務十分繁雜，全賴這套得力的幕僚班子，諸事才做得得心應手，楊浩只需拍板決定一些大方向上的事，具體事務全甩給了他們，結果蘆嶺州越來越忙，他反倒越來越輕鬆，不必事事親為了。

二堂之後是三堂，這是官員日常起居之所，有些涉祕和不宜公開的案件也在這裡審理，官員可以在這裡品茶、更衣和讀書。三堂沒有匾額，只有一副楹聯，為楊浩口述，由如今兼著學府教授的主簿師爺范思棋所寫：「得一官不榮，失一官不辱，勿說一官無用，地方全靠一官；吃百姓之飯，穿百姓之衣，莫道百姓可欺，自己也是百姓。」倒是一筆好字。三堂東西兩邊院落是知府大人家人的住處，現在當然全部空置著。

漢人文化，很重視一個「中」字。立中國而撫四夷，宇宙洪荒，以我為中。是以不管皇宮還是官衙，主要建築都建在一個中軸線上。李玉昌這一番真是大手筆，打開蘆嶺州的城門，正中間便是筆直一條康莊大道，足可供二十匹馬並排馳騁。

大道盡頭，依山而建，便是蘆嶺州知府衙門，居高臨下，俯瞰著谷兩側的民居，一種不凡的氣概撲面而來……

* * *

三堂後面的後花園，此刻正有一個三綹長髯的青袍秀士仗劍獨舞，此人正是呂洞賓。呂洞賓的劍法輕靈翔動，與當初程世雄當堂舞起「裴將軍勢」時滿堂電光颯颯，霹靂雷霆的感覺簡直不可同日而語，看在外行人眼中，那「裴將軍勢」是縱橫沙場、所向無敵的殺人劍法，而呂洞賓這套劍法，飄逸瀟灑，不沾一絲人間煙火氣，這才是不蘊絲毫殺氣的劍舞。

可是經呂洞賓調教多日的楊浩，卻已依稀看出了他今日所展示的這套劍法之厲害，雖無滿室劍光雷霆，可是劍招如羚羊掛角，無跡可求，劍勢輕靈翔動如同不可捉摸的一縷輕風，無孔不入，無從抵擋。但是劍上偏無半分威壓，勁力全部內斂，不曾稍懈半分。

呂洞賓一劍舞罷，亦如程世雄那日一般劍如飛龍，夭矯騰空，也不知是不是唐人武士都好這樣的收劍勢。只不過他收劍比程世雄更加嚇人，程世雄是手執劍鞘，他的劍鞘卻是背在背上的，那利劍筆直自空中落下，呂洞賓手捏劍訣，擺個POSE，那劍「鏗」的一聲便插入鞘去，若偏了一分，這位喜歡耍寶的活神仙呂字上面插了一豎，就要變成串燒了。

「呵呵，楊浩吾徒，你看為師這套劍法如何？」

楊浩讚道：「師傅這套劍法犀利無比，劍勢一展，令人頓生無從抵擋之意，端地厲害。尤其難得之處，是這套劍法施展開來，大袖長劍，飄逸如飛，不沾一絲塵埃，如同天上神仙，令人望而傾慕。」

呂洞賓一聽大喜，撫鬚長笑道：「徒兒好眼力，世人讚我可於千里之外飛劍取人頭，乃劍仙中人物，凡夫之見，令人哂笑。為師實有三劍，一斷無明煩惱，二斷無明嗔怒，三斷無明貪欲。你說這套劍法飄逸瀟灑，不染塵埃，那正是這套天遁劍法的精髓之所在。

「徒兒呀，為師這套天遁劍法學自火龍道人，當初方學時，這套劍法亦不免沾惹了一絲火氣，施展開來，滿堂颯颯，聲勢著實驚人。為師窮十年時光潛心研究，對這套劍法進行了改進，方有今日這般飄逸輕靈，呵呵……只是威力比起原來要小一些了……」

楊浩聽了他的話，兩頰肌肉不由自主地抽搐了幾下，呂洞賓斜眼瞄他，撫鬚問道：

「徒兒，你想說啥？」

楊浩摸摸鼻子，吃吃地道：「師傅窮十年心力苦心琢磨，將這劍法改得……改得威力小了，只為顯得飄逸輕靈，瀟灑不俗？」

呂洞賓洋洋得意地道：「那是自然，昔日長安市上，為師舞罷這套經過改進的劍法，那真是風流倜儻，不可一世。美人爭相驚呼，滿樓紅袖頻招哇，呵呵呵……」

楊浩乾笑不語，心中自忖：「大唐人物，風流氣象果然大勝本朝。所思所想，與常人大不相同。說起來，這呂洞賓與古龍筆下的夜帝倒是十分相似，武功高絕，風流倜儻，處處留情，情人滿天下，幾乎所有女子都為之傾倒，而且才華橫溢，琴棋書畫樣樣俱佳。既能隨時不忘享受，又能恪守為人之道，這樣多姿多彩的人生，凡世中的神仙，也不過如此了。」

呂洞賓見他表情，睨了他一眼，一本正經地問道：「楊浩愛徒，你可是覺得為師忒不正經？」

「沒有啦……」楊浩言不由衷地恭維道：「徒兒只是覺得師父坦率可愛，風流自賞，實乃性情中人。」

呂洞賓大悅，眉飛色舞地道：「浩兒真吾愛徒，頗知為師風範。為師當年就憑這無雙劍法，打動了長安市上第一名妓白牡丹的芳心，那一番溫柔滋味，真個銷魂。」

他又瞟一眼楊浩，哂笑道：「你就呆了一些，為師瞧那女子端莊於外，媚骨內生，實是一個尤物，可惜、可惜呀，那晚大好機會被你白白錯過。你這性子得改改，才能繼承為師的衣缽。」

楊浩揪著一張包子臉苦笑道：「徒兒要繼承的，就是師傅這種衣缽嗎？」

「這是自然。」呂洞賓一本正經地道：「為師少年時，寶馬輕裘，任性遊俠，便立下今生志向，要酒色財氣，率性而為，當時……當時正是年少輕狂時啊……」

他臉上露出回憶的神色，微笑道：「當時，為師還曾賦詩一首，自抒一生志向，贈予淮南名妓杜秋娘，詩曰：『勸君莫惜金縷衣，勸君惜取少年時；花開堪折直須折，莫待無花空折枝……』後來，秋娘以此詩博了鎮海節度使李錡的歡心，就此從良，做了他的侍妾。唉，很多很多年啦……」

楊浩一對眼珠子都快突了出來，這首詩太有名了，都說是淮南名妓杜秋娘所作，沒想到……竟是她抄自呂祖啊。呂祖可是我師傅，不成，不成，這事沒完，我將來一定得把這段故事寫下來，讓後人都知道，我師傅才是這首詩的原作者啊。」

呂洞賓嘆道：「如今想來，那樣想來，舊日時光恍若一夢。轉眼間，翩翩美少年就成了滄桑中年，中年又至老年，如果……時光能夠倒流，那該多好……」

就在這時，一頭蒼鷹遙遙飛來，在空中盤旋一周，忽地一斂翅膀，箭一般俯射下來。呂洞賓一抬眼角，就覺勁風撲面，胸前翳鬚飛揚而起，那頭雄鷹挾著一天勁風疾射而下，已穩穩地站在楊浩肩頭，歪著頭睇著他看。

這是葉之璇訓練好的第一頭雄鷹，因為自府谷到蘆嶺州這段路還沒有修好，行路比較困難，所以這頭鷹便專用做這一段路的通訊。車船店腳牙，是當時消息最為靈通的行當，楊浩把葉家車行掌握在自己手中，所得遠不止於經濟利益，透過葉家車行，他能掌握社會各個層面許多方面的消息。

楊浩看罷祕信，對呂洞賓道：「師傅，這幾日，我想去府谷一趟，你要不要同去？」

「怎麼？為師正要把天遁劍法傳授予你，有此神技在手，將來不知我徒要傾倒多少妙齡少女，方才不墮為師聲名，你不好好學武，急著去府谷做什麼？」

楊浩道：「党項七氏已與夏州李氏、府州折氏『乞降』議和，折大將軍率兵回返府谷，蘆嶺州如今雖風風火火，可是要在這裡站住腳，還離不開府州和麟州的支持和配合。麟州楊藩一向唯府州折藩馬首是瞻，我這個蘆嶺知府怎麼都得去拜會一下這位折大將軍，只要能得到折大將軍承諾，那麟州方面也就不成問題了。」

「嗯，那倒是應該去走一遭的，不過為師就不去了，」呂洞賓笑道，「那晚那位姑娘，著實可愛得很，連師傅我看了都起了凡心。偏生你那溫吞模樣，看著教人著急。為師我丰姿美儀，翩躚若仙，若是與你同行，萬一那位姑娘看上了為師，那為師豈不是有些對不住愛徒？」

說到這裡，他的興致忽起，欣欣然一撫美髯道：「近十年來，為師都在紫薇山上潛修，久不曾浪跡風塵，也不知寶刀老否？徒兒啊，你看為師如今這般風範，還能打動少女芳心嗎？」

楊浩沒理這老不正經，一轉身就去餵鷹了。呂洞賓一手撫鬚，一手捏著劍訣，獨立樹下，孤芳自賞。秋風至，落葉飄零，呂祖自我陶醉，飄然若仙……

* * *

契丹都城上京，如今更是一片肅殺。

草原上，原本綠油油的青草已經變成了斑斕的黃色，大片大片的野草被辛勤的牧人們割倒，堆成一個個大草堆等待運走，這是他們為牲畜準備的今冬糧食。

牧人自己要下地割草，更要看顧那些奴隸。這些奴隸有的是被人販子自幼販賣過來的，他們就相對自由一些，而且還要負起看管其他奴隸的責任。更多的奴隸則是「打草穀」時從漢境擄來的，還有戰場上抓獲的俘虜。

這些人中，除非已經在這裡生活了幾年的熟奴，而且表現一向馴服，才會被主人打開牢牢釘在他們雙腿上的細鐵鐐，給他們相形較大的自由。眼前這幾個奴隸，明顯還是生奴，他們腳上都戴著鐵鐐，臉上也沒有熟奴歷盡歲月養成的木訥和馴服。

遠處，一騎紅馬飛馳而來，繡鳳的紅披風在風中飛揚，熟稔的人都曉得這是蕭后到了。皇帝體弱多病，已下旨蕭后可代為秉政，下詔亦可稱朕，等同於契丹的女皇帝，這些牧人見了誰不敬畏？方才還對奴隸呼喝鞭笞的牧人們紛紛丟下馬鞭，惶恐地匍匐在地，向他們的女皇頂禮膜拜。

蕭后帶著一隊女兵疾馳而過，頭都未回。一箭地外，還有後續人馬陸續趕來。但是蕭后已經過去，牧人們便站起身來，不需再向隨同狩獵的部族大人們頂禮膜拜。

被迫下跪的那些奴隸們也都站了起來，拿起鐮刀繼續割草。一個臉上生著短髯、腮上有道刀疤的精瘦漢子慢慢抬起臉來，向蕭后離去的背影深深凝視了一眼。

「啪！」他的肩上突然挨了一鞭，那牧人的鞭子甩得極好，這一鞭便炸開了他的衣衫，鞭梢如蛇吻，揚起幾滴血珠。那精瘦漢子痛得一激靈，轉身喝道：「你為何打我？」

「你是我買來的奴隸，只要我喜歡，就打死了你，又有什麼？蕭后經過時，你敢隨意敷衍，不好生下跪膜拜，若被大人們看見你不恭敬，連我也要受你牽連，你說我打得你打不得你？」

那個牧人越說越火，揚手又是一鞭，那精瘦漢子忍無可忍，兩道劍眉一擰，突地伸手抓住了鞭梢一扯，那牧人立時不定，不禁一個趔趄。

他惱羞成怒，撮脣打個呼哨，騎馬巡弋的幾個牧人立即圈馬向這裡撲來。旁邊一個高壯的奴隸站到那精瘦奴隸身邊，與他頂著肩膀，向那牧人怒目而視，另有一個身材頎長、面容清俊的男子走上前去，陪笑道：「回離保大人，小六做事一向勤快，只是脾氣倔強了一些，大人只要他安心做事便是，何必追究許多呢？」他走動間腳下鐵鐐錚錚，原來也是一個奴隸。

這人如今也是一蓬鬍鬚，看不出年紀大小，只有一雙澄澈如泉的眼睛透著年輕的活力。如果他的部屬或是楊浩此刻在這裡，驟然看去，恐也認不出這一位就是大宋禁軍的都知虞侯羅克敵。

此時，羅冬兒一身勁裝，荷弓背箭，正押著後隊策馬而來。雖說一身勁裝，可她迥異於草原兒女的水一般柔婉的氣質，在諸女兵之中，仍是如月當空，卓爾不群。

她的駿馬後面馱著幾隻獐子、麃子和狐狸，這幾隻野物是她親手所獵，她的騎射功夫在蕭后和耶律休哥這樣的大行家傾心傳授之下，如今進境實是一日千里。

獨在敵巢小心求全的心境磨練，騎馬射箭自身武藝的提高，把羅冬兒深藏在怯弱外表下的那種骨子裡的堅強錘鍊了出來，如今的羅冬兒容顏如昔，但神采更盛，那點漆般的雙眸透出靈動堅毅的神韻。

「冬兒，妳乖巧伶俐，如今已是娘娘身邊最得寵的女官了，呵呵，娘娘說，過些時日，要封妳做女官正，做她的侍衛統領呢。那樣一來，妳也是位大人了，要有劃歸自己所有的牧場和房舍，妳整日隨侍於娘娘身側，到時有了自己的府邸也沒時間去打理，我撥幾個女婢和馴奴過去聽妳使喚如何？」

羅冬兒嫣然道：「那就有勞休哥大人了，這些事，我還真的做不來。說起來，到上京這麼久，我也只在皇宮中行走，再不然便是陪娘娘到西郊行獵，連上京城是個什麼樣子都沒見過呢。」

「那……有閒暇時，我陪妳去逛逛上京城可好？呵呵，上京城繁華，不弱於中原呢。」

「好啊，唉！就怕沒有閒暇，抽不得身。」

耶律休哥大喜道：「只要妳肯去便成，一定有機會，一定有機會的。」

耶律休哥大喜不禁，只覺羅冬兒態度漸趨和善，自己一番情意不算白費。羅冬兒悄悄瞟他一眼，心中也自揣摩：「如今總算漸漸得了蕭后信任，可自由出入的機會多了。可是聽說這一路南下，有許多重要關隘，我想逃走，只有一次機會，必須得妥善準備，遁走的路線要打聽得明白、通關的令牌要弄到手，還要擇個短時間內不會被他們發現的機會，憑我一人，著實不易，如今還需虛與委蛇，套得更多有用的情報……」

就在這時，前方幾個牧人騎馬過來，不由分說便對那三個奴隸一頓鞭子，雙方糾纏到了路邊，耶律休哥勒馬怒道：「你們在做什麼？若驚了羅姑娘的馬，本大人要你們好看！」

「大人恕罪，」那牧人忙彎腰行禮，諂笑道，「啊，原來是休哥大人啊，小人是回離保啊，就是從您族人那兒買了十幾個奴隸的那個回離保，這幾個生奴不肯聽話，小人正在教訓他們呢。」

這時羅冬兒的馬也慢了下來，她的目光從三個生奴身上掠過，瞧及那粗壯漢子時登時一怔，那粗壯漢子看見了她，頓時也瞪大了雙眼，目中露出驚駭欲絕的神情。

羅冬兒容顏未改，這三個生奴當中，鐵牛形貌變化最小，所以兩人對視一眼，都立即認出了對方。鐵牛指著她「啊啊」連聲，卻是連話都說不出來。羅冬兒嬌軀一震，立即扳鞍下馬，急急上前兩步問道：「你是鐵牛？你……你……你是小六嗎？」

那對牧人怒目而視的精瘦漢子這才看清了她容貌，不由大吃一驚：「你……怎麼是你，你還活著？」

耶律休哥眉頭微皺，下馬走來道：「怎麼，冬兒，妳認得他們……」

「他們……」冬兒站在前面，急急向他們使個眼色，說道：「他們本是我的鄉親，在中原時，彼此家中都有來往的。想不到……想不到竟在這裡相遇，你們……怎生到了此處？」

彎刀小六何等機警，他隱約也猜到了羅冬兒如今的處境，順勢編些理由來搪塞了一番。原來二人穿越子午谷，追蹤那隊契丹兵去，想要撿些便宜。結果出了子午谷，迎面正撞上耶律休哥的人馬，被他的族人擄來成了奴隸。而羅克敵卻是在戰場上力竭負傷被擒，他被帶回北國後，自承姓羅名浩，乃是軍中一位都頭。當時宋軍皆解甲死戰，而且他們人數不過兩百多人，耶律休哥也難辨他話中真假，關押了一段時間，問不出個所以然來，便和其他奴隸一同發賣，都被這回離保買了下來。」

一見彎刀小六和鐵頭，羅冬兒不禁歡喜地流下淚來，當著耶律休哥的面又不好太過真情流露，只得泣聲說道：「我獨在上京，遠離中原萬里，實未想到，在這裡還能看到鄉親故人。休哥大人，我想……把他們要到身邊，待我有了府邸，由這些鄉親故人幫我打理家宅，你看……可使得嗎？」

百八四章　意外

耶律休哥聽了羅冬兒的話本能地便想拒絕，可是一看羅冬兒哀求的目光，心腸又軟了下來。羅冬兒好不容易對他有了副笑臉，他可不想為了幾個奴隸惹她不快。

這幾個生奴雖尚不馴服，但在上京城也掀不起什麼風浪來，大不了到時候再派些親信過去監視著他們便是，也費不了多少心思，想到這裡，耶律休哥便大方地一笑道：「不管妳要什麼，只要我有，無不奉上。幾個奴隸而已，有什麼打緊呢？回離保啊，本大人要把他們贖買回來，你算算該付你多少錢……」

回離保站在一旁早聽得明白，眼見專事調解皇族之間糾紛的大惕隱司耶律休哥大人對這位美貌少女一副言聽計從的模樣，連忙陪笑道：「休哥大人，瞧您這話說的，不過幾個奴隸，大人您張了口，小人還敢要錢？您儘管把他們帶走，能孝敬大人，那是小人的榮耀。」

耶律休哥一笑，探進懷的手又抽了出來，說道：「成，難得你這分心思，那我就不客氣了。你們兩個，跟冬兒姑娘走吧。」

彎刀小六目光一閃，急忙一拉羅克敵道：「還有他。」

羅克敵此時的模樣與當初已有不同，耶律休哥上下打量幾眼，才把他認了出來，耶律休哥依稀記得，此人是宋軍的一個都頭，被擒來之後也問不出什麼有用的情報，最後才發賣為奴，想不到今日又遇到他了。

耶律休哥眉頭一皺道：「這個人……是一個宋軍的俘虜，實不宜……冬兒姑娘，妳與此人並不相干吧？」

在草原上這段時光，彎刀小六、鐵頭和羅克敵相依為命，互相扶持，已經建立了極深厚的友情，如今自己有了擺脫為奴的機會，怎忍心捨下羅克敵一人，彎刀小六靈光一閃，急叫道：「大人，他是冬兒姑娘的遠房堂兄，怎麼能說並不相干？」

羅冬兒原本聰明，只是以前性情有些怯懦，所以常顯得沒有主意，如今獨處敵巢，心智經受磨練，這點城府還是有的，聽了彎刀小六的話，曉得他是要保下這個漢人。

彎刀小六和鐵頭是因為她才被擄來契丹，羅冬兒心中愧疚萬分，既是他想保下這人，那是無論如何都要遂了他們心意的。是以她抬頭看著羅克敵，驚訝片刻，便露出恍然神色道：「真的是堂兄？你……你怎也到了這裡？」

耶律休哥大為不悅，他雖喜愛羅冬兒，卻還不致為了一個女子利令智昏，甘願受人戲弄，一見他們如此作戲，直將自己做了白痴，心頭火騰地一下就竄了起來，他臉色一沉就待發作，但一指羅克敵時，卻忽地想起了羅克敵自報的名號——羅浩。

他姓羅，那時他可不曾見過冬兒姑娘，會這麼巧嗎？莫非，他真的是羅冬兒的遠房堂兄？耶律休哥轉念一想，大宋西北邊軍多從當地招募，這人自承是邊軍一個都頭，又恰恰姓羅，說不定還真是冬兒姑娘的遠房堂兄。存了這心思，轉念再想，那精瘦漢子看起來心眼頗多，可冬兒姑娘卻稚嫩清純得很，若非她的堂兄，要她如此作戲，怕是神情變化很難做到這般自然。如今不妨先答應下來，回頭再盤他們身分，若有破綻，不怕他們能掩飾得天衣無縫。

這樣一想，耶律休哥便哼了一聲，沉聲道：「既然如此，那你也一起來吧。你們記著，有冬兒姑娘在，不會有人再去難為你們。可是你們最好也要安分守己一些，若是馴服乖巧，來日脫了奴籍卻也不難。若是不然……哼！一旦闖出禍事來，不但你們倒楣，還要連累冬兒姑娘，懂嗎？」

彎刀小六連忙點頭，羅克敵忙也做出才認出羅冬兒的模樣，與她驚喜相認。因這一耽擱，與前方的蕭綽娘娘就遠了，耶律休哥負有護衛責任，此時不能久待，只得囑咐冬兒快快跟上，自己打馬揚鞭，先追著蕭后去了。

耶律休哥一走，羅冬兒便吩咐幾名女兵兩女共乘一馬，讓出了戰馬給羅克敵三人。三人一上馬，鐵牛便按捺不住，氣呼呼地道：「嫂嫂，妳怎落到了契丹人手上？那個契丹大官對妳很是客氣，妳……妳可是受了他的欺侮，不然怎還能夠指揮這些契丹女兵？」

羅冬兒忙辯解道：「那個契丹大官叫耶律休哥，是契丹人的大惕隱司，專門管理皇族之間糾紛的一個官，權力很大。他……對我確實很是客氣，不過卻從不曾有什麼無禮言行，是個謙謙君子，你不要多想。」

羅冬兒一替耶律休哥說話，便連彎刀小六都露出狐疑神色，他們所見的契丹人兇狠殘暴，羅冬兒一個如此俊俏的漢人女子，會受到契丹人禮遇？若非許了那契丹大官什麼甜頭，她會在契丹人中混得風生水起？」

羅冬兒一見他們神情，又氣又羞，說道：「冬兒被擄來後，幸得契丹皇后蕭娘娘寵愛，一直留在她的身邊，從不曾受人欺侮，冬兒所言句句是真，兩位兄弟竟不信我嗎？」

彎刀小六想起羅冬兒為了楊浩不惜挺身而出，受人凌辱又復沉河，在子午谷前為了不拖累大頭且能保全清白而寧可自盡，以她如此貞烈的性子，斷不致如自己所想那麼不堪，忙道：「大嫂，我不信契丹人有那麼知禮，卻信妳的為人。妳說是，那定然是了，不過我看那什麼休哥未必便懷著什麼好心，妳可要對他多加小心，保持戒備。」

羅冬兒道：「這我自然省得，咱們不要耽擱太久引人生疑，快上馬，待進了上京城，尋個機會咱們再做詳談。」鐵牛見彎刀小六這麼說，只得暫且拋卻滿肚子心思，疑慮重重地上了馬。

當時宋遼交往不多，又受到打草穀的威脅，是以民間百姓仇視北人，將他們妖魔化的傾向十分嚴重，在百姓傳說渲染中的北國，不過是一群未開化的野人，毫無文明秩序可言。

孰不知當時契丹立國已六十多年，政治體制比中原還要健全，由於燕雲十六州的漢人十分眾多，中原經歷五代之治時，又有許多漢人包括商賈和讀書人北遷入契丹國境避難，就此定居下來，契丹族人漢化的程度也相當高。

此時，契丹人統治著西至流沙，東至黑龍江流域及原屬渤海的地區，北至臚朐河（今克魯倫河）南部包括燕雲十六州地。以上京為中心的契丹舊地和西北各遊牧部落居地，仍實行奴隸制的統治。東部滅渤海後仍實行原有的封建制。南部燕雲十六州地，則繼續實行漢人傳統的封建社會制度和政治制度。由此形成為西部、東部以及南部三個不同的區域。在這三個區域內居住著不同的民族，實行不同的制度，統一於遼朝的統治之下。

契丹貴族穿漢服、習漢文、學漢字成為時尚，許多契丹貴族在馬上精於騎射，驍勇善戰，回到府邸，卻是琴棋書畫，談詩論畫，樣樣精通。無論法制還是文化，北國都已有相當高的程度，那並不是一個無法無天的灰暗世界。

但是奴隸沒有人權，處境比漢人家的奴婢還要不堪，那是事實。彎刀小六和鐵頭剛被捉來，就是置身於最底層的奴隸，又始終拘押在回離保的帳幕之下，對契丹人唯一的了解就是皮鞭和辱罵，看法自然一如既往。

羅克敵對北人卻是比較了解一些的，知道北人也有父母妻兒、也知君臣忠義，而且北人向來崇慕南人文化，許多自中原而入契丹，受到契丹人重用，一躍成為契丹高官重臣的漢人不在少數。這位冬兒姑娘一直處在契丹上層人物之間，又得契丹皇后青睞，境遇好些並不稀奇。

他頷首應道：「冬兒姑娘說的是，我等雖受虐待，但北國百姓之間，與我漢人百姓之間實無二致。北人也是講孝悌忠信、禮義廉恥的，只是我等奴隸身分，不在其中罷了。冬兒姑娘託庇於契丹皇后門下，能有如此境遇便不足為奇。」

他目光一掃，見那些女兵都落在後面，聽不清他們說話，忙又促聲道：「冬兒姑娘，我看那耶律休哥對我仍有疑心，妳我速速通報彼此身分，統一個說詞出來，免得受他盤問時露出馬腳。」

「好！」羅冬兒也下意識地左右看了一眼，壓低嗓音道：「奴家祖上，本係淮南人氏。先父羅公遠，於十七年前遷至霸州柳家村定居。以教書授業為生。家母……」

她還沒有說完，羅克敵就直了眼睛，失聲道：「淮南羅公遠？令堂閨名可是喚作李嫣然？」

這一下輪到羅冬兒吃驚了，她驚詫地看著羅克敵，說道：「我娘的閨名，除了奴家與先父，再無旁人曉得，你……你怎知道？」

羅克敵一陣激動，說道：「冬兒姑娘，啊不……冬兒妹妹，妳可曾聽令尊提起過羅公明此人？」

羅冬兒想了想，搖頭道：「從來不曾聽說……」

羅克敵臉色一黯，苦笑道：「叔父……真是至死也不肯原諒我的爹爹……」

羅冬兒愕然道：「你說什麼？」

羅克敵望著她，正色道：「冬兒，我……真的是妳的堂兄，家父羅公明，是令尊的胞兄，令尊……令尊憎惡家父連事五朝，朝朝做官，被人譏諷為政壇不老松，有失讀書人節氣，是以心懷怨尤，兄弟二人常生口角。十七年前一晚，兩人酒後爭吵，家父氣極摑了叔父一掌，不想叔父性情執拗，就此攜了嬸娘離家出走，再也沒了消息。真沒想到，父親找了你們十幾年都沒有你們一家人的下落。妳我兄妹卻在此時此地重逢……」

羅冬兒聽得瞪圓了杏眼，一張可愛的小嘴張成了O型，左右彎刀小六和鐵牛也聽得呆了。彎刀小六萬萬沒有想到自己一言成讖，說他們是兄妹，真的就成了兄妹：「奶奶的，我還咒那回離保不得好死呢，他怎麼就不死？喔！對了……我忘了說時間……」

「程判官，我蘆嶺州西近党項，東接府州，欲與中原往來，離不得府州折氏的支持，本府此番去府谷，尚無法預料需幾日時光。我不在的這些日子，武備之事由團練副使木老、柯兄弟負責，工商稅賦之事由林朋羽等四老負責，學府之事由范思棋負責，司法之事由你全權負責。各位務須齊心協力，將我蘆嶺州經營得紅紅火火。」

程德玄恭敬有禮地道：「府尊儘管放心，我等當恪盡職守，各司其責，斷不會令府尊大人有後顧之憂。」

這些天，程德玄的表現可圈可點，做事兢兢業業，從無半點牢騷，那嗜酒的毛病也改了。對楊浩也恭敬得很，讓人一點毛病都挑不出來。楊浩也不知道他是痛改前非了還是懷著什麼其他的心思，為安全計，便把司法刑律一事交予程德玄負責，軍權由李光岑、木恩和柯鎮惡、穆清漩夫婦負責。財權則由林朋羽四老調度、范思棋把總。這兩樣最重要的權力分別由他信任的人掌握著，也不怕程德玄玩出什麼花樣，同時把這兩樣權力再次進行分配制衡，也避免了一家獨大、貪汙腐化。

見程德玄答對得體，態度恭敬，楊浩微微一笑，又與李光岑碰了一個眼神，然後向范思棋、林朋羽、柯鎮惡等人抱一抱拳，一兜馬韁，便率著壁宿、穆羽等人馳離了知府衙門，沿著平坦開闊的官道向谷外馳去。

呂洞賓也在他的隊伍中，前些天壁宿一襲僧袍跟在楊浩身邊招搖過市，大家早就看習慣了，現在又冒出個踎得跟二五八萬似的中年道士，大家也不覺奇怪，楊浩不做介紹，大家也不追問。

呂洞賓近十年來都在關外苦修，與陳摶老友已多年不見，如今他年歲已高，天年將盡，與老友是見一次少一次，此番赴太華山，就是想見見老友敘敘舊。他與楊浩半路便分了手，獨自策馬奔向太華山，楊浩則帶著一從隨從直奔府谷。

直到此時才去與折御勳見面，楊浩自有他的打算。折御勳此前正裝腔作勢地率兵圍剿党項七氏，人不在府谷，這是一個原因。但是更主要的原因是，如果早早趕去府州，那他就是一個不折不扣的叫化子，只能向折御勳乞討恩賜，而無法坐下來對等地談判。

如果是在以前，那他是不會在乎的，即便是不對等的談判，只要保全了他親自帶出來的這幾萬百姓，達到了他的目的那就行了。但是如今不可以，如今他是蘆嶺州知府，如果不能為自己爭取到足夠的權益，以後處處受制於人，他在蘆嶺州的日子可不好過。

所以直到與党項七氏祕盟成功，蘆嶺州的商路已初步拓展，想要進一步擴大影響和經營，已無法忽視府州的存在，而自己也具備了一定的資本與他討價還價，這才趕赴府谷。

楊浩上一次來，住的是府谷驛站，這一次仍舊住在驛站裡。然後持拜帖去拜見折大將軍，不想到了折大將軍府上卻吃了個閉門羹，他在府前站了半晌，入內傳報的人才回來，皮笑肉不笑地對他道：「府臺大人，我家節度使大人領兵出征剛剛回來，偶染小恙，身子不適，如今不宜見客。府臺大人請回吧，待我家大人身子好些了，再邀大人過府一敘。」

楊浩聽了不惱不怒，微微一笑道：「那倒是楊某來得不巧了，折大將軍身繫府州安危，既染病疾，可是怠慢不得，還請管家回覆節度使大人，請大人請醫用藥，好生歇養身體，待大人痊癒，楊某再來拜訪。」

那管家沒想到楊浩反應如此坦然，不由怔了一怔，待要再說什麼卻又忍住，眼看著楊浩微笑告辭離去，這管家側頭想了一想，又急急趕回去了。

壁宿怒道：「大人，那折御勳怎麼可能恰於此時生病？又生了什麼病，連見客都見不得了？他這明擺著是有意怠慢，不想與你打交道。」

楊浩笑道：「也不盡然，人家是大人物嘛，大人物們做事，少有直來直往的，總喜歡繞來繞去，好像別人來找他，都是懷著千百重心機。這也是沒有辦法的事，高高在上久了，城府自深，疑心的毛病是免不了的。世間梟雄哪個不是曹操？你當都和你這江湖上的好漢一般一條腸子通到底嗎？」

他上了馬車，往座位靠背上一倚，微笑著道：「咱們回去，要知道折御勳是根本不想與我交往，還是想拿拿身段，壓壓我的威風，咱們只要一試便知。」

壁宿跳上馬車，訝異道：「如何試他？」

楊浩泰然道：「上次我以欽差身分來府州，承蒙府州諸官吏、豪紳盛情款待。來而不往非禮也，今朝本官以蘆嶺州知府之尊再度來到府州，理當回請一番才是。回去之後，便下帖邀請府谷官吏、豪紳赴宴，這些人不管是官還是商，個個都是仰折府鼻息過活，消息靈通、心機靈活，只要他們肯來，那折大將軍到底揣的什麼心思，咱們心裡也就有數了。」

他含笑點頭道：「回去，本大人要施展無雙書法，親筆寫請柬。這頭一個要請的，就是折大將軍的幾位公子，呵呵，且看他們……來是不來！」

＊　　　＊　　　＊

小樊樓，是府谷最大的一間酒店。

東京汴梁也有一座樊樓，就是《水滸》中林沖和陸謙曾經在那兒吃過酒的樊樓。那是東京汴梁最大的一幢酒樓，五代時候，那幢酒樓本是經營酒肉兼批發銷售白礬的一個所在，本名叫作白礬樓。後來名氣越來越大，樓也不斷擴建增高，最後發展成一座有五幢的樓宇、每幢三層的建築群。

其規模到底有多大呢？大名府的翠雲樓有百十個閣子，東京白樊樓的規模比它只大不小，一幢樓百十個房間，五幢樓就是五、六百個閣子，可以說是北宋時的五星級大酒店，聞名於天下，是以便有人在府谷建了小樊樓，借了東京樊樓的名氣，其規模雖比不得東京汴梁的白樊樓，也有一百多個閣子。

楊浩在此宴請貴客，與他此刻的身分地位倒也相配。楊浩的請柬漫天飛花一般地撒出去，早知折御勳心意的府州官吏和與折府過往甚密的秦家、唐家、李家這樣的豪紳巨富盡皆心中有數，縱然語氣不甚堅決，也沒有一個斷然拒絕。那些摸不透折府心意的官吏與商賈，雖無門路探聽折大將軍態度，卻會揣摩上意，一見這些官吏的反應，便也心中有數，紛紛答應下來。

楊浩得了回信，得知折御勳的拜把兄弟永安軍轉運使任卿書、軍都虞侯馬宗強、折家三位公子、唐家三少等人都答應只要有暇一定赴宴，心中便安定下來。這些人既是這般態度，那折大將軍今日的拒絕相見就不必擔憂，折大將軍如此裝腔作勢，不過是想造成自己的緊迫態度，逼他做出更大讓步而已。既然折大將軍對蘆嶺州亦有所求，就不怕他不肯結盟，區別只在於做出多大讓步而已。

眼看天色將晚，楊浩換上一襲文士輕袍，施施然出了驛站，便乘車直奔小樊樓而去。坐在車中，望著路上來來往往的行人，楊浩忽地想到了那個倩麗的人兒，那一晚唐突，冒犯了佳人，害得她大發嬌嗔，不許自己次日送她離開。想起當時的反應，楊浩自己也有些臉熱，只道折子渝臉嫩，不好意思與自己相見，次日果然不曾去送，這一來倒忘了問她住處，如今到了府谷，可如何去找她呢？

多日不見，雖說府州事務繁雜，可是還是時常地想起她。不知不覺間，這個愛笑的可愛女孩已經走進他的心裡，如今想起來，心情更覺熾熱。正怔忡間，忽地馬車一停，聽見有人大聲喝罵和女人嚶嚶啼哭之聲。楊浩忙收斂心神，問道：「出了什麼事？」

百八五章　攜美赴宴

前邊的馬夫回稟道：「大人，有人於鬧市間毆打婦人，許多百姓圍觀，阻了咱們的去路。」

「哦？」

楊浩心中好奇，順手掀開轎簾，探身向街上看去，隔著七、八丈遠，就見一個身穿銅錢紋員外袍、頭戴員外帽的矮壯中年男子，正扯住一個年輕婦人的頭髻，劈頭蓋臉一通掌摑，打得那婦人披頭散髮，口鼻流血，情形說不出地狼狽。

楊浩皺了皺眉，眼見街上許多人圍觀，卻無人上前解勸，不悅道：「這算什麼？大男人當街打女人，這麼多人在此圍觀，竟無人上前解勸一下。壁宿……」

壁宿會意，向他點點頭便溜下馬去，泥鰍一般擠進了人群。楊浩遠遠地再看那員外，雖是身著一身員外袍，卻是滿臉橫肉，兩隻金魚泡的眼睛，濃眉重鬚，十分兇狠，直如一個殺豬的屠夫。

那少婦本來容貌十分姣好，被他廝打得蓬頭亂髮，臉上片片瘀青，兩頰赤腫。那人仍是毫不客氣地狠狠掌摑，一邊破口大罵，其形其狀十分惡劣。只是那人方言濃重，語速又急，楊浩離得遠，也聽不清他在罵些什麼。

片刻工夫，壁宿從人群鑽了出來，往車上一跳，攤開雙手道：「大人，咱們沒法管吶，人家大官人教訓自己的小妾，誰管得了？」

楊浩問道：「因為何事？」

壁宿訕訕地道：「我方才打聽得消息，這員外叫鄭成和，是個暴發戶，如今專做皮毛生意，有時也販些驢騾牛馬，門庭不大不小，家業不厚不薄，在府谷也算小有名氣的一個商賈……」

楊浩打斷道：「我是問，他為了何事毆打那婦……毆打他自家的妾侍。」

壁宿苦笑道：「這人是個出了名的妒夫，據說他家的後院連條看門狗都不許是公的，家中美妾侍婢十餘人，但有絲毫觸逆，非打即罵。方才他與那妾侍自旁邊那家珠寶店出來時，與一少年錯身而過，那少年只向他的妾侍客氣地笑了笑，也沒做旁的事，那少婦素知自己官人好妒，更加不敢看那少年，不想被鄭大官人瞧見，還是妒火中燒，把自家妾侍扯過來便打，就是這情形了，人家自家事，旁人怎好管得？」

楊浩想起自己老娘也是這般受人作踐、毫無身分的卑微女人，一時觸動自己心事，不由無名火起，他一彎腰出了車轎，便想跳下車去。車左坐著一個年輕人，名叫何京笑，本是北漢一縣衙的刀筆吏，被楊浩招聘到知府衙門，此番隨行府谷的，一見大人動作，立即勸道：「大人不可，這裡可是府谷。」

楊浩怒道：「那又如何？」

何京笑道：「大人，民不舉，官不究。更何況這是自家官人教訓妾婢，官府也管不得。再者說，大人您可不是府谷知府，越俎代庖，不免要觸怒折大將軍。大人身繫萬民，有大事要做，旁人的私事，理他作啥？屬下以為，這樣的事，還是不要干涉的好。」

秋風迎面一吹，楊浩的神智也清醒過來，他怔怔半晌，悲涼地一嘆，鬱鬱地坐回車子，沉聲道：「驅開路人，繞道過去。」

壁宿看他神色不豫，也不敢多言，忙示意那車夫將車趕至路側，驅散圍觀路人繞道過去，走到那鄭大官人旁邊時，人群中忽地鑽出一個玄衫少年來，一把抓住那鄭成和的手腕，雙眉倒立，厲聲喝道：「混帳東西，為何這般毆打一個婦人？」

這少年不但聲音清脆，長相也似溫潤處子一般俊俏嫵媚，那鄭成和一見了他，不由哈的一聲冷笑，高聲嚷道：「就是你，就是你，方才那人就是你。你們這對狗男女，我看你們眉來眼去的，就知你們不是什麼好相與，怎麼樣？怎麼樣？我這裡剛一打這賤人，你就忍不住跳出來了。小淫婦，你還說不曾與人私通，他怎為你跳將出來？老爺我今日不當街打殺了你這賤婢，難消心頭之恨。」

楊浩一看那玄衫少年，眼中登時露出驚喜神色，失聲道：「折姑娘？」

那玄衣少年正是易釵而弁的折子渝，聽鄭成和又妒又恨地一吼，她又是好氣又是好笑，不禁鄙夷道：「自私好妒，毆打女人，哪個女子隨了你這樣的男人，真是倒了八輩子的大楣。你給我看清楚了，本姑娘是男是女！」

她把胸膛一挺，高高揚起的秀項上不見喉結，胸口蓓蕾微微聳起優美的曲線，再配上她俊俏嫵媚的五官、清脆悅耳的聲音，分明就是一個穿了男裝的女子。

四下圍觀的百姓恍然大悟，不禁哄堂大笑起來，那鄭成和眼見對方竟是一個女人，方知誤會了自己愛妾，面紅耳赤之下，他支吾一陣，突然又復惱羞成怒，抬腿便是一腳，將那喜極而泣的小妾踹了一個大跟頭，惡狠狠罵道：「不知羞的賤婢，妳看不出人家是個女人嗎？見了個穿男裝的小娘兒們，妳也無端地發騷賤笑，如此浪蕩無行，回去爺再好生收拾妳這小浪蹄子！」

鄭大官人罵完了，便灰溜溜地上了自己的馬車，那頗有幾分姿色的少婦被他毫不疼惜地一腳踹在地上，摀著小腿痛苦呻吟，鄭成和在車上坐定，怒喝道：「還不滾上車來？要給老爺我丟人現眼嗎？」

那婦人不敢怠慢，急忙爬起身來，忍著眼淚，一瘸一拐地上了他的馬車，像條被主人痛毆了的狗似的，怯怯地湊到他身邊去。鄭成和鼻孔朝天，腳下「通通」地在踏板上踢了兩腳，馬車便向前駛去。

折子渝見那婦人不爭氣的樣子，恨恨地一跺腳，正想轉身離去，楊浩急叫道：「折姑娘。」

折子渝應聲抬頭，一見是他，一雙俏目不由張大，驚訝中露出欣喜神色。

其實楊浩到了府谷城，而且還吃了她大哥一碗閉門羹的事，折子渝已經知道了。對大哥的心思，她更是心知肚明。這件事，她不想利用自己的影響力做什麼干預。

這些日子蘆嶺州在做些什麼，成效如何，她一清二楚。她看中的男人，既然似會點鐵成金術的神仙一般，把一無所有的蘆嶺州，把人人視作死地的蘆嶺州，轉眼間就變成了一塊風水寶地，難道還應付不了自家大哥的手段？

得知楊浩吃了閉門羹回去，立即大撒請柬宴請府谷官紳，折子渝就曉得楊浩是要旁敲側擊，打探大哥底線。自家傾心的情郎和長兄如父的大哥鬥法，為了各自利益討價還價，慧黠如她，自然是要置身事外的。而且，這個冰雪聰明的小女子，覺得這是一件很有趣的事，她倒想看看，是自己大哥手腕強硬一些，還是那個他更勝一籌，所以雖極想與楊浩相見，還是暫時克制了自己的感情隱居幕後。

今日楊浩去小樊樓的事她也知道，卻是有意置身事外。她九叔因為官家有削藩之舉已去了中原，如今她暫時接替九叔，負起了折府的密諜事務，這些日子也很忙碌，為行動方便，常著男裝出行，不料想見他時，偏生無法相見。想避開他時，卻偏偏撞見了他。

折子渝心中叫苦，卻故作欣然地上了車，一挨近他身子，想起他上次衝動反應，還未說話，折子渝臉色先暈紅起來，輕聲說道：「我正想，眼看秋風起了，卻不見你來。這想著想著，你就來了。」

楊浩一探手放下了轎簾，折子渝更加不自在，臀便悄悄往座位一側挪了挪。楊浩拉住她手，親熱地道：「我也不曾想過會在這裡遇見妳。方才還在發愁，不知該往哪裡去找妳呢。」

折子渝見他牽掛自己，心中也自歡喜，抿了抿嘴脣，她才低聲道：「我也……時常想你……」

這一句話說罷，二人再復無言，楊浩握著她柔潤的小手，兩人執手相望，眼中盡是濃濃情意。車輪轆轆，也不知過了多久，折子渝才「啊」的一聲清醒過來，她抽回手，輕輕掠掠鬢邊髮絲，忸怩道：「你……這是要往哪裡去？」

「喔，」楊浩道，「我在小樊樓設宴，款待府谷官紳。妳……與我一同去吧。」

「什麼？」折子渝一聽「大吃一驚」，忙擺手道：「使不得，使不得，你……你如今是蘆嶺知府，宴請的又都是府谷的高官巨賈，我一個小女子，我……」

楊浩又輕輕握住她手，柔聲道：「今日遍撒請柬，柬上早已說明，此是便宴，無干官事，只為答謝前次我來府谷士紳的款待之情。各位官紳富豪可攜家眷同來。我知西北不比中原，女眷亦可同席，妳怕什麼？」

折子渝聽了這話，霍地抬起頭來，眸中露出驚喜之色，旁人帶的是家中女眷，他帶自己去做什麼？楊浩這番話雖然沒有明說，分明就是承認了彼此的關係了。難道自己的終身，真的就此著落在他的身上了。

折子渝忽又想起扶搖子那日含糊所言，芳心中忽又忐忑起來，預知一些事情，果然不是好事。否則此刻只有歡喜，哪裡還會患得患失？扶搖子那老道說什麼雙夫之命，他……他可別出了什麼事情才好。

折姑娘心思百轉，楊浩見她歡喜不語，只道她答應了，欣然道：「妳答應了便好，咱們這就走吧。」

他微笑著上下打量一番，笑道：「妳雖著男裝，仍是國色天姿，嫵媚端莊，哈哈，我想……妳今晚的風頭一定蓋過所有官紳女眷的秀色了。」

折姑娘暗暗叫苦不迭：「這一下可糟了，他宴請的那些官紳，有幾個不識我相貌的？這一遭隨他去了，漫說穿了男裝，我就是穿一身乞丐裝，也定然是要震驚全場了。大哥正想給他一個下馬威，我卻隨他出雙入對……苦也，苦也，這可如何是好？」

饒是折子渝智計百出，此時也全然沒了主意。那時男女對感情一事終究要含蓄一些，不比現代開放。楊浩縱想求親，也只會請了媒人，去對她父母商談下聘，不會與她私下計量。如今邀她同赴宴會，已然是最明白不過的表白了，如果她拒絕，會不會給楊浩一個錯誤的訊號，讓他誤以為自己不想嫁他？

有了這分擔心，折子渝便不敢輕率拒絕，可若不拒絕……折大小姐不覺直了眼睛：這晚的酒宴，那可真的精彩了……

* * *

小樊樓今日被楊浩包了，大廳中百鳥朝鳳圖下的酒桌上，已經坐了些先到的官紳，但是身分較高的官員和商賈卻是一個沒到，以他們的身分，當然沒有主人未到，便先行現身自降身價的道理。

但是折家幾位小公子卻不管那些，他們最大的才十八歲，都是活潑好動的少年，哪有耐性等待，早早地便到了地方。見折家幾位公子到了，有些想確定一下折府意圖的官員、商賈便紛紛湊過來探他們的口風。

此時酒宴未開，但小樊樓為府谷第一酒家，照應自然周到。乾果蜜餞、清酒茶水已紛紛呈送上來，折惟正酒來杯乾，喝得高興，便大聲道：「你們不須問了，家父素來威嚴，本公子哪會去探他口風？所以你們從我這兒也是什麼口風都探不去的。」

眾官員士紳頓時大失所望，折海超便笑道：「如果蘆嶺州放棄武力，專事商賈，那麼我府谷也不妨與他分一杯羹。可是他楊浩不曾請示我伯父，便自作主張，未免太過目中無人了，總要打壓一下他的氣焰才好。再者，讓他生了敬畏之心，咱們府谷不也多得一些好處嗎？」

眾官員士紳聽了連連點頭，有那謹慎的人仍然問道：「二公子，這……是折大將軍心意嗎？」

折惟信哼了一聲道：「家父雖未明言，難道我這做兒子的還看不出他心意嗎？今日赴宴，是不想斷了他楊浩的念想，卻也不是就此杯籌交錯，你好我好。一會兒，我任叔父也要來赴宴的，到時你們就知端倪了。諸位稍安勿躁，到時只管看我叔父眼色行事，讓他曉得我府谷官紳上下一心，要想得到我府谷支持，還怕他不讓出重利來？」

眾官紳聽他說得如此明白，不由喜笑顏開，紛紛點頭稱是。

這時折惟昌興高采烈地跑進來道：「來啦來啦，楊浩的車駕已經到了巷口。」

折惟正忙道：「快快快，各自歸位，各自歸位，莫要先亂了自家陣腳。」

那些小官商賈紛紛趕回自己座位，折惟正等人今天有意要給楊浩再來一個下馬威，便有意坐得東倒西歪，杯中也盡斟了酒，旁若無人，自飲自酌，要讓他楊浩一進來，就曉得他們不把這位蘆嶺知府兼團練使大人放在心上。

楊浩的車子駛進巷中，折子渝眼見已經到了小樊樓，心中更慌，期期艾艾地道：「浩……浩哥哥，你是官身，如今宴請的不是府谷的官吏，就是地方上的巨商大賈，我……我只是一個民女，身分卑微，怎好與官紳們的家眷相見？再說……再說……」

她臉上泛起兩朵桃花，垂下頭去幽幽低聲道：「浩哥哥，你的心意，子渝心中明白。可是你我畢竟不曾……不曾有什麼名分在身，這般出去，惹人笑話。」

楊浩被她一聲「浩哥哥」叫得心中湧起無限柔情，他已經負了一個深愛他的女子，怎肯再讓這為之傾心的女孩為他受委屈。方才在街頭所見一幕，更是深深刺激了他，身分卑微？身分卑微的好女子就活該受人欺負嗎？

他一把攥住折子渝手腕，豪氣干雲地道：「我今拜下一位道人為師學習武藝。恩師一生，率性而為，活得逍遙自在。我這徒兒，怎好丟了師父的臉？自然也要率性而為才是。子渝，妳不要害怕，誰若辱妳，便是辱我，楊浩從此再不容自己的女人受人欺侮，受人傷害。走，我們下車！」

折子渝被他一聲「我的女人」叫得芳心一顫，那拒絕的話再也說不出來，被他一扯，就像吃了迷魂藥似的，乖乖地隨他下了車，小鳥依人般傍在他的身旁，耳畔心中不斷迴響的只有那一句「我的女人……我的女人……」一時滿腔歡喜，柔情萬千，都忘了身在何處。

楊浩一下了車，就見旁邊停了一輛馬車，車旁站了一個矮胖粗魯的男人，雖穿一身員外袍，那臃腫不堪的身子卻如水缸一般難看，他那兩條小短腿往車旁一站，好像比那車輪也高不了多少。

只聽他粗聲粗氣地往車上罵道：「賤婢，老爺我本想帶妳出來給爺長長臉，瞧妳那臉，如今跟猴屁股似的，可怎生見人？」

楊浩一瞧，這夯貨正是路上所見那個奇妒無比的鄭成和鄭大官人，鄭大官人越說越怒，擼擼袖子，往掌心呸了一口唾沫便要上車：「眼看時間到了，又不能回去換個人來，奶奶的，來來來，讓爺再摑幾下，整張臉都紅起來，就看不出異樣了。啐啐！」

車上那小妾駭得渾身發抖，連忙哀求道：「老爺，求你不要再打了。我……我在車上稍作打扮，敷些胭脂水粉，一定遮掩得過去。」

「這個傢伙也是來赴宴的？那幾次飲宴，我見過他嗎？」楊浩怔了一怔，忽想起有幾次宴會自己都推托未去，是由程德玄去赴宴的。這人想必就是那時去的，如今依著當初的請柬，也受了回請。

雖說他很是看不上這鄭成和，甚至相當厭惡，可是這些人肯來赴宴，還如此重視這場宴會，分明就是看上了蘆嶺州未來的巨大商機，楊浩倒不便多說什麼。他暗暗冷哼一聲，鄙夷地瞥了那矮冬瓜似的鄭成和一眼，便溫柔地牽起了折子渝的小手。她的小手掌形纖美，肌膚溫潤如玉，真的是教人百撫不厭。

楊浩回眸一笑，柔聲說道：「子渝，我們走。」

「喔……」折子渝像個受氣小媳婦似的，被他牽著一步步走向小樊樓的大門，心中只是哀叫：「完了、完了，死了、死了，我折子渝這一下子可要成為府谷第一名人了……」

百八六章　不請自來

「當朝翊衛郎楊浩楊大人到——」

喚其官名，而不提其差使，分明是要強調一下他如今不過是個七品官。在谷府折家這一畝三分地上，朝廷的一個七品翊衛郎當然算不得什麼了不起的官。

迎賓唱了官名，卻不見廳中有人出迎，楊浩也不以為然，攜了折子渝的手便坦然入內。

「哈哈，各位大人、各位公子，楊某今日宴請諸位，反來得遲了，失禮、失禮，恕罪、恕罪。」

楊浩走到廳中站定，放開了折子渝的手，滿面春風地打了一個羅圈揖。眾官吏士紳們得了折惟正的囑咐，照樣喝茶的喝茶、嗑瓜子的嗑瓜子，喧囂談笑之聲不斷，只將雙眼向他望來。

待看清了楊浩身邊那個如墨衣裹玉、明豔照人的玄衫少年，許多人便是微微一怔，繼而看清了「他」容顏，那些人臉上俱都露出驚容。那身子都如中了定身法，一個個僵在那兒，所有的喧囂就像被一把無形的利刃一下子切斷了似的。

折惟正垂著眼皮，慢條斯理地把一杯酒灌進嘴裡，連看都懶得看楊浩一眼。但他忽覺廳中氣氛有些異樣，抬頭一看，忽然「噗」的一聲，兩道酒水便從鼻子裡噴泉一般湧了出來。折海超的神色也有些呆滯，他舉著一杯酒，正要往嘴裡倒，這時那杯酒還是慢慢傾倒下來，卻全倒在了自己臉上。

折惟昌年紀小，一眼看見小姑姑，登時大驚失色，張口就要叫出聲來，還是他二哥折惟信反應快，一把掩住了他的嘴巴，把他的聲音堵在了嘴裡。

楊浩料想一進廳來，這些人多少是要給他一些難看的。他的目的，是藉這次飲宴測試一下折御勳的真正態度，同時有一些不方便由折御勳和他面談的事情，也需與折御勳的幕僚心腹交談一番，了解一下折御勳的底限。

至於這些小魚小蝦的有意折辱，若是沉不住氣了與他們計較，徒惹一身閒氣，反顯得自己沒有城府，所以他一個羅圈揖行下來，根本誰也不看，昂然便向主位走去，耳聽嘈雜聲止，還道旁人是被他從容的態度震懾，哪曉得自己竟成了那隻假虎威的狐狸。

折惟正兄弟四人看著折子渝，俱是一臉驚疑，折子渝覷個空檔，向他們狠狠一瞪。兄弟四人被小姑姑飽含威脅的目光一瞪，慌忙低下頭去，噤若寒蟬一般，再也不敢作怪。

楊浩施施然走到主位前，一轉身正欲就坐，卻見折子渝沒有跟上來。她站在門口，神色有種說不出的古怪。楊浩還道她見了一堂貴賓舉止有些失措，這時自然需要自己為她作主，便一撩官袍，坦然坐下，向她招手喚道：「子渝，來這裡坐。」

「喔……」楊浩一聲呼喚，折子渝連忙答應一聲，杏眼瞄向折惟正等人時的煞氣威風一掃而空，乖乖便向楊浩走去。一身男裝，卻走出了十分的女人味來。

一見折子渝這般聽話，竟是他們從來不曾見過的氣象，折惟正四兄弟眼珠子都要鼓了出來，折惟信膽顫心驚地道：「大哥，她……是男是女，真是小姑姑嗎？怎麼……怎麼這麼聽那楊浩的話？」

折惟正沒好氣地道：「廢話，你沒聽楊浩喚她芳名子渝，形貌與小姑姑一般無二，又是同名，難道還有第二個人嗎？」

折海超鬼祟地道：「大哥，小姑姑……這般聽他的話，莫不是……莫不是喜歡了他？」

折惟昌登時驚道：「什麼？不會吧？那他不就是我們的小姑丈了？咱們……咱們還要不要為難於他？」

折惟正道：「為難他楊浩不打緊，得罪了小姑姑，可就再無寧日了。你們也看到了，小姑姑在他面前如此乖巧聽話，那可是從不曾有過的事情。」

折海超道：「小姑姑不知何時與他相識，竟有了這麼深的情意，不知伯父知不知道，難不成咱們誤會了伯父的心意？大哥，依我之見，咱們還是趕緊派個人去，把此間事情稟報伯父知道，看看他如何處斷才是。免得咱們莽撞，壞了伯父的大事。」

折惟正瞿然道：「不錯，海超所言甚是。我出去一下，吩咐人馬上回去。」

就在這時，楊浩見到許多賓客都不錯眼珠地看著自己身旁坐下的折子渝，便呵呵一笑道：「諸位，今日楊某在小樊樓設宴還請諸位，是答謝諸位對楊某的款待之情。所以請大家盡可攜帶家眷來，大家越隨意越好，不須有什麼拘謹。這位折子渝折姑娘，是楊某的紅顏知己，今日在路上相遇，楊某臨時起意，特邀折姑娘來，充作女主人，待女賓們到了，也好有個合適的主人款待。」

他又轉向折惟正，笑道：「折公子，說起來……這位子渝姑娘與你還有一些淵源呢。唔……看年紀，你們應該以兄妹相論才是。」

「喔？當真？果然？哈哈……哈哈……」折惟正乾笑兩聲，幾乎失手打翻酒杯。

楊浩微笑道：「正是，府州折氏、雲中豪門，在此數百年來，折氏家族開枝散葉，子孫無數。這位折姑娘，也許你不認得，不過……她也是府谷折氏後人，算起來，是你一門遠親呢。喔，對了，聽說折姑娘的九叔在你府上做個管事，說起他來，你應當認得的？」

折惟正咧了咧嘴，只是那笑真比哭還難看：「是嗎？呵呵……不知……不知這位折姑娘的九叔，姓啥名誰啊？」

折子渝吸吸鼻子，臉色糗糗地道：「喔……我九叔啊……折家大小管事數百個，說了他的名字，公子你也未必曉得。小女子確實也是折氏一系後人，我九叔名字中有個德字，是德字輩的。」

「哎呀，姑娘的九叔是德字輩的？如此說來……如此說來，按輩分，我該喚您一聲小姑姑才是。」

折惟正「又驚又喜」地站起來認親：「海超、惟信、惟昌，快快起來，見過小姑姑。」

「小姑姑……」兄弟四個如釋重負，齊刷刷向折子渝行了一禮。

「哇，妳輩分還挺大的。」楊浩悄聲對折子渝道。

折子渝哭笑不得地看著這四個打小與她玩作一堆的「剛認」的姪兒，訕訕地道：「這個……是啊，我爹比我九叔大著二十多歲呢，這個……大家族都這樣，都這樣……」

折惟正屁股剛一挨凳子就小聲道：「惟昌啊，你年紀小，不會有人注意你，你溜出去守在門外，但有來客，千萬囑咐一下，莫要讓小姑姑露了馬腳。」

「好！」折惟昌興高采烈地道：「我明白了，小姑姑這是在幫著爹爹算計姓楊的，使的是美人計，對吧？」

折海超嘆了一口氣，摸摸他腦袋道：「四哥，我們眾兄弟之中，看起來還是你聰明些……」

折惟昌得他誇獎，大喜道：「二哥，此話當真？」

「當然當真，唉……可愁死我了……」

*　*　*

唐府，一輛高輪馬車傍在二門外面，唐三披頭散髮、博帶寬袍地走過來，腳下卻已把高齒木屐換了一雙布履，他走到車旁，正要舉步上車，忽聽一聲嬌喚道：「三哥，等等我。」

唐三扭頭一看，吃驚道：「焰焰，妳來做什麼？」

唐焰焰一陣風般趕來，說道：「我也去，哼哼，我正打算去蘆嶺州找他，那混帳卻自己送上門來，好得很，我陪你去見他。」

「這個……焰焰，今日赴宴的，都是府州官吏、地方豪紳，妳一個女孩兒家……」

「你那請柬我看過了。可以攜帶女眷，不是嗎？」唐焰焰屁股一拱，把唐三頂到一邊，打開車門大剌剌地往車廂中一坐，瞪起杏眼道：「看什麼看？難道本姑娘這模樣會給你丟臉不成？」

唐三摸摸鼻子，苦惱地道：「小妹啊，今天赴宴的，都是府谷有頭有臉的人物……」

唐焰焰大怒，柳眉豎起，挺直嬌軀道：「難道你家唐大姑娘就沒頭沒臉了？」

唐三乾笑道：「那倒不是，我家小妹何止有頭有臉，還有胸有臀呢。」

「哼哼，你知道就好。」唐焰焰洋洋得意地靠回座位。

唐三無奈地攤手道：「可是……小妹啊，女孩子，應該矜持一下才是。哪個男人不喜歡柔情似水的女孩？妳也知道，他如今已是蘆嶺州知府，論身分，不比咱們唐家低。如果妳讓他在大庭廣眾之下丟臉，恐怕……再也沒有機會討他歡心了。」

唐焰焰輕輕側首，撫著胸前垂髫秀髮，小鳥依人一般嬌俏：「三哥，誰說人家不矜持了，你道我是去尋他打架不成？你看人家如今這副模樣，難道還不淑女嗎？」

唐三看看自己小妹，今日打扮果然柔婉。上襦下裙都是淺綠色，一件衣身狹窄短小的裌衣，領口和袖口用金絲刺繡，還鑲著綾錦，但顏色偏素，華美中不失素雅。

至於下裳，則是一件下襬呈圓弧形的多褶斜裙，款式貼臀，寬襬齊地，腰間一條細細的帶子。上衣下裳皆剪裁精巧合體，顯得纖腰細細，嬌小美麗的酥胸也顯得更飽滿了些，這使得少女原本秀麗清純的容貌中憑添了些許嫵媚。

看得出來，今天妹妹是精心打扮過了的。渾身素雅，遍體嬌香，臉如蓮萼，唇似櫻桃，兩彎細細柳眉猶如遠山含黛，那種嫻雅嫵媚，大家風範，嗯……如果她不露出囂張的神態、放肆的言語，和那大膽直如異族少女的奔放，倒真的是一個清純可愛的小佳人。

唐三少沉吟片刻，不放心地問道：「妳……今日真的只隨我赴宴去，不會生事？」

「當然啦，絕不生事。」

「不管什麼情形，不管那楊浩有沒有惹妳生氣？」

「當然啦，我會在那麼多人面前丟自己的臉嗎？你放心啦。」

「妳……保證今晚一定做個淑女？」

唐焰焰的兩道柳眉慢慢豎到了極限：「你上不上車？你不上車，我替你去。」

唐三少趕緊爬上車子，往她旁邊一坐，愁眉苦臉地道：「妹妹，哥哥實話對妳說了吧，今日楊浩邀宴，府谷的官吏士紳們是打定主意要給他一個下馬威的，這樣做嘛，是為了打擊一下他的氣焰，他若肯乖乖地夾起尾巴做人，以後唯折府馬首是瞻，兩州合作才能長久。妳今日去便去，卻只做個看客，千萬不要憤憤不平。這其中輕重，妳千萬要分清啊。」

「今日府谷的官吏士紳們要給楊浩一個下馬威嗎？」

唐焰焰不驚反喜，雀躍拍掌道：「好啊，好得很！他這人就是屬驢的，趕著不走打著倒退，哼！就該讓他吃點苦頭，他才曉得天高地厚，才曉得得我唐家相助的好處。」

她發完了狠，重重一拍唐三少的肩膀，十分豪爽地道：「你放心，今天去，我只是看看他，他被你們欺負得灰頭土臉才好，我絕不會幫他，也不會胡亂說話丟你唐三少的臉。唐大姑娘什麼時候說話不算數來著？你就把心放進肚子裡去吧！」

* * *

赴宴的官員士紳越來越多，女眷們集中於側面幾席，由折子渝負責款待。一開始楊浩還不放心，生怕折子渝沒見過這樣的場面，在這些命婦貴婦們面前生怯、舉止會有失措。他一面接迎客人，一面時不時向女客們那邊溜上兩眼，待見折子渝落落大方，言語得體，這才放下心來。

在座那些比楊浩先到的官吏士紳地位較低，本來有許多人是不認得折子渝的，不過如今互相詢問一番，也早就曉得了她的真正身分。他們沒有本事探聽折大將軍心意，都是從旁察言觀色，暗自揣測。如今折大將軍的胞妹居然陪同楊浩赴任，還以女主人自居，二人的真正關係已是昭然若揭，他們哪裡還敢對楊浩無禮。

而後來的客人們身分較高，大多卻是認得折子渝的，他們還沒進門，便在門外得了折惟昌的囑咐，要他們千萬不要與折子渝相認，不可說破她的身分。這些人俱有城府，頓覺其中有些蹊蹺，因此不動聲色進了廳來，便暗暗觀察二人，待見二人情愫暗蘊的模樣，分明便是一對情侶，不免便疑心蘆嶺州與府州的關係已經發生了變化。

折家的大小姐嫁了誰？嫁給了麟州楊家現任家主的大哥楊繼業。麟州、折州從此結為同盟，共進共退，西抗夏州，東抗大宋，近二十年來形如同體。如今……莫非折大將軍有意故技重施，再以姻緣與蘆嶺州楊浩建立同盟？

一時間，他們得不到明確的指示，不曉得折大將軍心意，不免都失了主意，今晚赴宴的主賓是折大將軍心腹、亦是折大將軍的拜把兄弟永安軍節度使任卿書。眾人如今只想等他到來，看看他是什麼態度，如果說最知折御勳心意的，那自然為他莫屬。

這樣一來，任卿書未到之前，便再無一個賓客敢對楊浩無禮，折惟正那些公子們暗暗琢磨的折辱楊浩的法子，更是一個也不敢使將出來。

楊浩見了眾人客氣的模樣，原先預料的針對他的刁難竟是一樁也無，不由暗暗納罕：「奇怪，看眾人客氣中帶著些敬畏的態度，今日不像是想要難為我呀。折大將軍先送了我一碗閉門羹，卻又不許這些人難為我，他的心意倒是有些讓人揣度不透了，比起這些久居上位、慣使心機的大人物來，我還是嫩了一些啊。

「折御勳自己避不露面，又不想靠這些人給我施加壓力，他到底在打什麼主意？嗯……也說不定這些赴宴的官吏不夠資格探知折御勳心意？不管如何，任卿書做為永安軍轉運使，是一定會明白折御勳心思的，待他到了，折御勳到底是什麼心意，也就水落石出了。」

永安軍轉運使任卿書的馬車終於到了。馬車一停，車夫跳下車去，放下踏板，打開車門，車中先走出一人來，一襲白袍，肋下佩劍，雖是文士打扮，眉宇之間卻盡是勃勃英氣，正是府谷軍都虞侯馬宗強。

隨後走出一人，也是文士打扮，頭戴翹腳帕頭，頷下三縷微髯，年約四旬，神情氣度，自蘊威嚴，正是永安軍中的財神，轉運使任卿書。

任卿書下了馬車並不進樓，他看了眼氣勢恢宏的小樊樓，回首向車中笑道：「呵呵，衙內，這裡就是小樊樓了，請。」

車中應聲探出一個人頭來，這位衙內豹目環眼，一雙眼睛充滿剽悍的野性。頭頂刮得光禿禿的直發亮，額前瀏海卻蓄得極長，自左右編成小辮垂下來。頷下髫鬚虬生而曲捲，兩隻耳朵上各戴著一只金光閃閃的大耳環，竟是党項人打扮。

抬頭看看小樊樓滿樓燈火的輝煌模樣，他鼻翅一震，發出重重一哼，一隻黑色的皮靴才伸出來踩在踏板上，只聽踏板吱呀呀一響，整輛車子微微一沉，這人已然落地。

他健壯魁梧的身子舒展開來，懶洋洋地伸了個懶腰，動作雖然慵懶，渾身卻似充滿了勁道。看他身量，有一米八上下，體重至少兩百多斤，可這樣的體重，卻讓你看不出一點臃腫累贅的感覺，反而感覺他一旦動起來，會矯健敏捷得如同一頭豹子似的。

這人身穿一襲左衽短袍，袍裾盡飾白色狼毫，腰帶上掛著一口鑲嵌著寶石的碩大彎刀，看起來殺氣騰騰。

他哼了一聲，譏笑道：「西北有三藩，這蘆嶺知府先來拜府谷，看來在他心中，折節度才是分量最重的人啊！嘿嘿，走，他不去夏州，我李繼筠便紆尊降貴，親自來拜一拜他。」

說罷，寬厚的肩膀一晃，兩只純金的大耳環搖晃著，便當先走向大門，龍形虎步，十分跋扈。任卿書不以為忤，他微微一笑，對馬宗強遞了個眼色，便隨在了李繼筠的身後。

西北第一強藩定難軍節度使李光睿之長子，大宋欽封的定難軍衙內都指揮使、檢校工部尚書李繼筠，到了！

百八七章　綵頭

廳中賓客們已到了十之八九，楊浩見眾人沒有使什麼花招難為他，心中雖覺有些詫異，卻也放下了心事，便起身逐桌向客人們寒暄招呼。折惟正做為折府大公子，在座官紳們的代表，自然要在一旁幫他介紹身分。

兩人到了靠近廳門的一桌時，客人們紛紛起身致禮，這些客人的地位就比較低了，看著楊浩和折大公子時，臉上諂媚的笑容也就多了些。一個矮胖子攜著女眷剛剛趕到，正與這一桌的朋友打著招呼，還未來得及把女眷送到左側那邊女賓們聚集的地方去，一見折大公子與楊浩滿面笑容地走過來，忙也站住身子見禮。

楊浩一看此人，正是路上兩次相遇的那個鄭成和，他下意識地便向鄭成和身旁女人看去。這女人大概是常被奇妒無比的官人毆打，熟能生巧，頗知如何掩飾傷痕，這時臉上敷了粉、又塗了胭脂，頭髮也重新梳理過，那副狼狽樣已然不見，雖說若仔細看去，還能發現她的臉頰還有些腫赤，卻也不是那麼明顯。看這少婦姿容頗為嫵媚，也真難為了那鄭成和說打便打，毫無憐香惜玉之心。

鄭成和聽折惟正介紹，眼前這位年輕公子便是蘆嶺知府，臉上立時露出恭敬的笑意，待見這位年輕的知府大人一雙眼睛盡在自己侍妾臉上打轉，登時妒意又起，臉色也陰沉下來。

楊浩打量那侍妾幾眼，忽地發現鄭成和不豫的神色，心中不由一懍：糟了，像他這樣好妒的男人著實少見，他當著這麼多官吏士紳未必就敢當場發作，可是他隱忍回去，恐怕他這位可憐的侍妾更要受到百般折磨，忙打個哈哈掩飾道：「鄭員外，本官略知一點醫道。今觀鄭員外女眷氣色，似乎稍有不妥，若是有什麼不舒服，可不要延誤了醫治才好。」

鄭成和一聽，這位知府大人著意打量自己的女人，原來只是看出有些不妥，心裡這才舒服了些，呵呵笑道：「大人眼光銳利，小人這個侍妾的確偶染小恙，不妨事的，不妨事的。伊人，真不懂規矩，見了大人還不見禮？」

他那侍妾被楊浩一打量，便覺心驚肉跳，站在官人身後不敢有絲毫舉動，生怕惹得官人不悅，哪裡還敢上前見禮？聽到他吩咐，這才慌忙福禮，舉止難免有些局促。鄭成和不悅道：「去去去，不上檯面的東西，且去女賓那邊就坐。」伊人聽了如釋重負，慌忙又是一禮，急急向女賓那邊走去。

楊浩暗暗搖頭，對這位心胸狹窄、妒意超強的鄭員外，他實無半分好感，正想繞過他去再見見其他人，門口忽地闖進一個人來，那唱禮的門童趕上前去，還未及問他名姓身分，被他隨手一撥便跌到一邊去，險些撞翻了一席酒。

折惟正一見此人，眉頭微微一皺，隨即露出一臉笑容，急步上前道：「衙內怎地來了？」

楊浩也向那人看去，只見此人頭頂禿禿，兩鬢垂著小辮，兩耳各帶一只碩大的金環，身上一襲飾以皮毛的短袍，皮靴彎刀，身體雄壯直如人熊一般，分明便是一個党項羌人。不知連折惟正也要恭維討好的這個衙內，到底是個什麼身分，便也趨身迎了上去。

李繼筠藉著朝廷削藩，先對楊折兩家下手的機會，兩次三番到府州來壓搾好處，與折惟正本已熟識了的，便站定身子，大聲笑道：「官家設蘆嶺州，置蘆嶺府，聽說新在蘆嶺知府楊浩就在這裡，本衙內不請自來，想見見這位鄰居。」

「呵呵，在下便是楊浩，不知這位衙內是？」

折惟正一旁倏地心中一緊：「我折家欲與蘆嶺州結盟，此事應該祕密些才好，要知蘆州、麟州、府州若結為一體，對夏州最為不利。他這是從哪兒得了消息趕來？此人飛揚跋扈，連父親也不怎麼放在眼裡，此番出現，可不要鬧個不可收拾才好。」

心裡想著，他便急急向楊浩介紹道：「啊，楊大人，來來來，我給你引見一下，這位……便是夏州李光睿大人之子李繼筠，如今是定難軍衙內都指揮使、檢校工部尚書。」

工部尚書雖是個虛銜，卻是他的官職，這樣的官職，楊浩縱是五品知府，也要比他低得多。一聽他是夏州李繼筠，楊浩暗暗吃驚，又知他官職遠高於自己，忙趨前相見，施禮道：「下官楊浩，不知李大人駕到，有失遠迎，恕罪、恕罪。」

李繼筠一雙稜光四射的豹眼上下打量著楊浩，嘿嘿一笑道：「楊知府不必客氣，李繼筠不請自來，叨擾了。」

「不敢、不敢，李大人請上座。」

李繼筠嘿地一笑，也不客氣，甩開大步便向主位行去。到了百鳥朝鳳圖下，李繼筠大馬金刀地往主位上一座，手按刀柄，顧盼左右，就像一個要點將出兵的大元帥，哪有一點來作客吃酒的模樣？

女賓那邊折子渝見了這李繼筠，一雙秀眉不由微微一蹙。在府州，折家想讓誰做瞎子、聾子，那這個人就什麼也別想看到、什麼也別想聽到，李繼筠能聞訊趕來，恐怕是大哥有意向他透露了消息。大哥明明有意與蘆嶺州結盟，卻把夏州李繼筠弄來，意欲何為？

李繼筠幾次來府谷，胃口一次比一次大。折子渝雖未與他正面打過交道，卻隱在幕後出謀劃策，與他較量過幾回了。折子渝雖然智計百出，但是在絕對的實力面前，一切計謀都是浮雲流水，折家的實力遠不及李家，如今又有求於李家，縱有折子渝運籌帷幄，還是被李繼筠占了大量的好處去。

如今党項七氏「乞降」，戰事已然結束，折御勳率兵回了府谷，折家便不肯答應夏州的牛羊皮毛出入府州地境時不繳稅賦的要求，李繼筠不願空手而歸，這些天滯留在府州不走，常去糾纏折御勳。折御勳既不能避而不見，又不肯再做讓步，幾乎每天都被李繼筠找上門去胡攪蠻纏，沒想到今日楊浩設宴，大哥竟把這塊狗皮膏藥甩進了小樊樓來。

折子渝心裡忖度著大哥的意圖，生怕楊浩在李繼筠面前吃了大虧，忙向女賓們告了聲罪，急急向這邊行來。

任卿書與馬宗強走在後面，剛到門口便被折惟昌攔住，折惟昌向他們囑咐了一番，兩位將軍一聽就傻了眼。

美人計？屁的美人計，這小子異想天開，竟想得出這樣的結論。折家有必要向蘆嶺知府行美人計嗎？如果是大宋官家那還差不多，就算是夏州李家，分量也不是那麼足啊。這分明就是……一向眼高於頂的折二小姐怎麼偏偏就喜歡了他？

兩位將軍無暇多說，慌忙搶進廳來，一進廳就見李繼筠遠遠坐在盡頭屏風下的主位上，虎踞龍盤，以客壓主，彷彿他才是這場晚宴的主人。任卿書和馬宗強叫苦不迭，急急互相打個眼色，匆匆與楊浩見了禮，便一同向李繼筠行去。

今日把李繼筠這個刺蝟弄來赴宴，確實是折御勳的主意。折御勳執掌府谷軍政大權，身為一方軍閥，絕不是一個只知道用蠻力的人，合縱連橫、互相利用、牽制制衡這些權謀之事他一樣了然於心。

蘆嶺州的設置本在他意料之中，以他料想，趙官家也未必就甘心把這幾萬百姓平白充實了府州的實力。可是楊浩另闢蹊徑，把蘆嶺州定型為單純的商業城市，而且那麼快與党項七氏建立了密切聯繫，卻大大出乎他的意料。

先機已失的情況下，他務必要盡快抓回主動。最主要的目的，是把蘆嶺州的發展限制住，絕不能讓蘆嶺州的軍事實力快速膨脹起來，對府州形成威脅。第二個目的，就是要從中分一杯羹，蘆嶺州雖然利用它特殊的地理位置和政治身分，做到了府州做不到的事，但是目前畢竟仍在府州掌控之下，這塊巨大的經濟利益，府州怎麼可能置之不顧？他授意任卿書把李繼筠請來赴宴，是要在楊浩這個外來戶面前造成一種假象，讓他曉得府州與夏州的關係其實很密切，迫使楊浩降低合作條件。

在夏州方面，又可以讓李繼筠曉得朝廷新設立的這個蘆嶺州與府州是站在一起的，迫使夏州有所忌憚，放鬆對府州的奪迫。

此外，今日讓李繼筠親眼看到蘆嶺知府宴請府谷官吏士紳，切斷蘆嶺州和夏州合作的可能，迫使楊浩只能向自己靠攏，堅定地站在他這一邊，也是他的一個目的。

可是他千算萬算，就是沒算到小妹會對楊浩生了情意。如果楊浩真的做了自己妹夫，那府州、麟州、蘆嶺州在共同利益的基礎上又建立了姻親關係，自然不需他再做這種戒備，所以任卿書一聽折惟昌說起折子渝在場，便知要糟，今天只怕是要弄巧成拙了。如今弄成個王見王的局面，想要挽回已不可能，這可如何是好？

任卿書和馬宗強心中焦急，陪著楊浩剛剛走到李繼筠面前，李繼筠已然發難了。楊浩才是今日宴客的主角，可是主位偏偏被李繼筠故意占據，楊浩又不好為了一個座位讓他起身，只得在側首就坐。

幾個人剛剛坐定，李繼筠便左右顧盼，兩只大耳環搖得金光燦爛地道：「哈哈，今日楊知府宴客，府谷上下官吏，行商坐賈，來的可是真不少啊。」

楊浩欠身笑道：「下官率領北漢移民往府州來時，承蒙府州官紳熱情款待，十分禮敬，下官早該回請一番才是。只是朝廷設置蘆嶺州，下官忝為蘆嶺州首任知府，諸事繁雜，不得抽身。如今總算稍稍安定下來，下官這才趕來，以全禮節。」

「哦？」李繼筠眉毛一挑，嘿嘿笑道：「蘆嶺州如今已安定下來了嗎？據本官所知，就在十日之前，野亂氏還曾攻打蘆嶺州，大肆劫掠，是嗎？」

李繼筠說的是事實，党項七氏與蘆嶺州祕密交易，想全然瞞過夏州的耳目十分困難，這用兵「劫掠」之計就是細風氏族長五了舒那頭老狐狸想出來的。一待党項七氏有什麼大宗的牛羊或皮毛要交易時，就把牛羊和裝載貨物的車子夾在軍伍之中，攻打蘆嶺州一次。

一旦打仗，雙方探馬四出，夏州的細作就無法靠近了。物資夾在軍伍之中，也更容易隱蔽，至於打仗的結果，自然是來襲的党項人「劫掠」了他們需要的物資大勝而歸，而他們帶來的牛羊馬匹、草藥皮毛，也要盡數落入蘆嶺州之手。

楊浩對這種明裡交戰、暗中交易的方式還進一步完善，把它變成了一場場攻防戰的軍演。每一次交易，都是一次軍演，這樣一來戲做得更加逼真，而且透過不斷的切磋，提高蘆嶺州民團的戰鬥實力，發現城池防禦上的種種不足和破綻進行改進。至於李繼筠所說的十日之前那次戰鬥，還是楊浩親自指揮的呢。

楊浩微微一笑道：「李大人所言甚是，自我蘆嶺州建州設府以來，的確屢屢受到党項諸氏的攻擊。幸好蘆嶺州地勢險要，城高牆厚，這才確保無虞。」

李繼筠仰天打個哈哈，說道：「確保無虞嗎？党項諸部驍勇善戰，他們若非毫無組織，只是流匪一般洗掠蘆嶺州，你們還能確保無虞嗎？哪天他們諸部聯手，大舉進攻的話，恐怕蘆嶺州就要變成一片廢墟了。」

楊浩反問道：「党項諸部，盡受夏州節制。不管夏州也罷，蘆嶺州也罷，都是大宋臣屬，党項諸部桀驁不馴，屢屢興兵伐我蘆嶺州，令尊身為夏州之主，約束部眾不利，恐也難辭其咎吧？」

李繼筠兩道濃眉一立，冷笑道：「楊大人這是在指責家父嗎？」

楊浩拱手道：「下官不敢，下官只是覺得，約束党項諸部，正是令尊的責任。我蘆嶺州屢受攻擊，百姓死傷無數，令尊大人既為夏州之主，牧守一方，理應節度諸部，免生戰事。」

李繼筠一捋虬鬚，狡猾地笑道：「難，難啊。党項諸部，名義上雖臣服於我夏州，但是諸部各有地盤、各有人馬，這些人名是宋民，實是生番，不服王法教化，缺什麼搶什麼，我夏州也是屢受其害，喔……任大人在這裡，你可以問問他，前不久，諸部叛亂，還是我夏州和府州聯手出兵，這才平息了戰亂。西北情形，不是你想像的那麼簡單的，這裡的百姓，也比不得久服王法教化的中原，一個書獃子，在這種地方，是站不穩腳跟的。」

李繼筠不知楊浩來歷，只當他這個知府也是兩榜進士考出來的官，看他模樣也是斯斯文文，是以譏諷他一個文人成不得大事。

楊浩不以為忤，微笑道：「李大人說的是，其實下官也知令尊有令尊的難處，只是蘆嶺州連受劫掠，損失慘重，心中難免憤懣，方才言語有些過激，還請大人勿怪。今番往府谷來，下官一方面是答謝府谷士紳前次的熱情款待，另一個目的，就是想向折大將軍乞援，希望蘆嶺州百姓能置於永安軍的翼護之下。」

李繼筠得到的消息是党項七氏正在輪番襲擊蘆嶺州，把蘆嶺州當成了一塊任意宰割的肥肉，夏州本就有縱容諸部為亂，避免諸部與漢人融合，保持党項諸部的獨立性，對此自然不會節制，反而有些幸災樂禍。

楊浩此來府州，他就預料是借兵來了，他所不忿者，只是楊浩不去夏州乞援，反來府州借兵，分明是不把李氏放在眼裡。如今聽楊浩說得這般可憐，李繼筠不禁哈哈大笑道：「府谷諸軍皆立堡塞，党項諸部盡是遊騎，攻守之勢就此定矣。永安軍雖驍勇，然據堡寨而自保尚可，哪有餘力賙濟你蘆嶺州？」

此言一出，許多府谷官吏露出不忿之色，但是李繼筠所言屬實，他們又無話可講。夏州李氏與府州折氏時而議和、時而征戰，一直是李氏攻而折氏守，折氏守府谷守得有聲有色，倚仗地利還能打些勝仗，卻從未主動去伐李氏，不是折氏歷代家主沒有擴張之心，而是折氏一旦發兵主攻則必敗，論起實力來，府州較夏州確實差了一截。

但是李繼筠身在府谷，居然肆無忌憚地說出這番評論，那麼府州折氏在夏州李氏眼中是個什麼地位就可想而知了。

楊浩見他狂妄如此，心中暗喜，遂從容笑道：「府州百姓耕墾田地，植桑種麻，安居樂業，衣食無憂，自然不屑做那縱騎遊掠的強盜。我蘆嶺州百姓亦是如此，今向府谷求助援手，雖不能澈底絕了戰患，但是有府州兵馬策應，也可使遊騎強盜有所忌憚，保我蘆嶺州不失。」

李繼筠外表雖粗獷，卻並非有勇無謀之輩。但是否有謀是一回事，他在西北一人之下，萬人之上，肆無忌憚慣了，明知楊浩示弱是有意激起府谷官吏同愾之心，心裡卻不在乎，大剌剌地便道：「党項諸部遊騎如風，來去自如，你想防要防到什麼時候去？能防得住嗎？」

「不知李大人有何高見？」

李繼筠傲然道：「楊大人，你想倚靠一棵大樹，也得看清楚哪棵樹最高最壯，最值得倚靠。放眼整個西北，我李氏若認第二，哪個敢稱第一？你若想保蘆嶺州一方太平，做個安穩官，我勸你往夏州去見家父，從此奉我李氏號令，每年繳納貢賦錢帛。有我李氏為你作主，党項諸部又豈敢欺你過甚！」

這句話一說，就連任卿書、馬宗強都倒抽一口冷氣，西北三藩對大宋雖有不臣之心，但是面上功夫還是要做得十足，不肯授人把柄。可是如今這李繼筠膽子也太大了，竟然說出這番話來，這也太狂妄了吧。

楊浩是什麼人？雖說在西北諸強藩之間他的實力最小，官職又低，但他是朝廷新設的一州牧守，從這一點上來說，他與夏州李光睿是平起平坐、同殿稱臣的。如今李繼筠狂妄如斯，要他奉李光睿為主，向夏州納賦，他把夏州當成什麼了，東京開封府嗎？

楊浩聽了也是暗暗吃驚，他飛快地一掃，將眾人反應都看在眼中，立時便做出了決斷。蘆嶺州這個怪胎的誕生，就是因為扛著中央這桿大旗，各方勢力既有忌憚，又相互牽制，這才讓他站穩了腳跟，今日若在此大節大義處示弱含糊，失去了蘆嶺州存活的根本，蘆嶺州也就沒有存在的必要了。

當下他「啪」地一拍桌子，霍地立起，凜然道：「李大人，你還未飲酒便已醉了嗎？怎地竟能說出這番話來？楊某雖職卑言輕，卻是官家欽命的一方牧守。夏州李光睿亦是大宋的臣子，楊某若臣服夏州乞安，豈是為臣之道！蘆嶺州哪怕在兵威之下化為飛灰，也斷無不臣之舉！李大人，禍從口出，還望你多加謹慎。」

連折御勳對李繼筠都要禮讓三分，如今反受楊浩教訓，李繼筠不禁勃然大怒，他按著刀柄慢慢站起，冷笑道：「有骨氣，可是有骨氣也要有本事才成，否則就是妄自尊大了。楊大人身為蘆嶺團練使，節制行伍，訓練士卒，遣兵調將，行軍打仗，定然是一身武藝，所以才有如此傲氣了。李繼筠承蒙楊大人一番教誨，還想領教一下楊團練使的武功，不知楊大人可曾賞臉？」

團練使高於刺史而低於防禦使，比衙內都指揮使高了一階，兩個人論文職，李繼筠授的是工部尚書銜，比楊浩這個知府高出一大截，論武職，卻又比楊浩低了一級。李繼筠一直以為楊浩是個進士出身的官員，自己大字都不識幾個，不敢與他比較文采，所以揚長棄短，一口咬定他的團練使身分，想在武藝上壓他一頭，好生折辱他一番。

折子渝早就到了，還與任卿書以目示意，交換了一下看法。這時一見李繼筠要與楊浩較量武藝，不禁心中發急，楊浩的來歷她一清二楚，楊浩懂武藝？要是他做過民壯，大概也曾在農閒時節舞過一陣槍棒，卻哪能和李繼筠這樣的人相比。

是以一聽李繼筠要與楊浩較量武藝，折子渝立即閃身出來，裝著剛剛趕到，毫不知情的模樣，微笑道：「大人，客人大多已經到了，你看……是不是該開席了？」

李繼筠扭頭看去，卻見是一個玄衣少年，定睛再看，便認出是個女子。折子渝只是男裝打扮易於出行，五官面目本就沒做掩飾，只消仔細去看便認得出來。李繼筠這一看，呵，真是好俊俏的一個姑娘，肌膚白得就像新雪乍降，俏臉桃腮，眉目如畫，一腔怒氣登時化為烏有，轉怒為喜道：「這位姑娘……是什麼人？」

楊浩見折子渝向自己連打眼色，曉得她是為自己來解圍的，李繼筠那虎狼之勢，他看著也有些忐忑，今日本是為了與府谷官紳交往，楊浩哪有心思與他動武？而且也無勝算，便道：「這位姑娘是我的朋友，今日赴宴的官紳多有攜帶女眷的，下官便請她來招待。子渝，快來見過夏州李繼筠李大人。」

「哦？這麼說，是你的紅顏知己了？」李繼筠捏著下巴上下看看，只覺這姑娘一身玄衣，不管是臉蛋、頸項還是雙手，只要露在衣外的肌膚盡皆白如沃雪，潤如美玉。女扮男裝者，就算容貌原本平庸的也會透出幾分俊俏來，何況這折子渝原本極美，那韻味自然更是撩人。

「小女子見過李大人。夏州李大人的威名，小女子在府州也是久聞大名的，今日楊知府宴請府谷官紳，李大人肯賞臉光臨，小樊樓真是蓬壁生輝。小女子敬大人一杯酒，聊表敬意。」

折子渝有心替楊浩解圍，這樣劍拔弩張的場面，有個女人出面說合，消消他的火氣，一場波折也就過去了。因此巧笑嫣然，自一旁桌上提起酒壺，斟了兩杯，捧一杯予李繼筠道：「李大人，請。」

「嗯……唔……」李繼筠睨她一眼，接過了酒盞，那酒盞不大，李繼筠一仰脖子，便把一杯酒全潑進了口中。

「李大人好爽快！」折子渝嫣然一笑，亦舉杯就脣。白瓷細碗襯著她那潤紅的香脣，有種動人心魄的美麗，李繼筠心中不覺一動，這女子嘴巴稍嫌大了些，和她精緻如畫的眉眼有些不太相襯，有點破壞了五官整體的和諧美。但是專注於她的紅脣時，卻又讓人覺得特別誘人。

白瓷細碗與那嬌豔的紅脣相映，清澈的酒液輕輕渡入口中，更令人產生一種動感的美麗。這樣的香脣，若吮一管玉簫，該是怎樣旖旎的意境？尤其是……她是楊浩這不知好歹的小子的情人……一念及此，一股強烈的占有欲忽地湧滿了李繼筠的心頭，他的目中慢慢泛起了熾熱的光來。

折子渝飲完了酒，向他亮了亮杯，嫣然一笑道：「李大人，請落座，這酒宴就要開了，一會兒，大人還要多飲幾杯才是。」

李繼筠喝道：「且慢。」

楊浩眉頭微微一擰，問道：「李大人還有何吩咐？」

李繼筠斜眼看向折子渝，捋鬚道：「美人一杯酒，便想讓本官放棄比武嗎？楊大人，酒宴不急著開，咱們還是先較量一下武藝吧。我有汗血寶馬一匹，日行千里，價逾萬金，如今就拿來做了綵頭，你若較量武技贏了我，這匹汗血寶馬便送了給你。若是你輸了……嘿嘿……」

他一指折子渝，大笑道：「那麼……這美人便要歸我所有，如何？」

百八八章　泡妞劍法

「嘩！」

在場諸人除了楊浩和李繼筠，幾乎人人知道折子渝的真正身分，一聽這話頓時譁然，任卿書臉色鐵青，折惟正四兄弟卻氣得臉色通紅。折子渝肌膚白得就像新雪初晴，慍怒之下一張俏臉卻是粉馥馥的。李繼筠見了，奪為己有之念更甚，放肆貪婪的目光在折子渝身上打著轉，充滿赤裸裸的侵略性，彷彿她已是自己的囊中之物。

「以武降之，再奪其美妾，讓他這一遭灰頭土臉、名譽掃地，一個沒有威望的官，如何牧守一方？」

他根本不覺得夾在麟州和府州之間的蘆嶺州那塊「雞肋」會有什麼利用價值，也壓根沒想過要招攬楊浩為己所用，他如此狂妄作態，扮成一個有勇無謀的狂野武夫，就是要把來府谷乞援的蘆嶺知府在府谷主人的眼皮子底下折辱一番，把他灰溜溜地趕出西北去。

趕走了楊浩又能如何？數百年來，西北各路梟雄打打殺殺、你爭我奪，向來是強者稱王。那中原天子不過是在事後送來一個便宜官以正其名，彷彿自己對這裡擁有著絕對的統治權似的，其實不過是個名罷了。趕走了楊浩，諒那開封府的趙官家也無可奈何，他會為了一塊不值一文的死地，為了一個窩囊廢官怪罪夏州嗎？把這楊浩趕走，讓天下人都看個清楚：西北這塊地盤，到底誰說了算。這就是李繼筠打的主意。

如果眼前這少女是楊浩的正妻，那李繼筠縱然狂妄，也不會說出以她為綵頭的話來，可楊浩介紹得含糊不清，李繼筠便誤會這美貌少女是他的侍妾。

若是夫人，不會不明確表明身分，而且據他所知，這楊浩還未成婚。若不是夫人，即便是已經下了聘禮，即將迎娶過門的正妻，按道理也不應該現在就以女主人的身分替他迎客，所以李繼筠這樣猜想也合乎常理。

既然是妾，那便贏她過來又有何妨？何況自己還拿出了心愛的汗血寶馬做賭注，若不是有著必勝的把握，這綵頭上還是自己吃了虧了。

李繼筠有此想法不足為奇，西北地區如今行的仍是唐律：「妾乃賤流」、「妾通買賣」、「以妾及客女為妻，徒一年半，遠徙」。妾是低賤的，而且是永遠不能扶正的，以妾為妻者，判離之後還得服勞役。

拿妾當賭資的「一擲賭卻如花妾」，拿妾易物換取寶馬的風流韻事也久已有之，美妾與牲畜同價。文人士子還時常以美妾相互饋贈以顯友誼，可見在他們眼中這些女子們等同何物。

如果說劉安殺妻以款待劉備乃是小說家言的話，那唐朝名將張巡殺妾則是史實了。張巡守睢陽，糧食吃光了就吃戰馬，戰馬殺光了就啃樹皮。這些也都吃光了就開始吃人，吃人的順序是女人、男性老者、男性孩子。這其中最先吃的就是女人，為了以身作則，率先垂範，他先把自己的美妾殺了，並且說：「我恨不能割自己的肉給你們吃，怎會憐惜區區一個女人？」

這話中可見的是袍澤情深，獨不見對他愛妾的一絲憐憫。一日夫妻百日恩，百日夫妻似海深。即使是小貓小狗相處久了，也是有感情的，何況是和自己有如此親密關係的女人。很難想像張巡是怎麼在兵士們面前一刀宰了他的女人，然後扒得赤條條的，丟進大鍋去烹煮成食物。

這個沒有留下姓名的妾，當時能陪在張巡太守身邊，必然是年輕貌美極受寵愛的，可是臨危之時，她最先成了枕邊人口中的食物，不知她被自己託付終生的男人親手殺了，又與眾兵士分食其屍體的時候，該作何感想，可見當時女人低賤的觀念如何深入人心。

李繼筠以自己的汗血寶馬為質，押上對方一個侍妾，自覺光明磊落，甚至還有些賠本了，卻不知楊浩已是怒火中燒。

楊浩無法想像，怎麼在一些人的觀念中，會把奴婢侍妾看得如此低賤，把他們堂而皇之地拿來買賣交易，還自認為是風雅之舉，楊浩臉色有些發青，他忍著怒火沉聲喝道：「李大人，以馬易人，這樣的話你也說得出來？」

李繼筠瞟了折子渝一眼，淫笑道：「汗血馬，胭脂馬，還不都是給人騎的？有什麼不妥？」

「無恥！」楊浩沉聲一喝，李繼筠也不免變了顏色。

一旁折子渝聽了李繼筠的話，只氣得嬌軀發抖，楊浩一把握住她手，緊了緊，示意她平靜下來，然後轉身對李繼筠正色說道：「我不知道在你眼中視女人為何物，但是在我心裡，她們與男人一般無二，無論身分高貴與卑微都不容輕賤。楊浩不會拿一個女人來做任何事的賭注，我從不覺得自己有那個權利！」

楊浩這番話，折子渝還不覺得什麼，因為她本身就身分高貴，也只有今日因為隱瞞了身分，才被李繼筠視作民間女子，拿她做了綵頭，二樓圍欄上的許多歌女舞女聽了楊浩這番擲地有聲的話，卻是感同身受，許多女子眼圈都紅了。

今日楊浩設的是大宴，包了整個小樊樓，那些侍酒陪客的酒女、歌女、舞女都在樓上房中閒坐，待樓下起了爭執，所有賓客寂然無聲，李繼筠的大嗓門便傳到了樓上，這些女子們便都悄悄走出來憑欄而望，觀看動靜。

如今楊浩這番話說著平淡，聽在她們耳中，卻是從不曾聽過的言論。這些歡場中女子，從來只見蜂蝶追戲，何曾見過護花使者？楊浩這番話聽在她們耳中，竟有振聾發聵之感。

李繼筠對楊浩這番話卻是不以為然，冷笑道：「怎麼？你可是自知必敗，心生膽怯，所以不敢與我賭嗎？」

楊浩怒火上衝，大聲道：「你要戰，我便戰，你若贏了，縱取了我頭去，我也沒有絲毫怨言。但是，我不會與你賭，縱然我有十成十的必勝把握，也不會答應這樣荒唐的條件。只要我點一點頭，就已是對她的褻瀆，不管我勝還是我敗！」

「好！」二樓圍欄內那些歌女舞女們禁不住嬌聲叫好，紛紛鼓起掌來。折子渝也不禁為之感動，她握緊楊浩的手，抬頭向他望去時，眸波流轉，滿眼柔情：「楊郎並不知我身分，卻能如此呵護，他的胸懷見識，果然沒有教我失望。」

門口，一身高級乞丐打扮的唐三少頂門立檻地站在那兒，身旁站著一身素雅淑女打扮的唐焰焰。二人到了有一陣了，只是廳中人人都在看著楊浩與李繼筠的交鋒，竟無人注意到他們的到來。

因為折惟昌也溜進廳中看熱鬧去了，兄妹二人還不知其中詳情，眼見楊浩與折子渝情意綿綿，唐威暗暗驚訝不已：「不對啊，折惟正不是說今日要打壓一下楊浩的氣焰？怎麼……怎麼折二小姐與楊浩卻是一副兩情相悅的模樣？莫非……我在中原暗暗活動的消息已經被折府察覺，惟正已對我生了戒心？應該不會……我與惟正、惟信相交已久，他們哪有這樣的城府？」

一旁唐焰焰卻只盯著楊浩與折子渝拉在一起的手，那雙漂亮的大眼睛如果能射得出刀子來，折子渝和楊浩的那兩隻手早就被她剁下來拿回家去做成了「滷肉」。

「難怪他總是避我躲我，原來是搭上了折二小姐。」唐焰焰妒火中燒，身形一動便要衝上前去。唐威一邊緊張地揣度著種種可能，一邊還分神注意著小妹的動靜，唐焰焰身形甫動，唐威便一把拉住了她，低聲道：「小妹，淑女，要淑女啊。」

唐焰焰氣得渾身發抖，恨聲道：「淑女、淑女，屁的淑女，我已經變成輸女了。」

「如果妳就這麼衝上去，那才真的輸了。」唐威一面解勸，一面四下察看，待他發現張非、李澤皓、童升典和方圓幾人所坐的一席，便一扯妹妹道：「走，先去坐下，弄清楚狀況再說。」

這時，李繼筠已抽出了那柄比普通的彎刀寬了一倍、長了一倍的彎刀來，舉刀過頂，氣勢如泰山壓頂一般，狠狠地逼視著楊浩。唐焰焰被三哥拉著一路走，一路惡狠狠地道：「劈，劈了他個忘情負義的王八蛋！」

隨即又道：「三哥，那頭大狗熊是什麼來歷，武功厲不厲害？」

＊　＊　＊

折子渝不知楊浩武功如何，但是估計下來，也是遠遠不及李繼筠的。她本想阻止，卻也知道這種場合再要阻攔，楊浩必然下不了臺。她與李繼筠暗裡打過幾回交道，知道這人粗中有細，並不似外表所表現出來的那麼狂妄粗魯。

楊浩是大宋朝廷的官員，夏州如今也是向大宋稱臣的，李繼筠雖有挫敗楊浩的心思，卻絕不敢傷害他性命。有了這個想法，折子渝便沒有阻攔，她看了楊浩一眼，關切地道：「你小心一些，如果不敵，坦白認輸便是。男兒家的本事，並不在匹夫之勇，切切不可逞強。」

楊浩點點頭，說道：「妳放心，我曉得。」他把折子渝拉到一旁坐下，又向馬宗強拱一拱手，微笑道：「馬兄，請借佩劍一用。」

「呃……楊大人小心。」馬宗強瞥了折子渝一眼，見她沒有什麼示意，便硬著頭皮解下了自己的佩劍。

楊浩持著連鞘長劍，步回廳中空地前站定。所有的人都屏息向前望來，百鳥朝鳳圖下，左邊是彎刀如月的李繼筠，禿頂金環，兇神惡煞。右邊是一襲長袍，頭戴公子巾，手持連鞘長劍的楊浩，文文靜靜地站在那兒，只看氣勢，李繼筠已勝出一籌。

他彎刀在手，獰笑一聲道：「楊團練使，你我較技，本是切磋武功，然刀劍無眼，某縱有心相讓，恐也會有失手，你可要……」

楊浩淡淡一笑，截斷他道：「馬有失蹄，李衙內儘管出手！」

四下裡立時傳出一陣輕笑，二樓的女子們笑得更是放肆，李繼筠臉一紅，大吼一聲，刀光霍地一閃便迎頭劈了下來。刀光如疋練，看這一刀威勢，若是楊浩站著不動，這一刀就能把他劈成兩段。

相罵無好言，相打無好拳，楊浩知道與夏州這個過節是結定了，乾脆更放肆一些，爭取府州官吏士紳更多的好感。但他嘴上說得輕鬆，心中卻很緊張，他練過武，也殺過人，但是戰陣上廝殺，與這樣冷靜的對敵，是兩種截然不同的場面，一時之間，他還有些不適應。

李繼筠一刀劈下來，楊浩急急後退，拔劍出鞘，劍光如閃電，颯然點向李繼筠的刀鋒，劍出鞘，他的人彷彿也一下子出了鞘，鋒芒氣勢，大有不同。

「好啊！好啊！楊大人好功夫！」

「英雄出少年！」

「楊大人真厲害，打得他抬不起頭來。」

「楊大人文武雙全，實在了得。」

「楊大人縱橫天下，神功無敵。」

刀光霍霍，聲如殷雷，楊浩在閃電般的刀光中趨進趨退，避其鋒芒，正覺有些狼狽，忽聽一陣陣喝采聲起，不由哭笑不得：「這誰啊這是？他都劈了二十多刀了，我才還了一劍，神功無敵？我還千秋萬載，一統江湖哩。」

楊浩抽個空檔循聲望去，卻見正是二樓那些憑欄觀戰的鶯鶯燕燕，正在嬌聲為他吶喊助威。

楊浩方才那番尊重女子，絕不以女人作賭注的話，已經令這些女子們對他心生好感。而且，楊浩雖然不是一個風姿飄逸的美男子，長相也是十分耐看的，李繼筠禿頂虬鬚，卻不太符合這些美眉們的審美觀。姐兒眼中，俊俏的總是要受歡迎一些。再者，楊浩是漢人，李繼筠是党項人，誰遠誰近還用問嗎？

女人要是向著一個人，那是沒有道理可講的，明明楊浩落了絕對下風，她們卻大聲為楊浩喝起采來，連巴掌都拍紅了。

李繼筠聽了心中更氣，本來還留了三分力道，免得收力不及，真的把楊浩斬於刀下，這時怒火上衝，再無顧忌，他大喝一聲，刀光更顯凌厲。

李繼筠刷刷刷一連劈出七刀，楊浩飄身連退七步，已然到了牆邊，楊浩錯身一讓，彎刀貼身而過，激起一片勁風，颳得髮絲飛揚。只聽「嘩啦」一聲，那牆角供著一個財神爺的小香案，被李繼筠一刀連木偶帶香案劈為兩半，香灰瀰漫騰空。

楊浩見此威勢，心中不由一懍，目光微微一掃，見折子渝因為李繼筠這一刀而忘形地站了起來，滿臉恐懼擔憂之色，一時豪情湧起，他大袖一拂，驅散香灰，手中一口劍翩然一揚，突地一劍刺向李繼筠的左肩。

李繼筠收刀後退，剛剛站定身子，楊浩劍光又到，李繼筠不及蓄力，再度撤身後退，楊浩奮起餘威步步緊逼，一連刺出七劍，李繼筠則一連退出七步，到了一根合抱粗的紅色大柱處，抽身一滑，繞到柱後，這才避開了楊浩七劍連珠、一氣呵成的攻勢。

楊浩一直避守防禦，首次發威，竟使出這樣妙到毫巔的劍術，全場賓場不由齊聲喝采。李繼筠繞到柱後，避過了連珠七劍，騰身出來，霹靂般一聲大吼，幾乎蓋過全場雷鳴般的喝采聲，巨大的彎刀也自空中斜斜斬向楊浩的脖頸。

這一切說來話長，全只在須臾之間，那些客人剛剛喝出采來，李繼筠猶如天外飛來的一刀已從柱後迸現，此時楊浩第七劍堪堪刺空，「叮」的一聲正中亭柱。二樓、三樓的女子們見狀，已駭得驚叫起來。

唐焰焰霍地一下跳了起來，一把掐住唐三的手臂，手腳冰涼，小臉發白，只道楊浩措手不及，這一刀就要把他的頭砍飛了去，驚得竟是連動都動不了了。

就見楊浩劍尖在柱上一點，劍刃一彎倏直，楊浩大袖一拂，腳下足尖在劍刃彈起的剎那一點地，整個人如同一隻大鳥般倒飛了起來，這一躍足有一丈五、六高，李繼筠那一刀固然劈空，楊浩這倒縱而飛的一下身形卻更顯得飄逸瀟灑、翩躚若飛。

楊浩本是一身公子文士打扮，配著這樣身法，看起來沒有一點糾糾武夫的氣質，反而如同凌波而至的仙人，這一手脫困的身法漂亮至極，樓上樓下的人都看得眼前一亮，連喝采聲都忘了。

楊浩翩然落地，李繼筠猶如野蠻衝撞一般，三個箭步便衝到了他的面前，沉聲一喝，手中彎刀便如疋練一般攔腰捲至，楊浩身形滴溜溜一轉，這一刀力竭時，他的身形也堪堪停了下來，頭頂旋飛而起的公子方巾還未及落下，他已當胸一劍反刺了回去。

楊浩從程世雄處所學的劈柴刀法並非只是粗淺的刀術，程世雄曾逢明師指點，一身武技造詣頗高。他教楊浩那一招，是內外兼修武學的築基功夫，如何吐納、如何運力、如何出刀收刀，內中都大有學問。

楊浩平日勤練他所授的這一招，每一刀出手都要調息吐納，把身體機能調整到最佳狀態，實際上這是由表及裡，從外功入內功。上乘功夫築基，比普通功夫高明得多，這數百日勤練不輟，楊浩的根基已經扎下來，

而呂洞賓所授更加高明，他是由內功而至外功，楊浩本已扎下根基，又被呂洞賓耗費內元給他做過易筋伐髓，耳聰目明，體力強勁，再經他點撥功夫，進境實是一日千里，這幾個月來所學，勝過普通人十年。

當然，武藝一道，從毫無根基到有十年基礎，有這樣的名師指點倒也容易。但是武

藝越往高去越是艱難，一旦升至高原瓶頸，也許數十年進境也有限得很，完全比不得前期的進境。但是至少目前，他雖比李繼筠的自幼苦修尚有不及，而且遠不及李繼筠殺人經驗豐富，卻也不是泛泛之輩了。

方才甫一交手，他還有些驚慌失措，自身的功夫十成中發揮不出一半來，如今一刀險些將他劈死，心神反而全然寧靜下來，如今他眼前再看不到其他人的存在，耳中再聽不到一聲喝采，眼中所見，只有李繼筠一人一刀，耳中所聞，只有李繼筠刀上呼嘯而起的風聲，五官六識，盡皆專注於李繼筠一人。

這一從容施展，就見楊浩大袖飄飄，手中一劍任意揮灑，一舉一動簡直是說不出的美妙。明明他手中持的是殺人的利器，偏偏如仙人舞劍，不染一絲俗氣。他的一招一式，一個眼神一個動作，一趨步一縱身，都飄逸如仙，教人看得心花怒放，目眩神馳。

他此刻施展開的，正是當年火龍道人授予呂洞賓的天遁劍法。呂洞賓每日對著一人多高的銅鏡苦心鑽研，用了十年的功夫，把它改造成了泡妞劍法。雖說威力比起火龍道人所授弱了一些，可是這套劍法真的被他改造得美輪美奐，如同大唐劍舞了。

本來李繼筠如殺神一般，刀光霍霍，步步劈斬，遠遠看去，就如一道道裹挾著殷殷風雷的閃電繞著他的身體在打轉，任誰看來，都曉得此人極為厲害。可是碰上楊浩這種舉舉手、抬抬腿，轉個身都講究優美雅致、不沾絲毫人間煙火氣的泡妞劍法，高下立判。

人人都覺得，這是楊浩有意讓著李繼筠，否則早就把他斬殺於劍下了，若非如此，哪有人生死相搏且落了下風的時候，還能如此從容，風度如此飄逸瀟灑？看看，看看，人家那一劍刺出，人家那大袖一甩，就連一個眼神，都是妙不可言。

李繼筠不知楊浩這套劍法根本就是為了耍帥而創，越是見他氣定神閒，越是心浮氣躁。尤其是楊浩心境平和下來，手眼身法步無不瀟灑萬分，一副勝券在握的模樣，直把他恨得咬牙切齒。

他的刀勢凌厲，氣勢便不能持久，又兼心中急於扳回一城，手下更失了沉穩，楊浩發揮出了十成的本事，他反倒只剩下了七分，此消彼長之下，反被楊浩劍勢克制，漸漸屈居下風，變成了守勢。

楊浩的武功，最大的特點是漂亮，最能感受它的威力的，不是對手，反而是周圍的看客。呂洞賓之所以對這套劍法煞費苦心地進行改造，本就是為了賣弄風騷。可是連呂祖自己怕是也沒有想到，原來漂亮也是一種威力，它雖不能直接制敵，卻能影響敵人的心情，教他難以發揮自己全部的實力。

泡妞劍法一出，楊浩真是揚眉吐氣，每一劍刺出，都攻敵之必救，李繼筠空有一身神力，刀法犀利無匹，先機已失之下也只能步步後退，刀刀防守。楊浩大袖飄飄，如翩翩起舞，每刺一劍，樓上樓下便喝一聲采，李繼筠每退一下，樓上樓下便又喝一聲采，只不過這回是倒采，把個李繼筠氣得一佛出世、二佛生天，刀法更顯急促，連六分的實力都發揮不出來了。

二人殺回百鳥朝鳳圖下時，李繼筠步伐散亂，氣息也粗重起來，他心知如此下去必敗無疑，於是把心一橫，一刀揮轉如輪，遮住自己要害，趁楊浩挺劍刺向他大腿時，猛地縱身一躍，如牛般狂哞了一聲，和身撲上，掌中刀一招力劈華山，拼著這一劍把自己大腿刺個對穿，也要把楊浩斬殺於刀下。

楊浩自隨程世雄練刀，學的就是力不可使十分。隨呂洞賓學劍，那劍法飄逸瀟灑，更不可能氣極敗壞，手上始終留了三分勁，一見李繼筠拚著兩敗俱傷，使盡全力向他撲來，立即倒踩七星，翩然後退，李繼筠力道將盡之時，楊浩已旋身到了他的身側，飛起一腿，便踢在他的臀後。

李繼筠刀勢將盡，縱勢未止，被楊浩這一踢，借了他自己向前縱躍的力道，只聽「嗤啦」一聲，便將百鳥朝鳳圖劈開，整個人「咕咚」一聲撞進了屏風後面去。

這是一扇巨大的漆木雙面彩繪屏風，中間部分是在絹布上繪的圖畫。所立處後面正是樓梯，這屏風擋在這裡，既顯美觀，又能起到屏障作用，使樓梯下三角形部分擱置的許多雜物不會呈現出來。李繼筠這一跤摔進去，也不知撞到了什麼東西，稀里嘩啦便是一陣響。

楊浩收勢拔腰，負劍於後，左手食中二指捏個劍訣，在頷下一劃，至胸方止，兩隻眼順勢一撩，這一個收劍勢，照樣是帥氣得很。

楊浩如今火候還欠缺得很，可不敢學程世雄、呂洞賓拋劍於空，插入劍鞘的手法，至於捏個劍訣，豎於胸前倒也罷了，為何還要在頷下一劃，在場那些懂劍術的武人也不知其中奧妙，只是覺得他這樣捏劍訣，比起原本中規中矩的姿勢更顯瀟灑，不禁大為嘆服。

楊浩其實也不懂為什麼捏個劍訣還要在頷下一劃，其實那是呂洞賓每次收劍時梳理他心愛的美髯時的一個習慣動作，楊浩不知就裡，原模原樣地學了過來。他手捏劍訣，至胸而止。

折子渝滿腔愛慕，情熱如火，再不理如今是眾目睽睽之下，她如一隻蝴蝶般翩然走至楊浩身邊，自袖中摸出一方潔白的手帕，便溫柔地為他拭去額頭汗水。樓上樓下掌聲采聲連成一片，一見二人恩愛模樣，樓上便有人嬌呼道：「憐香楊知府，護花翊衛郎！」登時眾女相和，四處皆聞。

這些女子雖是歡場賣笑，何嘗不嚮往花好月圓？這樣的才女佳人場面，正是她們所見的。

楊浩聽了她們的嬌呼，與折子渝相視一笑，一齊抬頭往樓上看，只見滿樓鶯燕，紅袖頻招，許多女子把那小手帕舞得跟萬國旗似的，真是壯觀。咦？那件是什麼玩意兒？楊浩定睛一看，不禁大汗：此間女子太也豪放，怎麼把肚兜也扯下來了……

楊浩趕緊收回目光，不提防這目光一垂下來，正看見一個綠衣少女，娉娉婷婷地站在淫蕩天成的唐三少旁邊，雙手抱臂，玉面生寒，嘴角噙著一絲若有若無的笑，正冷冷地看著他。

楊浩激靈靈便是一顫：「唐大小姐！」

正驚忡間，背後「唰」的一聲響，百鳥朝鳳圖上那隻開屏孔雀的尾巴中央，冒出一個虯鬚禿頂小辮金環，滿臉都是蜘蛛網的人頭來，惡狠狠地向他獰笑道：「姓楊的，好功夫！我李繼筠記下了，來日，我當親上蘆嶺州，再向你好生討教一番！」

*　　*　　*

「衙內，比武較技，本是一樁韻事。偶有失手，無傷大雅，衙內何必放在心上？」

李繼筠剛從屏風後邊爬出來，任卿書便上前安慰道，李繼筠這一敗，又受樓上女子們奚落，哪裡還有顏面留下？只是重重哼了一聲，滿懷仇恨地瞪了楊浩一眼，大步便向廳外行去。

他是任卿書和馬宗強請來的，如今他灰頭土臉離去，還不知要惹出什麼事來，他們二人若不隨去，恐李繼筠另有異樣想法，這時也顧不得與楊浩再與酒席宴上互鬥心機，正好折子渝的意外出現使得他們原本的計畫必須做些修正，二人告了聲罪，便向李繼筠急急追去。

「既已得罪了他，便無須後悔。一時半刻，諒他也玩不出什麼花樣來，這裡可不是他的夏州，這裡還有滿堂賓客，應該開席了。」

折子渝見楊浩神色有些異樣，便在一旁低聲提醒道。

「啊？喔……」楊浩醒過神來，連忙向眾賓客拱手道：「因為一個粗人，險些擾了諸位的雅興，楊某忝為地主，慚愧，慚愧，現在咱們就開席飲宴，楊某向諸位貴賓置酒賠罪。來呀……」

一旁酒家得他示意，立即向後廚通知一聲，小二們便魚貫而入，將一盤盤、一碟碟的菜肴呈送了上來。

「不會過來，她不會過來，大庭廣眾之下，她一個大家閨秀，不會不知矜持……」楊浩暗暗祈禱著，看也不敢再看唐焰焰所在的位置，強自鎮定著走向自己座席。

唐焰焰一見他像是沒看到自己這個人似的，心頭更是有氣，本來還想隱忍一時，這時大小姐脾氣發作，登時把袖子一甩，閃身便衝上前來。

唐三少一把沒抓住，眼見妹妹氣勢洶洶衝向那並肩而立的一對璧人，就要上演一齣二女爭夫的好戲，趕緊抓起了酒杯遮臉，酒杯舉起又覺太小，乾脆把頭埋入方圓懷中，抓起他的大袖擋在自己前面。

方圓攬住他的腰，嘻皮笑臉地道：「咦，三娘子這是發的哪門子騷啊……」

唐三少呻吟道：「我不認得她，我真的不認得她……」

百八九章　紅拂遺風

「楊浩！」

唐焰焰一聲叫，楊浩猛地一顫，彷彿才看到唐焰焰似的，驚喜道：「啊，原來唐姑娘到了，楊某有失遠迎，恕罪，恕罪……」

「哼，少跟我裝模作樣的，本姑娘有話問你。」

折子渝何等眼力，瞥見楊浩有些心虛討好的笑容，再看到唐焰焰盛氣凌人的態度，不免露出狐疑神色。

當初在廣原普濟寺，楊浩的確是偷窺了人家的清白女兒身，他瞞得了旁人，瞞不了自己，所以對唐焰焰總有些愧意。後來因為自己一個含糊的手語令得本就對他已生好感的唐姑娘萌生愛意，可他當時前程未卜，卻拒絕了姑娘的好意。虧得唐焰焰是那種大剌剌的個性，若換一個姑娘，受了這般奇恥大辱，尋死上吊也未必不能，所以楊浩對她更覺負疚。

一個男人，若對一個少女既愧且疚，見了她如何不提心吊膽？更何況唐焰焰當初負氣離開時，曾說過還要找他算帳的話來，如今她果然來了，楊浩怎不緊張？一聽唐焰焰說有話問他，楊浩更是緊張，吃吃說道：「唐姑娘，有……有什麼事？」

眼見賓客們都像兔子似地豎起了耳朵，折子渝忙道：「楊大哥，唐姑娘既有事情相詢，你可帶她去二樓小間敘話，這裡有我應答招待，你儘管放心。」

楊浩感激地看她一眼，應聲道：「好，那就有勞妳了。唐姑娘，這邊請，有什麼話，咱們上樓去談吧。」

唐焰焰見他對折子渝一副言聽計從的模樣，心中更覺有氣，她也知道大庭廣眾之下若是撕破了臉，對自己不利，只是個性使然，實在按捺不住。這時楊浩說要上樓闢個小間敘話，她便把袖子一甩，逕直衝上樓去，把樓梯踩得山響，楊浩硬著頭皮跟在後面，像被押赴刑場似的，滿懷悲壯地跟上了樓去……

小樊樓外，任卿書、馬宗強追到階下，只見數騎絕塵，蹄聲悠遠，已然消失在夜色當中。他們那輛寬敞的馬車還停在原處。

一見兩位將軍出來，車夫忙迎上前道：「任將軍、馬將軍，李衙內氣沖沖地出來，上了他的戰馬，便領著幾名侍衛走了，小人不知發生了什麼事。」

李繼筠原本與任卿書、馬宗強同乘一車而來，但他的坐騎和幾名貼身侍衛卻是隨在馬車後面的，此番李繼筠主動向楊浩挑戰，結果卻落得個顏面掃地，李繼筠再也無顏待下去，一出酒樓便飛身上馬，領著自己幾名侍衛呼嘯而去。

任卿書的臉色有些冷峻，急忙追問道：「衙內可曾說過要去何處？」

那車夫道：「李衙內怒氣沖沖地出來，上了馬便走，小人只聽他忿忿然吼了一聲：『走，回夏州！』隨即便跑得沒影了。」

任卿書神色一馳，慢慢地吁了一口氣，望著李繼筠消失的方向，目光變幻，也不知在想些什麼。一旁馬宗強攤開雙手苦笑道：「就這麼走了？嘿，走了也好，這些天李衙內就像一張狗皮膏藥，貼得節帥寢食難安，偏偏甩之不脫。不想今日誤打誤著，倒被楊浩一把給揭了下去。」

任卿書搖頭道：「只怕他未必肯就此甘休，這一走……唉，咱們也上車。」

馬宗強詫然道：「李繼筠既然走了，咱們……不回去赴楊浩之宴嗎？」

任卿書「嘿」的一聲笑，說道：「你沒見二小姐與楊浩那副郎情妾意的模樣？此事……恐怕就連節帥也是被蒙在鼓裡的。咱們先去『百花塢』，把此事稟報節帥，看看他的意思再說。」

馬宗強點頭應是，二人上了馬車，直駛「百花塢」折帥府邸。

車輪轆轆，拐出鬧市長巷，駛上那座連通南北兩城的大橋，任卿書望著夜色中只聞濤聲怒吼，難以窺其真顏的黃河水，忽地悠悠說道：「唐家有意向中原發展，如今已搭上了開封府南衙這條線，你在節堂做事，是節帥身邊親近的人，如果有什麼不利於唐家的消息，能遮掩時便幫著遮掩一下。」

馬宗強一呆，驚道：「唐家移往中原，這是六宗的決定嗎？」

任卿書微微一笑，說道：「並非六宗的決定，你也知道，六宗大執事，由六宗的家主輪番執掌，對六宗的約束力有限，只要不是做出對大家不利的事來，各宗享有自主之權。

「如今官家有意削藩，節帥使了一招『養匪計』，聯合麟州、夏州，搪塞了過去。但是……朝廷勢必不會就此罷休，依我看來，什麼時候唐、漢被滅，什麼時候就是官家向西北全力施壓之時了。唐家未雨綢繆，未嘗不可。所以，能幫，咱們就幫他一把。」

馬宗強沉吟半晌，神色凝重地道：「自中原四分五裂，諸侯爭霸以來，我七宗五姓便將根基遷至偏遠安寧之地，窮數十上百年光景，才在蠻漢交界處扎下根來，現在唐家要往中原去了，他們認定趙官家就是真命天子了？」

任卿書自窗外收回目光，撫鬚微笑道：「如今說來，言之尚早。秦始皇千古一帝，六合一統，威鬮八荒，那是何等威風，還不是歷二世而終？隋文帝雄才大略，南北割據三百年，自他手中方得統一，短短二十年間，大隋戶口銳長，墾田速增，積蓄充盈，甲兵精銳，威動殊俗而盛極一時。古往今來，國計之富者莫如隋，結果隋煬帝不肖，大好江山還不是頃刻間土崩瓦解？

「自唐中葉以來，各方節度野心滋生，直歷五代，大權在握者篡位自立不知凡幾，三年立一帝，十年亡一國，走馬燈一般變幻。如今若非趙官家杯酒釋兵權，分權制衡，層層控制，中原天下早不知又換了幾撥主人。

「不過這武夫篡立的鬧劇是否能至宋而止，天下能否就此安定？如今尚未可知，六宗以為，根基扎於邊疆之策暫不可變。不過唐家要先往中原探路，也由他去，多一條路總是好的。」

馬宗強眉頭微鎖，沉吟道：「昔年折家因党項、吐蕃之患，自麟州收縮兵馬以禦強敵，六宗執事以為，折家是党項鮮卑一脈，非我族類，因而扶持火山王楊袞，希望他能爭霸西北，成為麟府二州之主。

「不料楊袞成為麟州之主後，反而擺脫了我們的控制，與折家結為姻親同盟。幸好他對我們有所忌憚，不曾洩露我們的意圖，否則我們露在明處的力量，就此便折損在折家手中，西北根基難免遭受重創。如今唐家妄自行動，與南衙趙光義有所勾結，就恐事發，會牽累了我們……」

任卿書冷靜地道：「此一時，彼一時也。繼嗣堂傳承至今，唯一的使命，就只剩下家族的延續、富貴的保全。唐家想把生意重心放到中原，謀的是利，與昔日扶持火山王與折家爭權不同，所以就算節帥知道了心中不喜，卻也不會因此心生殺意，頂多要影響到唐家在西北的利益而已，我對節師甚為了解，這一點你可以放心。

「不過以我的看法，我們大可不必去與中原的巨商大賈們爭利。多少年來，我們在這裡苦心經營，已經穩穩地扎下了根基。吐蕃、回紇、大食、天竺、波斯，這一條條黃金白銀的西域商途，是我七宗五姓先輩們使了大心力，耗費無數心血和本錢，才鋪就的道路？

「我六宗如今掌握著和這些地方和國家的商路，可謂是進退自如。中原動盪，餘威不足以損我根基。中原平定，趙氏王朝一統，西北三藩不管是戰是降，也不致慘烈到玉石俱焚的地步，我們立足於此，並無大礙。若是中原穩定下來，我們掌握著如此重要的商路，承接東西，還怕不能財源滾滾，永保富貴？」

馬宗強欣然道：「我也是這個意思。對了，如今楊浩在蘆嶺州異軍突起，六宗執事有沒有拉攏扶持他的意思？」

任卿書莞爾搖道：「你覺得……他能成什麼事？我六宗扶持拉攏者，莫不是一方強藩門閥，對我六宗有武力庇佑之助。麟州如此、府州如此，夏州也是如此。蘆嶺州先天不足，雖經他別出心裁，以重商之道立州，不過……如果他只是做些生意，值得我們有所投入嗎？他的生意做得再大，大得過我六宗？呵呵……」

任卿書往座椅上一靠，撫鬚笑道：「況且，雖說有了二小姐這層關係，但是節帥對他到底肯下多大的力氣扶持，如今尚未可知；李衙內一怒之下趕回夏州，恐怕馬上就要對他不利，他能不能在夏州兵威之下站穩腳跟也殊難預料；而他一旦站穩了腳跟，混得風生水起之後，開封府那位趙官家會不會坐視他成為西北第四藩，如今也難揣測。這楊浩嘛，現在還不配讓我們六宗對他下大本錢……」

＊　＊　＊

折子渝看著二樓那扇緊閉的房門坐立不安。終於，她忍不住向同席的女賓們告了聲罪，便轉身向樓上行去。折子渝初還步履沉穩，待上了樓梯時，心跳已不自覺加快。

她一口氣衝到那間房前，手指一沾門柄，忽然有些情怯：「我與唐焰焰雖非熟識，卻也有過來往。這人雖然嬌蠻，卻非不識大體的人物，今日怒氣沖沖攔住楊浩去路，豈能無因？楊浩為何一見了她便露出驚慌愧疚的神色，難道……難道兩人有過什麼不可告人的事嗎？我若進去，聽到些什麼不堪入耳的事來，那該如何自處？我若不進去……」

折子渝的手指每每觸及門環，便觸電般地收回來，心頭患得患失，進，還是不進？這麼一件簡單的事，竟讓她躊躇難決。

忽然，她察覺樓下似乎有些異樣，回頭一看，就見賓客們舉杯的舉杯、挾菜的挾菜，只是所有的動作都凝固在空中，一個個伸長了脖子，正往樓上望來。折子渝這一回頭，就聽「轟」的一聲，彷彿冰川解凍，大家斟酒的斟酒、布菜的布菜、猜拳的猜拳，又自忙碌起來。

到此地步，折子渝已是羞刀難入鞘，再也無法回頭了，當下便把心一橫，推開門闖了進來。那門一開即闔，樓下熱鬧的場面再度凝固，所有的人都伸長了脖子往樓上看，儘管他們什麼都看不見，也聽不到。

唐焰焰在府谷的名氣可比折二小姐還要大啊。想當初，唐大小姐為了討一匹好馬，竟然闖進「群芳閣」那樣供男人們尋歡作樂的地方去找她三哥，結果意外發現了秦逸雲，秦大少被她提著短劍滿樓追殺，鬧得「群芳閣」雞飛狗跳，那事在府谷可是無人不知、無人不曉。

如今這位剽悍的女霸王打扮得粉嫩嫩的來找楊浩，這就有些耐人尋味了。一個少女跑來找他一個大男人，能有什麼事？怎不由人想入非非？而楊知府見了她之後的神色，卻更加耐人尋味。

在場許多官吏、士紳都是情場上打過滾的人物，，對楊浩那副表情並不陌生，這些老爺們年輕的時候在外面拈花惹草，被自己老婆抓著正著的時候，也是這副表情。

如今，折家二少姐也衝進去了，似乎有一場比楊浩和李繼筠一戰更精彩的表演就要開始了。只不過……那隻偷腥的貓必然是楊浩了，卻不知折子渝和唐焰焰這兩位姑娘，哪一位才是那條被偷的魚……

可惜，這樣的好戲卻看不見，客人們一個個急得抓耳撓腮，只恨不得自己長一雙順風耳、一雙透視眼。

房中，楊浩與唐焰焰隔著一張桌子對面而坐，一見她進來，楊浩不禁露出如釋重負的神色。折子渝觀察著二人情形，平靜了一下呼吸，微笑上前道：「楊大哥，你這主人久不去待客，可未免有些失禮，呵呵，唐姑娘的事……談完了嗎？」

楊浩還未答話，唐焰焰忽然一指折子渝，醋意十足地道：「你喜歡的人就是她，是不是？」

折子渝芳心「怦」地一跳：「果然是為了情，楊浩他……他對人家做了什麼？」

楊浩沒想到唐焰焰這樣直接，神色間不免有些尷尬。他看了眼折子渝，折子渝一雙澄澈的眸子只是柔靜地凝視著他，也在等著他的表態。楊浩忐忑的心忽然平靜下來，堅定地點了點頭：「是！」

這一個字說出來，折子渝緊繃的心弦忽地鬆開，她這才發現，自己的掌心竟然有些潮溼。

唐焰焰漲紅了臉，大聲道：「我對你的情意，難道你不知道？當日你對我說，只因前程未定，不敢慮及家室，原來全是遁詞，什麼時候起你們已變得這般相好了？你說，我哪裡不好？我到底哪裡不好？」

楊浩澀然道：「當初唐姑娘向我吐露情懷，楊某未嘗不曾心動，只是當時前程未卜，楊某確實不敢慮及家室。此後我與姑娘再不曾謀面，待我在蘆嶺州安定下來之後，便遇到了折姑娘。唐姑娘，妳性情率直，容顏嫵媚，又是豪門貴女，自然沒有什麼不好，不過緣分這種東西，哪是我們凡人能夠……」

唐焰焰「啪」地一拍桌子，俏眼圓睜道：「放屁，不用你假惺惺誇我，若我真有那麼好，你為什麼不要我？被你那般拒絕，你當我心裡好受？你當我還有臉面去見你？你若真對我有心，既已在蘆嶺州安定下來，為何不能來尋我？」

楊浩被她一番連珠炮的話問得滿臉苦色，訥訥地道：「這種事，本是一種因緣，它想來的時候自然就來了，又哪裡是我們所能掌控的？唐姑娘一番情意，楊某感激不盡，只是妳我沒有這個緣分……」

折子渝一旁聽著，隱約聽出一點眉目來。原來不是自己情郎負了人家，而是唐焰焰一廂情願，折子渝心中歡喜，古靈精怪的性子又恢復過來，忽地嫣然笑道：「我道楊大哥做了什麼對不起唐姑娘的事來，原來卻是……唐姑娘敢愛敢恨，此番前來，頗有紅拂夜奔的風範，勇氣可嘉，實在令子渝佩服得很。只不過……妳要效紅拂夜奔，楊大哥卻不是藥師李靖呢。」

唐焰焰大怒，柳眉一豎道：「妳是在譏諷我不知羞、不知禮，傷風敗俗、行為不端嗎？」

折子渝連忙擺手，臉上的笑容卻更甜了：「唐姑娘妳可千萬不要誤會，紅拂女夜奔李靖，以身相許，實乃一代奇女子，無愧風塵三俠之稱。如此人物，正是我等欽仰的人物。古有紅拂女夜奔，今有唐姑娘自薦，一時瑜亮，我對妳欽佩萬分，哪有半分不敬？」

折子渝笑得越甜，唐焰焰心中越怒，眼見楊浩鋸嘴葫蘆一般，連個屁也不放，唐焰焰眸波一閃，忽地站起身道：「好好好，你們合起夥來欺負我。姓楊的，你這是要始亂終棄了，是不是？」

唐焰焰撒手鐧一出，折子渝的笑容登時僵在那兒，楊浩像隻受驚的兔子般跳了起來，惶恐道：「唐姑娘，這話從何說起？楊某對姑娘妳一直以禮相待，既不曾亂，哪來的棄？」

唐焰焰銜淚欲滴，哽咽道：「我一個姑娘家，會用自己名聲亂說話嗎？當初在廣原普濟寺，你敢說沒有負我？你敢說沒有始亂終棄？我……我被你這般欺負，不要活了……」說著，她以袖掩面，嚶嚶啼哭起來。

楊浩滿頭大汗地辯解道：「唐姑娘，這詞可不是這麼用的……」

「楊大哥，你們……在廣原普濟寺，發生過什麼事呀？」折子渝笑咪咪地問道，楊浩見她滿臉甜笑，眸中卻殊無半分笑意，那內蘊的怒火恐怕馬上就要爆發。這不喜生氣的女子一旦發起火來，實在令人害怕，楊浩心中一懍，不禁跺腳道：「罷了罷了，我說便是！」

楊浩把整件事的來龍去脈說了一遍，很無賴地挺起胸膛道：「整樁事情，就是這樣了，是我對妳不住，窺視了妳的身子。可是要說始亂終棄，未免太過嚴重。」

唐焰焰慢慢放下衣袖子，滿臉得意之色，臉上哪有半點淚痕：「哼，你終於承認了，是吧？折姑娘，妳說咱們女孩兒家的身子，是可以隨便給男人看的嗎？他看過了我的身子，那麼為我名節負責，難道不應該嗎？」

楊浩見她竟是使計誆自己招認，不覺目瞪口呆。折子渝狠狠瞪了楊浩一眼，心中恨道：「這個冤家，看看看，有什麼好看？也不怕長針眼！看了也就看了罷，無論如何也要矢口否認才是，怎麼被人一哭就乖乖承認了？沒出息的！」

心中恨他不爭氣，眼見他被唐焰焰擠兌得狼狽不堪，芳心裡還想著要維護他，折子渝心念一轉，微微笑道：「唐姑娘，我還道是什麼大事呢？原來……只是一個誤會呀。楊大哥是絕不會說出去，我相信妳自己也不會張揚，所以此事於妳的名節並沒有什麼損失嘛。男婚女嫁，總要兩情相悅才好，只為他看過了妳的身子，妳便要以身相許，妳說……會不會有些草率？」

唐焰焰翹起下巴冷哼道：「妳怎知我就不喜歡他了？我既被他看了自己身子，偏又喜歡了他，那我想要嫁他，是不是天經地義了呢？他於我名節有虧，是不是該有所擔當呢？」

折子渝眸波微微閃動，莞爾笑道：「嗯……這樣說，似乎也有些道理。楊大哥，喔？」

楊浩大吃一驚，結結巴巴地道：「什……什麼？妳說……妳說有道理嗎？」

「當然有道理，非常有道理。」

折子渝眨眨眼，笑得像一條小狐狸般狡猾嫵媚：「楊大哥這麼年輕就做了蘆嶺知府，前程十分遠大。收幾房妾室侍候起居，也是理所當然之舉。我不敢說自己識大體重大義，卻也沒有那麼小家子氣，這『去妒』的美德還是有的，唐姑娘如果執意要進楊家的門……」

她轉向楊浩，笑顏如花，柔聲央求道：「楊大哥，子渝替唐姑娘求個情，你就勉為其難地收了她吧，以唐姑娘的美貌和家世，倒也不算辱沒了咱們楊家……」

「什麼、什麼？」

唐焰焰聽得暈頭轉向，好半天才回過味來，吭哧半晌憋出一句話來：「哪個說要給他做妾了？」

折子渝驚訝地道：「咦？不是唐姑娘妳尋死覓活的非要嫁進楊家門嗎？我這裡苦口婆心地幫妳勸楊大哥答應下來，妳怎麼又起悔意了？」

「妳……我……」

唐焰焰一陣頭昏眼花，定了定神，才省起這是折子渝在調侃自己：有本事就明刀明槍地來，本姑娘都接著，幹什麼挾槍帶棒地捉弄人，卻在他面前扮乖巧裝大度，這個狐媚子，人家這就娶了妳嘛，已然扮出一副大婦模樣，著實可惡！

唐焰焰怒不可遏，欲與折子渝理論一番，卻想起她的身分實比自己高貴得多，她還不知折子渝對楊浩隱瞞了身分，只道楊浩是知道折子渝來歷的，既然如此，楊浩分明是要娶她為妻的，自己怎麼可能與她爭身分？沒得自取其辱。氣急攻心之下，想要與她動武，卻又想起她的武功也比自己高明得多，就算不顧忌唐家，真與她動起手來，也要敗個灰頭土臉。若說找個幫手嘛，旁邊就只杵著那麼一個混蛋，教人看一眼都生氣。

唐焰焰把腳一跺，冷笑道：「好好好，你們兩個，一個裝傻充愣，一個牙尖嘴利，兩個人合起夥來欺負我，姓楊的，你給我記著，你欠我的，早晚要還我，本姑娘跟你耗上了，咱們走著瞧。」

唐焰焰起身便走，折子渝立即起身追了上去。

「唐姑娘……」

折子渝一聲叫，唐焰焰霍地轉身，冷冷地看著折子渝。折子渝輕輕拉上門，步姿優美、十分淑女地走到她的面前，唐焰焰不覺挺了挺胸膛，不甘示弱地道：「怎麼？」

折子渝嫣然道：「男人看女人，第一眼或許看的是她的胸膛，第二眼就是她的胸懷了。妳這火爆脾氣，真該改改才是。要不然，以後想找個人嫁了，很難呢……」

大廳中的客人們都伸長了脖子往樓上看，看著長廊下的這雙少女，只見折子渝春風滿面，唐焰焰怒火染頰，卻不知道兩人在對答些什麼。

唐焰焰瞪她一眼，冷笑道：「折姑娘，妳聰明，本姑娘也不是沒有腦子。妳這般戲弄撩撥，不就是想激怒我，迫我動手，惹他生厭，讓我在這大庭廣眾之下大大地丟一個臉，從此絕了妳的後患嗎？我偏不上當！」

折子渝蛾眉一挑，驚笑道：「唐姑娘這是什麼話？子渝可是一片真心吶，楊郎身居險境，根基淺薄，如今這蘆嶺州就如風中殘燭，四方強敵環伺。他多些勢力支持才能站得穩腳跟。妳唐家富可敵國，自是一大助力，妳若肯入我楊家門來，與子渝做個姐妹，子渝也為楊郎歡喜呢。」

唐焰焰緊緊咬著嘴脣，瞪了她半晌，忽然點點頭，怒氣全斂，露出一副嫵媚動人的笑臉來，嬌滴滴地道：「成啊，我唐焰焰就是個不服輸的性子，妳越氣我，我還偏就不放手了！妳不要得意得太早，世上沒有不偷腥的貓，妳可要看緊了他，莫要哪一天被我搶了先，妳連哭……都來不及了。」

折子渝嫣然道：「好啊，那就看妳的手段啦，我楊家的大門隨時為妳敞開。」

「折姑娘，現在就口口聲聲以楊夫人自居，恐怕言之過早，妳說我是紅拂女，好！我偏就做那張出塵！」

張出塵就是紅拂女，嫁了李靖為妻之後起的名字。唐焰焰這麼說，心意已明。

折子渝毫不示弱，眉尖一挑道：「本姑娘拭目以待！」

「咱們走著瞧！」唐焰焰翠袖一拂，轉身便走。

折子渝曼妙地轉身，用柔柔膩膩的嗓音輕嘆道：「唉，這麼多客人要招待，浩哥哥又得喝多了，今晚回去，人家得記著給他調碗醒酒羹才是，免得像上回一般胡鬧……」

一聲「浩哥哥」叫得蕩氣迴腸，又甜又媚，再配上那曖昧的內容，聲音不高不低，恰巧就讓唐焰焰聽得清楚。唐大姑娘嘴裡念著「不氣不氣，偏不教她得意」，可那一顆芳心卻像浸到了醋罈子裡，那股酸味衝上來，兩隻大眼睛就淚汪汪的了。

＊　＊　＊

酒席散了，送走了客人，楊浩登上車子，往座位上一靠，就見方才在小樊樓中一直陪在他的身邊迎送客人，小鳥依人、乖巧淺笑的折子渝板起了面孔正襟危坐，瞧都不瞧他一眼。

這小妮子，看來還為唐焰焰的事在生氣呢，也真難為了她，在廳中還要照顧自己臉面，一直忍到現在才發作起來。

楊浩搓搓手，乾笑道：「子渝？」

「……」

「唉，喝多了，頭有點暈。」

折子渝還是不理他，虎著一張雪白嫵媚的小臉，雙手擱在膝上，目不斜視。

楊浩自言自語，又道：「馬虞侯的這口劍還真不錯，不知道府谷有沒有什麼出名的刀劍鋪子，明日我也該去買口劍來佩戴，妳陪我去好不好？」

折子渝恍若未聞，眼皮都不眨一下。

楊浩垮下臉來，唉聲嘆氣道：「唉！好好一場宴會，被李繼筠這一攪局，想見的人沒有見，想辦的事沒有辦，這可如何是好？」

折子渝撇撇嘴，沒好氣地道：「哼！怎麼會呢？最想見的人不是見著了嗎？」

楊浩順勢抓起她的小手握在掌中，笑道：「啊呀，虧妳提醒，不錯不錯，今晚若非來此赴宴，我怎會在路上遇到妳呢，能見到妳，比什麼都值得，旁的事沒辦就沒辦了吧。」

折子渝「噗哧」一笑，又趕緊板起臉來，使性子掙開他手道：「去去去，別跟人家嘻皮笑臉的，不想理你。」

楊浩不撒手，涎臉笑道：「怎麼，還在吃醋？」

折子渝臉色微赧，窘道：「人家吃什麼醋啊？」

眼見楊浩目光灼灼，滿蘊戲謔笑意，折子渝臉上更熱，她不自在地扭動了一下嬌軀，岔開話題道：「你……何時學了一手精妙的劍術，我還不曉得你有這樣的功夫。既有把握贏他，當時為何不與他賭？否則的話，那匹汗血寶馬現在已歸你所有了。」

「其實我沒有把握贏他。」楊浩收斂了笑容，握緊她溫潤的小手，認真地道：「而且，即便我有十足的把握贏他，我也不會用妳做賭注。一個女兒家把終身託付，是要人來疼的，我極端厭惡這種把女子視作貨物般交易的人，我答應下來，就已是侮辱了妳。」

折子渝聽得心頭一熱，回眸瞟他一眼，忽地扭轉嬌軀，湊過去在他頰上飛快地吻了一下，柔聲道：「憐香楊知府，護花翊衛郎，哼，今日你可風光啦。念在你這分心意，唐姑娘的事，人家……人家不生你的氣就是啦……」

楊浩心中一塊大石落了地，折子渝這樣溫婉可愛、善解人意的性情，令他歡喜親近的感覺更濃。他摸摸臉頰，那脣瓣香軟的感覺猶在，便扮出豬哥模樣，依依不捨地道：「就只吻這麼一下嗎？」

折子渝紅了臉，張大眼睛看著他，吃吃地道：「不然……不然還要怎樣啊？」一邊說，屁股已悄悄向車邊挪了挪，防備他的偷襲。

楊浩笑道：「那也要正經八百地吻上一下才算數。就像那晚一般。」說著嘟起嘴巴湊上來。

折子渝羞道：「我才不要，滿嘴酒味。」

她用小手抵住了楊浩胸口，半推半就，那嬌俏模樣撩撥得楊浩火起。可是待他湊近了身子，折子渝卻似想起了什麼，忽地把他一推，瞪起杏眼嗔道：「你在廣原普濟寺，真的把她身子看光了？」

楊浩頓時萎了，訕訕地道：「其實……也沒……我只……就只看了後背。」

折子渝張大了眼睛，不依不饒地追問：「全身？還是只有後背？」

「背……背後……全……身……」

折子渝咬了咬嘴脣，兩抹紅暈慢慢浮上臉頰，杏眼斜睨，瞟著他問：「好看嗎？」

楊浩趕緊搖頭：「沒有、沒有，其實……也沒……妳想啊，霧氣氤氳，能看清什麼？」

「嗯？」折子渝一雙杏眼彎成了月牙狀，一隻小手搭到了他的大腿上，兩根蔥白似的玉指躍躍欲試。

楊浩趕緊點頭道：「好看。」

要到了自己想知道的答案，折子渝反而一腔醋意，她坐直身子，挺起胸膛，輕哼道：「比我好看嗎？」

楊浩打量她兩眼，笑得有些不懷好意：「這個……我又沒看過妳的，怎麼比較……」

折子渝輕輕打他一下，嬌哼道：「你想得美，我才不上當……」

她轉身掀開窗簾向外看了一眼，回首說道：「車往前去，便去驛站了，我下車吧。」

楊浩忙道：「天色已晚，還是我送妳回去吧，妳住哪裡？我正好認認門。」

折子渝猶豫了一下，頷首道：「那……就先過河去吧，我家不在這裡，如今我住在北城的百花塢，九叔的住處。」

過了大橋，往前不遠就是以巨石壘就、倚山而建的巨大城廓，城門口有甲士戍守，北城又名百花塢，倚山而建，其分五重。其實除了折氏族人，就只有戍守武士、家僕奴婢夜晚才可住在裡面。其餘沒有特殊腰牌的人連城門都進不去的。

馬車停了下來，折子渝瞟他一眼，幽幽說道：「我下車了，你……記得回去以後要喝些醒酒羹，既做了官，飲宴接迎，是免不了的，莫要熬壞了自己身子。」

楊浩「嗯」了一聲，忽然笑道：「有位姑娘還說今晚要為我親手調製醒酒羹呢，我這廂期盼了許久，誰想最後卻是空歡喜了。」

折子渝「啊」的一聲輕呼，掩口道：「你……你竟聽到了？」

片刻工夫，她手指間露出的雪嫩肌膚，便如塗了胭脂一般紅潤起來。

楊浩輕輕拉下她的小手，看著她羞紅的臉蛋，柔聲問道：「子渝，何時才能得妳為我素手調羹？」

折子渝輕輕握緊他的手掌，眼波如狐般媚麗，暱聲道：「你我的事，我還不曾稟予父兄。再說，蘆州新建，諸事纏身，此番李繼筠挾怒而走，恐怕也要對你不利。你怎有暇慮及兒女私情？我們的事，且放一放可好？是你的，總是你的，你還怕我被人搶了去不成？」

「嗯！」楊浩重重地一點頭，微笑道：「不怕。若妳真被人搶了去，我就挾弓佩箭，去把妳搶回來，神擋殺神、佛擋殺佛！」

折子渝聽了，心中蕩漾起一抹難言的柔情，卻皺皺鼻子，嬌嗔道：「還是擔心你自己吧。誰讓你不知檢點的，偏偏招惹那隻母老虎。人家唐姑娘不肯善罷甘休呢，我倒怕你被她……哼哼。」

楊浩舉手道：「我發誓，為子渝守身如玉……」

「省省吧你。」折子渝「噗哧」一笑，嬌嗔地打了他一下：「你們男人發的誓啊，有時候聽來開開心也就算了，誰若當真就是自尋煩惱了。你若能為我守心如玉的話，人家就知足了。」

她扮個鬼臉，掀開轎簾便閃了出去。楊浩微笑著看著她嬌俏的身影沒入城門洞的陰影之中，這才吩咐車駕回轉，駛回南城。

馬車駛過大橋，楊浩靠回座椅，臉上輕鬆的笑意漸漸消失，神態也變得凝重起來。今日與李繼筠結怨，已迫使自己與夏州提前產生了對立，很難說李繼筠挾怨而去，會不會馬上對蘆嶺州不利。要想以經濟利益換取府州的軍事支持，看來要付出的代價恐怕要超乎自己的預料。除非，自己能夠擁有足以自保的強大實力，那樣才能贏得合作對手的尊重。然而，不發展武力，正是自己謀求府州的信任與支持的基礎，府州會容許我發展武力嗎？

楊浩一路沉思，不曾注意到迎面而來的一輛馬車，那輛馬車上的人卻已看到了他，登時便把身子一縮，避到了車廂陰影下面，只用一雙陰鷙的眼神注視著他。待兩車交錯而過，坐在車夫右手旁的那人忽然鑽進了車廂，促聲道：「九爺，您看到了嗎？方才那人……」

車廂中人冷冷一笑，沉聲道：「當然看到了。」

「九爺，他如今可是朝廷命官了，你說……他會不會對咱們不利？」

車中人嘿嘿笑道：「蘆嶺州的官，管得了開封府的事嗎？九爺搭的是唐家這條線，唐家搭上的可是開封府的大人物。楊浩給人家提鞋都不配，你慌張什麼？」

他往座位上一靠，淡淡地吩咐道：「明日一早，咱們就回霸州，開始處置家產，變賣田地，今冬雪降之前，就搬往開封府去，丁浩在蘆嶺州再如何風光，與我們也全不相干！」

《步步生蓮》卷六千竿修碧淨無塵完

GOBOOKS
& SITAK
GROUP©